Thomas B. Morgenstern
Der Milchkontrolleur

Zu diesem Buch

Else Webers Ruf ist nicht der beste. Kein Wunder, dass es jede Menge Gerüchte gibt, als sie mit durchschnittener Kehle in der Nähe ihres einsamen Hauses gefunden wird. Von einem Tag auf den anderen ist die Ruhe in dem kleinen Dorf zwischen Elbmarsch und Moor dahin. Hans-Georg Allmers geht als Milchkontrolleur auf den Höfen aus und ein und schnappt dabei natürlich so manches auf. Gern nimmt sein Bruder, der als Staatsanwalt in der Kreisstadt Stade mit den Ermittlungen betraut ist, die Hilfe von Hans-Georg in Anspruch. Nur dummerweise gerät dieser dabei selbst in Verdacht und wird verhaftet. Doch dann nimmt der Fall eine ungeahnte Wendung … In seinem Krimidebüt, das zum großen Überraschungserfolg wurde, erzählt Thomas B. Morgenstern einen bis zur letzten Seite packenden Fall und schildert dabei atmosphärisch dicht das Bild eines norddeutschen Bauerndorfs mit ebenso skurrilen wie liebenswerten Menschen.

Thomas B. Morgenstern, geboren 1952, bewirtschaftet mit seiner Familie einen biologisch-dynamischen Bauernhof in der Elbmarsch bei Stade. Der Diplom-Biologe, der auch Germanistik und Theaterwissenschaften studierte, hat mehrere Kinder- und Jugendbücher veröffentlicht. »Der Milchkontrolleur« ist sein erster Kriminalroman.
Weiteres zum Autor:
www.hofgemeinschaft-aschhorn.de

Thomas B. Morgenstern

Der Milchkontrolleur

Kriminalroman

Piper München Zürich

Mehr über unsere Autoren und Bücher:
www.piper.de

Personen und Handlung des Buchs sind frei erfunden. Jede Ähnlichkeit mit einer lebenden oder verstorbenen Person ist nur zufällig.

Ungekürzte Taschenbuchausgabe
Piper Verlag GmbH, München
Juni 2008

Umschlag: Büro Hamburg. Anja Grimm, Stefanie Levers
Bildredaktion: Büro Hamburg. Alke Bücking, Charlotte Wippermann
Umschlagfoto: Tim Flach / Getty Images
Autorenfoto: Verlag MCE
Satz: Nikolaus Ruhl
Papier: Munken Print von Arctic Paper Munkedals AB, Schweden
Druck und Bindung: CPI – Clausen & Bosse, Leck
Printed in Germany ISBN 978-3-492-25142-6

Prolog

Sie hatten sich mit Bedacht an diesem Tag verabredet. Obwohl das Haus einsam stand und niemand in der Nähe war, begrüßten sie sich wie immer nur wortlos, als ob das ganze Dorf zuhören würde. Meist liebten sie sich erst schweigend, bevor sie leise zu reden begannen, immer in der absurden Angst, jemand könne sie belauschen und ihr Geheimnis lüften. Die Farben, mit denen das Feuerwerk an diesem Abend den Himmel bemalt hatte, spiegelten sich auf ihrer Haut wider. Sie hatte in diesem Licht viel jünger ausgesehen, als sie war, und er hatte sich über ihre schnell wechselnde bunte Bemalung amüsiert.

Nachdem sie ihn verabschiedet hatte, ging sie in ihr Badezimmer, zog sich aus, stellte die Dusche an und stieg unter den warmen Strahl. Sie glaubte, als sie sich abseifte, immer noch die Hände des Mannes auf ihrem Körper zu spüren. Er war wieder sehr liebevoll gewesen, sie hatte es genossen, und das warme Wasser schien seine Liebkosungen zu wiederholen und zu verstärken. Sie duschte ausgiebig, erst das langsam kälter werdende Wasser trieb sie aus der Dusche. Sie griff tropfnass nach ihrem Handtuch und stutzte.

Sie überlegte kurz, ob das Geräusch an der Tür ihr bedrohlich vorkommen müsse. Sie hielt sich sechs oder sieben Katzen, die ihr halfen, die Ratten und Mäuse im Zaum zu halten. Wenn die Katzen ins Haus wollten, machten sie sich an den Türen mit leichtem Kratzen bemerkbar. Sie entschied, sich das wohlige Gefühl der Befriedigung, das den ganzen Abend durchzogen hatte, nicht verderben zu lassen durch ein paar scharrende Katzen. Sie öffnete die Badezimmertür und versuchte, die Katzen mit einem lauten Zischen zu vertreiben. Das Geräusch war augenblicklich verschwunden, und erleichtert putzte sich Else Weber die Zähne, strich mit der Haarbürste einmal nachlässig durch ihr Haar und zog ihr Nachthemd an.

Sie verließ das Badezimmer und sah erstaunt auf die gegenüberliegende Tür, die von der Wohnung in den ehemaligen Stalltrakt des alten Bauernhauses führte. Sie presste die Lippen zusammen, so wie sie es immer machte, wenn sie plötzlich Angst verspürte. Die Tür stand einen Spalt weit offen. Else Weber wunderte sich, denn sie konnte sich nicht erinnern, sie geöffnet zu haben. Im Gegenteil, sie war sich sicher, dass diese Tür geschlossen war, als sie ins Badezimmer gegangen war.

Die Angst ist wie eine Spinne, die in der dunklen Ecke auf ihr Opfer wartet, dachte sie und beschloss, ihr nicht ins Netz zu gehen. Dabei hätte sie allen Grund gehabt für eine ängstliche Reaktion. Sie war geschlagen, gedemütigt und bedroht worden auf eine Art, wie sie es sich nie hätte vorstellen können. Dann kam vor zwei Wochen dieser Brief, in dem sie beschimpft und ihr mit Vergeltung gedroht worden war. Sie hatte sich lange gefragt, wer was vergelten wolle, aber nie eine Antwort darauf gefunden. Aber nun schien dieser Spuk aus ihrem Leben verschwunden zu sein, und sie beschloss, mit forschem Auftreten die Angst aus dem Hause zu jagen. Sie ging mit festem Schritt zu der Tür und wollte sie schließen. Sie erschrak heftig, als ein dicker Kater an ihr vorbei in die Wohnung schoss.

„Komm“, lockte Else Weber ihn erleichtert, als der Schreck nachgelassen hatte. Sie drehte sich um, hatte die offene Tür im Rücken und lockte das fauchende Tier weiter zu sich her.

Als sich der Arm mit großer Gewalt um sie schlang, hatte sie noch nicht einmal Zeit zu schreien. Das Messer fuhr ihr rasend schnell durch den Hals und trennte mit einem Schnitt für immer das Leben aus ihr. Ihr Blut verließ den Körper stoßweise, verebbte schnell. Als der Arm sie losließ, sank ihr lebloser Körper zu Boden.

Das blutige Nachthemd wurde ihr hastig heruntergerissen, ihr nackter und blutiger Leichnam auf eine Schubkarre gelegt und zu einem Graben gefahren. Dort kippte die Karre um. Es war kaum etwas zu hören, als der Körper die Uferböschung hinunter ins Wasser rutschte. Wie plötzlich ist Babel zerschmettert, dachte die in eine gelbe Regenjacke gehüllte Gestalt, die sich die Kapuze so über den Kopf gezogen hatte, dass man aus der Ferne nicht hätte erkennen können, ob es sich um eine Frau oder einen Mann handelte. Sie warf nur einen kurzen Blick in den Graben, nahm die Schubkarre und ging zum Haus zurück. Die Karre wurde achtlos in eine Ecke des Hofes gestellt. Mit gesenktem Kopf ging die Gestalt über den großen Vorplatz und wollte die Haustür schließen, damit die Tat möglichst lange unentdeckt bliebe. Sie stand schon vor dem Haus, die Hand ausgestreckt, die Türklinke zu ergreifen, als sie sich anders entschied. Sie entschloss sich, durch das Haus zu gehen – mit offenen Augen. Sie trat ein, achtete darauf, dass ihre Gummistiefel nicht in die riesige Blutlache traten, die sich vor der Tür ausgebreitet hatte.

Von der Regenjacke tropfte Wasser auf den Fußboden im Schlafzimmer, als sie das Licht anmachte. Sie sah sich um und trat an den kleinen Schreibtisch. Sie hatte keine Angst, entdeckt zu werden, um diese Nachtzeit kam zu der Bewohnerin des Hauses sicher kein Besuch mehr. Etwas Unbestimmtes in diesem Raum hatte ihre Aufmerksamkeit erregt. Als sie näher trat, wusste sie, was es war. Auf der ledernen Schreibunterlage lag ein kleines Buch, fast nur ein Heft. Sie blätterte darin und erkannte sofort, welchen Schatz sie damit gehoben hatte. Präzise standen Namen und Daten nebeneinander. Alle Besuche der letzten Jahre waren darin notiert. Als es umgedreht wurde, fiel ein Brief aus den Seiten. Sie hob den Umschlag auf, nahm das Buch an sich und verließ das Haus. Aus Else Webers Haus wurde sonst nichts entwendet, alles blieb unversehrt. Selbst das Geld, das offen auf dem Schreibtisch lag, wurde nicht gestohlen. Dass etwas fehlte, wurde erst nach vielen Wochen klar.

1

Wollen wir?", fragte Zannmann müde. Seine Zigarette sprang dabei zwischen den Lippen auf und ab. Hans-Georg Allmers nickte und öffnete die Heckklappe des großen Viehanhängers. Er quetschte sich neben dem angebundenen Tier und der Wand nach vorne und löste den Strick. Es war eine Färse, ein junges weibliches Rind, das nicht tragend geworden war und deshalb geschlachtet werden sollte. Gemeinsam mit seiner Mutter hatte er das Tier am frühen Morgen von der Weide geholt und mit dem Trecker und Viehanhänger zu Schlachter Zannmann gefahren.

„Ich treibe es rückwärts", rief er dem wartenden Zannmann zu, der das Tier mit handwerklichem Blick abschätzte.

Das aufgeregte Rind, das seit ein paar Stunden auf dem Hänger stand, schüttelte unruhig den Kopf, machte eine heftige Bewegung und riss mit einem Ruck den Strick, mit dem es festgebunden war, los. Vor dem verdutzten Allmers sprang es aus dem Viehanhänger auf den Hof.

„Ruhig, ganz ruhig", versuchte der Schlachter das Tier mit sanfter, leiser Stimme zu beruhigen. Er bückte sich vorsichtig und bekam den Strick zu fassen, der vom Halfter des Tieres auf den Boden hing. Er machte einen behutsamen Schritt nach vorne, um den Strick durch den Eisenring, der an der Wand eingelassen war, zu ziehen. Hans-Georg Allmers kletterte vorsichtig aus dem Anhänger, um Zannmann zu Hilfe zu kommen.

Plötzlich drehte sich das Rind um und ging auf ihn los. Er konnte dem Tier gerade noch ausweichen. Zwischen seinem Kopf und den Hornspitzen war so wenig Platz, dass er den Luftzug im Gesicht spüren konnte, den der vorbeizischende Rinderschädel verursachte.

Verzweifelt versuchte der Schlachter, den Kopf des wütenden Tieres mit dem Strick nach unten zu ziehen, aber gegen die Kraft des wütend gewordenen Rindes hatte er keine Chance. Der Halfterstrick wurde ihm aus den Händen gerissen, als das Rind losgaloppierte. Zannmann sprang zur Seite, ließ das Tier an sich vorbei und sah mit Entsetzen, wie es zum Sprung über den Zaun ansetzte. Es rutschte aus, und als der Zaun unter ihm zerbarst, richtete es sich panisch auf und rannte ins Dorf. Zannmann und Allmers versuchten ihm den Weg abzuschneiden, aber der herabbaumelnde Strick an der Seite, auf den das Tier immer wieder trat, ließ es so konfus werden, dass sich die beiden mehr als einmal mit einem Sprung zur Seite in Sicherheit bringen mussten. Schließlich wurde der Abstand zu dem Rind immer größer, und plötzlich war es wie vom Erdboden verschluckt. Allmers und Zannmann trennten sich und machten sich auf die Suche nach der Ausbrecherin.

Am Deich traf Allmers den nach Luft schnappenden Zannmann.

„Wo ist sie?“, fragte Allmers.

„Keine Ahnung“, erwiderte der Schlachter und drehte sich erschöpft eine Zigarette. „Im Dorf ist sie jedenfalls nicht.“

„Die ist wieder ins Dorf zurück, Charly“, sagte ein Radfahrer, der die beiden gesehen hatte.

„Unmöglich“, schüttelte Zannmann den Kopf. „Da komme ich gerade her.“

Am Anleger der Fähre fanden sie schließlich das Tier wieder. Es schwamm durch den Fluss und war gerade in der Mitte angekommen. Der Fluss war an dieser Stelle breit und flach, aber die Strömung war stark. Als das Tier am anderen Ufer aus dem Wasser stieg, machte es einen sehr erschöpften Eindruck. Es stand mit zitternden Beinen an der Böschung und drehte sich misstrauisch um. Zannmann und Allmers sahen sprachlos über das Wasser. Erst als das Tier zu brüllen begann, fanden die beiden Zuschauer ihre Fassung wieder.

„Da müssen wir hin“, sagte Zannmann bestimmt und warf seinen Zigarettenstummel ins Wasser. „Ich nehme das Auto und du den Schlepper mit dem Viehanhänger.“

Es dauerte eine ganze Weile, bis Allmers und der Schlachter zum Schlachthaus zurückgelaufen waren. Die Schlachterei lag am anderen Ende des verwinkelt gebauten Dorfes. Die Hauptstraße verlief in mehreren engen Windungen zwischen den niedrigen Fachwerkhäusern, aber Allmers hatte keinen Blick für die schönen Gebäude, als er, so schnell er konnte, durch den Ort rannte, dabei erstaunten Fußgängern ausweichen musste und einmal fast gegen ein parkendes Auto geprallt wäre. Er war viel schneller als Zannmann, der mit keuchendem Atem nach ihm an der Schlachterei ankam. Allmers startete den Trecker und fuhr über die nahe gelegene Brücke zum anderen Flussufer. Der Schlachter fuhr nur wenig später mit seinem Auto los und überholte ihn schon kurz nach dem Ortsausgang. Als Allmers die lange Chaussee herabfuhr, die zum Fähranleger führte, war Zannmann schon dort angekommen.

Die Färse erwartete sie. Sie hatte ihren Schwanz steil in die Luft gestellt und brüllte unablässig. Allmers wusste, was das bedeutete: Beim kleinsten Schreck würde das Tier von Neuem die Flucht ergreifen. Sie stand auf dem Flussdeich und spielte mit ihren Ohren, als Allmers und Zannmann sich leise unterhielten und beratschlagten, wie man am besten vorgehen könnte. Aber alle Vorsicht schien umsonst gewesen zu sein: Unvermittelt galoppierte das Rind los. Es durchbrach den Stacheldraht des Zauns, als ob er aus Blumendraht wäre, und lief auf dem Feldweg, der parallel zum Deich führte, den Fluss entlang. Zannmann rannte hinterher, aber damit trieb er das aufgeregte Tier nur vor sich her. Die Färse kletterte schließlich die Böschung hinauf. Als sie oben die Bundesstraße erreicht hatte, wurde es Allmers mulmig.

Zannmanns Frau war ihnen mit ihrem Auto gefolgt, sie hatte von der Brücke alles beobachtet und trieb das Tier zurück. Die Färse stolperte mehr, als sie lief, die Böschung wieder hinunter und lief in einen Maisacker. Sie durchbrach zwei weitere Zäune, sprang über einen

Graben und blieb neben einer Pferdekoppel, auf der Stuten mit ihren Fohlen aufgeregt hin- und hertrabten, mit dampfendem Fell stehen.

Jetzt gaben die Verfolger auf. Durch jeden Schritt würden sie das Rind nur noch weiter weg treiben. Es ließ niemanden mehr als hundert Meter an sich herankommen.

„Die schießen wir ab", bestimmte Allmers.

Zannmann nickte: „Wenn sie die Stuten mit den Fohlen verrückt macht, gibt's kein Halten mehr. Die Pferde sind noch hundert Mal schlimmer, wenn sie in Panik geraten."

Allmers sah auf die Uhr. „Halb eins. Hoffentlich ist der Tierarzt zu Hause."

Zannmann runzelte fragend die Stirn: „Tierarzt?"

„Der soll sie mit dem Narkosegewehr abschießen."

„Ach so!", sagte Zannmann gedehnt.

Allmers lieh sich das Auto des Schlachters und fuhr ins Dorf zurück. Zannmann hielt unterdessen Wache. Aber der Tierarzt war unerreichbar.

Statt des Tierarztes kamen der Jagdpächter – ihm gehörten die Pferde – und die Polizei. Er hatte die Aufregung von seinem Hof aus beobachtet und den Beamten alarmiert, der mit seinem Streifenwagen hinter ihm her fuhr.

„Du musst sie erschießen lassen", meinte Zannmann, nachdem Allmers zurückgekehrt war. „Wir können hier nicht stundenlang auf den Tierarzt warten."

Der Jagdpächter stimmte zu: „Wenn die Stuten ausbrechen, wird's richtig teuer."

Allmers musste nur einen kurzen Moment überlegen. Er betrachtete verärgert das aufgeregte Tier, das erschöpft auf der anderen Weide stand und misstrauisch zu ihnen herüber sah. Dann willigte er ein. Der Jagdpächter sah fragend zu dem Polizisten. Als der zustimmend mit dem Kopf nickte, holte er sein Gewehr aus dem Kofferraum, lud es und sagte:

„Los geht's."

Der Schlachter, der Jäger, der Polizist und Allmers quetschten sich in den kleinen Geländewagen des Jagdpächters und fuhren langsam auf der gegenüberliegenden Weide bis auf die Höhe des erschöpften Tieres.

Der Jäger schüttelte den Kopf. „Ich darf von hier nicht schießen."

Der Polizist verstand sofort: „Meinst du, du schießt Angina aus dem Bett?" fragte er und lachte. „Beim Vögeln sterben ist vielleicht nicht der schlechteste Tod."

„Schließlich ist es verboten, in die Richtung eines Hauses zu zielen", erwiderte der Jäger unbeeindruckt von der Bemerkung. „Außer du erlaubst es."

„Das geht klar", sagte der Polizist nach kurzem Überlegen.

Der Jäger legte an, schoss und traf das Tier genau ins Herz. Das Rind wankte, knickte mit den Vorderbeinen ein, fiel zur Seite und versank in einem Graben. Allmers vergrub entgeistert das Gesicht in den Händen. Was heute schiefgehen kann, dachte er verzweifelt, geht schief.

Zannmann hatte als Erster die Fassung wiedergefunden, stürzte aus dem Auto und rannte mit erhobenem Messer über die Wiese.

Allmers sah, wie er in den Graben sprang, das Tier bei den Hörnern packte und den Kopf hochriss, um ihm die Kehle durchzuschneiden, damit es ausbluten konnte. Man sah nur seinen Oberkörper über den Grabenrand herausragen, er schien bis zu den Knien im Wasser zu stehen.

Da begann er unvermittelt zu schreien. Allmers sah den Schrei förmlich, bevor er ihn hören konnte, und er erinnerte sich noch Jahre später daran. Der Wind trieb den Schall in die entgegengesetzte Richtung. Er sah Zannmanns weit aufgerissene Augen, in denen das blanke Entsetzen zu erkennen war.

Allmers sprang aus dem Auto und rannte hinter dem Polizisten und dem Jäger zu dem immer noch schreienden Schlachter, der aus dem Graben kletterte und am ganzen Körper zitterte.

Als sie am Graben ankamen, sahen sie, was Zannmann so entsetzt hatte: Sie starrten auf eine klaffende, blutrote Wunde. Unter dem

Rind, das im Graben lag, ragte die nackte Leiche einer Frau hervor. Ihr Hals bestand nur noch aus blutigem Fleisch.

Regungslos verharrten die vier Männer vor dem grausigen Anblick. Zannmann kämpfte mit einem Würgereiz und hielt sich die Hand vor den Mund. Aber er verlor diesen Kampf und musste sich auf der Wiese übergeben. In Wellen pumpte sein Magen das Entsetzen aus seinem Körper, bis der Schlachter schließlich zitternd ins Gras fiel. Er war völlig erschöpft, als er die anderen keuchend fragte: „Wer ist das?"

„Angina", erwiderte der Polizist tonlos. „Ich glaube, es ist Angina." Er schlug die Hände vors Gesicht. „Regelrecht geschlachtet", sagte er leise.

Fassungslos schüttelte der Schlachter den Kopf und flüsterte: „Ich kann kein Blut sehen", und übergab sich wieder und wieder.

Ein Schlachter, der kein Blut sehen kann, dachte Allmers.

2

Wieso nannten sie alle Angina?", fragte der Staatsanwalt. „Diesen Spitznamen hatte Else schon seit ihrer Kindheit", erwiderte Allmers. Er wunderte sich, dass sein Bruder die Geschichte nicht kannte.

„Nun erzähl schon", wurde er von Werner Allmers aufgefordert, der sich ächzend und übergewichtig in seinem Stuhl bewegte. „Ich muss alles über sie wissen. Vielleicht ist das kleinste Detail wichtig."

„Leitest du die Ermittlungen?", fragte Allmers erstaunt. „Ich dachte, das macht die Kriminalpolizei. Ich hatte erwartet, von irgendeinem Hauptkommissar oder Inspektor vernommen zu werden."

„Das sind alles Pfeifen hier", erwiderte der Staatsanwalt. „Ich habe mir vorgenommen, ein bisschen Schwung in den Laden zu bringen. Wenn ich nicht hinter allem her bin, läuft hier nichts."

Allmers schüttelte erstaunt den Kopf: „Wie haben die nur die ganze Arbeit geschafft, als du noch nicht hier warst?", meinte er trocken, aber sein Bruder überhörte die Ironie.

„Haben sie eben nicht. Ich hatte dir eine Frage gestellt", sagte er tonlos.

Allmers begann zu erzählen:

„Anginas Mutter war die Tochter eines reichen Bauern. Sein Hof lag am Deich, kurz vor der Elbmündung. Dort gibt es einen besonderen Bauernschlag. Die Höfe sind alle riesig, und die Bauern stecken gerne ihre Daumen hinter die Hosenträger, wenn sie reden. Die Marschbauern sehen auf alle anderen herab, selbst heute noch, obwohl ihnen manche Moorbauern mit ihren Milchviehherden das Geldverdienen vormachen. Die Höfe wurden früher mit viel mehr

Leuten als heute bewirtschaftet, trotzdem gab es im Sommer manchmal Zeiten, da konnte man gar nicht genug Helfer haben. Da luden einige Bauern auch mal die Verwandtschaft ein, in der Hoffnung, dass sie kräftig mithelfen würden. Sonst waren die Anverwandten nicht so gerne gesehen, aber wenn sie mithalfen. . . Anna, so hieß Anginas Mutter, war damals fünfzehn oder sechzehn, ich weiß es nicht genau. Der Hof ihrer Eltern war einer der größten in der Gegend. Man erzählt, dass achtspännig zum Pflügen gefahren wurde. In diesem Sommer sollen unheimlich viele Helfer auf dem Hof herumgeschwirrt sein, darunter auch ihr Vetter, ein Junge vielleicht von siebzehn oder achtzehn."

Er nahm seine Brille ab und putzte sie langsam, um seinen Bruder etwas auf die Folter zu spannen. Erfreut bemerkte er, dass sein Bruder ungeduldig wurde:

„Mach schon, Hans-Georg!"

Allmers setzte die Brille umständlich auf und fuhr fort: „Das Wetter war wohl nicht gut, und Anna bekam Halsschmerzen. Eine richtige, ausgewachsene Angina. Warum ihr lieber Vetter auch eine bekam, kann man nur vermuten. Da die Mutter eine praktische Frau war und viel zu arbeiten hatte, wollte sie es sich etwas einfacher machen mit der Pflege der beiden Kranken. Sie räumte das Elternschlafzimmer und steckte die beiden ins Ehebett. Schließlich kannten sie sich schon von Kindesbeinen an. Damit aber nichts passierte, stellten sie in die Besucherritze des Bettes eine Tür, die sie irgendwo ausgehängt hatten."

„Und neun Monate später", der Staatsanwalt fing an zu lachen, „kam Angina zur Welt. Sehr witzig. Stimmt die Geschichte?"

„Ich glaube schon", erwiderte Allmers, „jedenfalls wird es so erzählt." „Das ist lange her", meinte Allmers' Bruder nachdenklich. Dieser Fall war sein erster als verantwortlicher Staatsanwalt, und er hatte sich vorgenommen, die Aufklärung nicht nur der Kriminalpolizei zu überlassen. Es hatte ihn große Mühe gekostet, sich versetzen zu lassen. Nach seinem Studium und seiner Referendariatszeit hatte er lange geschwankt, sich als Anwalt oder Notar niederzulassen, aber die Segnungen des Beamtenstatus wollte er nicht missen. So ging er in den öffentlichen Dienst und bewarb sich schließlich als Staatsanwalt. Nach längerer Wartezeit bekam er diese Stelle. Und er wollte gleich beim ersten Mal zeigen, dass er sie zu Recht bekommen hatte.

„Sechsundvierzig Jahre“, sagte Allmers. „Sie war gar nicht so alt.“

„Die Bauern haben sich sicher nicht daran gestört.“

Allmers wurde rot, aber sein Bruder bemerkte es nicht.

„Was passiert jetzt?“, fragte Allmers und sah in das dicke Gesicht seines Bruders.

„Wie meinst du das?“

„Ich meine, mit ihr, mit der Leiche.“

„Zuerst wird sie obduziert, das ist obligatorisch. Der Todeszeitpunkt muss festgestellt werden, dann sind wir schon ein gutes Stück weiter. Hatte sie Verwandte?“

„Sie ist verwitwet. Ihre Eltern leben nicht mehr, soviel ich weiß. Sie hat noch eine Schwester, die ein paar Jahre später geboren wurde und irgendwo verheiratet ist. Ich kenn sie nicht. Dann gibt es noch eine Cousine. Aber die beiden haben kein Wort miteinander geredet, obwohl sie im selben Dorf wohnten. Fräulein Eckhoff, du kennst sie sicher. Sie arbeitet bei Wohlers, dem Landhändler.“

„Wenn die Mutter sechzehn oder siebzehn war, als sie zur Welt kam“, rechnete der Staatsanwalt nach, „dann wäre sie Anfang sechzig. Da ist man noch nicht automatisch tot!“

„Automatisch nicht“, meinte Allmers, „aber manchmal eben doch.“

„Dass Else Weber die Dorfhure war, wissen doch alle. Seit unserer Kindheit wurde darüber gemunkelt, dass sich alle Bauern in ihr Häuschen schleichen. Angeblich soll es einen Trampelpfad durch die Birken geben, die neben ihrem Haus stehen. Verstehst du? Also hat hier jeder Bauer ein Motiv. Und jede Ehefrau auch. Die Bauern, weil sie vielleicht aus Angst vor ihren Frauen etwas vertuschen mussten, die Frauen aus Eifersucht.“

„Das mit der Dorfhure stimmt so nicht“, sagte Allmers. „Sie war keine Hure. Sie konnte gut zuhören. Dass sie mit dem einen oder anderen ins Bett gegangen ist, kann man ihr als alleinstehender Frau doch nicht verbieten, oder? Geld hat sie nie dafür genommen."

„Du bist ja gut informiert", stellte der Staatsanwalt fest. Allmers wurde wieder rot bis unter die Haarspitzen. Diesmal blieb es nicht unbemerkt. Aber sein Bruder ging darüber hinweg.

„Wenn ich es mir genau überlege", fuhr der Staatsanwalt fort, „kommt eine Frau als Täterin nicht infrage. Obwohl: Sie wurde nicht vergewaltigt, und wir haben auch keinerlei Misshandlungen feststellen können, was für eine Frau sprechen könnte. Aber Frauen vergiften ihre Opfer. Der Schnitt an der Kehle dieses Opfers war mit großer Kraft ausgeführt, genau und zielgerichtet. Der Mord wurde kühl und überlegt durchgezogen. Eher untypisch für eine weibliche Täterin."

Weibliche Täterin, dachte Allmers. Weibliche Täterin. Sein Bruder hatte ihn schon als Kind mit seinen Ausdrücken genervt, die Überlegenheit ausdrücken sollten, oft aber peinlich daneben gerieten. Außerdem nervte ihn die Ansammlung von Klischees im Frauenbild seines Bruders.

„Und wenn es ein Einbrecher war?", fragte Allmers mehr rhetorisch. „Jemand, den sie überrascht hat, als er eingestiegen ist?"

„Auf keinen Fall! Ein Einbrecher hätte sich niemals die Mühe gemacht, die Leiche so weit zu transportieren. Der wäre in Panik davongelaufen."

„Brauchst du mich noch?" fragte Hans-Georg unvermittelt und stand auf. Sein Bruder hatte ihn in sein Büro gebeten, um ihn zu befragen. Am selben Abend wollte er noch nach Hause auf den Hof kommen, aber da Allmers nun mal ein Zeuge sei, müsse er ihn auch in seinem Büro vernehmen. Er wolle Privates nicht mit Dienstlichem mischen. So hatte er es ihm jedenfalls erklärt, als er ihn zu sich ins Justizgebäude der Kreisstadt zitierte.

Der Staatsanwalt schüttelte den Kopf. „Danke, fürs Erste nicht. Sag Mutter schöne Grüße."

Allmers schloss die Tür des Büros hinter sich und betrachtete das Namensschild. „Werner Allmers. Staatsanwalt" stand da, und er wusste, wie stolz sein Bruder auf dieses Plastikding war.

Werner war der Ältere von ihnen und immer das Vorbild. Zunächst war er es tatsächlich für den kleinen Bruder, und dann, als die Schule Hans-Georg nicht mehr interessierte, wurde er ihm immer als Vorbild vorgehalten. Werner schaffte jede Klasse mit Leichtigkeit, wechselte von der Realschule aufs Gymnasium und studierte.

Er dagegen hatte große Mühe mit dem Realschulabschluss gehabt, und es dauerte dann sehr lange, bis er sich entschloss, eine Ausbildung zu machen. Es lag nahe, sich für die Landwirtschaft zu entscheiden, wo er selbst von einem Hof stammte. Aber ihm war schnell klar geworden, dass die paar Hektar, die seine Eltern bewirtschafteten, fürs Leben nicht ausreichten. Die Stelle als Milchkontrolleur, die damals gerade frei wurde, erschien ihm als der Rettungsanker. Es war keine aufreibende Arbeit, sie ließ ihm ausreichend Zeit für seine anderen Interessen. Die kleine Landwirtschaft war vor allem im Sommer nicht anstrengend. Außerdem konnte er viel schlafen, niemand störte ihn bei seinem ausgiebigen Mittagsschlaf, den er meist auf dem Sofa im Wohnzimmer hielt. Schon in der Schule konnte er manchmal gegen Mittag kaum die Augen offen halten, das Bedürfnis, unbedingt ein Nickerchen machen zu müssen, hier und auf der Stelle, brachte ihm von seinem Bruder, der ein paar Klassen über ihm war, und von seinen Mitschülern immer wieder Hohn und Spott ein.

So war auch das frühe Aufstehen das, was ihn am meisten an der Arbeit störte. Aber die meisten Bauern molken morgens schon um sechs Uhr, und er durfte sich nicht verspäten. Trotzdem gefiel ihm dieser Beruf. Man musste sich dabei kein Bein ausreißen und war immer auf dem Laufenden. Auf dem eigenen Hof waren die Milchkühe schon lange abgeschafft, jetzt hielten sie nur noch einige Mutterkühe, die nicht mehr gemolken werden mussten. Ab und zu schlachteten sie ein Rind oder eine Kuh und verkauften das Fleisch an Bekannte. Ein paar Kaninchen hatte Allmers noch. Blaue Wiener. Es waren große Tiere mit einem seidenweichen Fell, dem auch nach der Gerbung die Haare nicht ausfielen.

„Hans-Georg!" Durch die Tür hörte er seinen Bruder rufen. Er seufzte und ging los. Vielleicht, so dachte er, könne er sich leise davonschleichen. Eine junge Frau kam ihm im langen Flur des alten Justizgebäudes entgegen. Sie war, so schätzte er, Anfang zwanzig, klein und mit einer rundlichen Figur. Der Rock, den sie trug, war zu knapp für ihre Schenkel. Sie gefiel ihm, sie hatte einen freundlichen Blick, mit dem sie die Türen des Ganges interessiert musterte.

„Kann ich Ihnen helfen?" Allmers tat, als kenne er sich in diesem Gerichtslabyrinth aus, um sie ansprechen zu können.

„Ich suche Staatsanwalt Allmers", lächelte sie ihn an. Allmers bekam Herzklopfen. „Die nächste Tür", stotterte er.

„Hans-Georg!" Nun hatte Werner Allmers die Tür aufgerissen.

Hans-Georg drehte sich um. „Ja?", sagte er gedehnt.

„Kommst du bitte noch einmal rein?"

„Eigentlich wollte ich in die Stadt", antwortete Allmers, „ich habe noch ein paar Sachen zu erledigen. Außerdem bekommst du Besuch." Er zeigte mit dem Kopf auf seine Gesprächspartnerin, die wartend hinter ihm stand.

Werner Allmers hob fragend die Augenbrauen: „Ja, bitte?"

„Ich bin Susanne Hansen vom Tageblatt", begann sie und die Miene des Staatsanwaltes hellte sich auf. „Ich habe ein paar Fragen wegen des Mordfalles. Könnte ich Sie sprechen?" „Ja, natürlich." Der Staatsanwalt war sichtlich guter Laune. Ein Interview mit der Zeitung ließ seine Arbeit in bedeutendem Licht erscheinen, fand er. „Ich bin sofort so weit. Ich habe nur noch einen Vernehmungstermin. Wenn Sie einen Moment warten wollen?" Damit schob er seinen Bruder in sein Büro.

„Vernehmungstermin? Bist du übergeschnappt?", fragte Hans-Georg erbost, als die Tür geschlossen war.

„Reg dich nicht auf. Nur so eine Floskel", beruhigte er ihn. „Du kennst doch alle Bauern in der Gegend?" Hans-Georg Allmers nickte: „Du doch auch." „Ja, aber du kennst sie besser. Du kommst doch jeden Tag auf einen der Höfe."

Hans-Georg Allmers verstand seinen Bruder sofort: „Ich bin weder Polizist noch Privatdetektiv. Ich bin Milchkontrolleur, sonst nichts."

„Sonst nichts", nickte der Staatsanwalt, und Allmers ärgerte sich. Er wusste nur zu genau, wie sehr sein Bruder auf ihn herabsah, wenn es um seinen Beruf ging.

„Spaß beiseite", fuhr Werner Allmers ungerührt fort, „ich meine, du könntest doch wenigstens deine Augen und Ohren offen halten. Vielleicht erfährst du nebenbei irgendetwas. Du prahlst doch immer damit, dass du alles erfahren würdest."

Allmers schwieg. Das Verhältnis zu seinem Bruder war nicht so, dass er ihm gerne jeden Wunsch erfüllte. Aber es war tatsächlich so, dass man bei der Milchkontrolle fast alles erfuhr. Die meisten Bauern waren gesprächig. Nicht immer, aber meist erfuhr Allmers im Laufe des Monats die wichtigsten Dinge, die sich in seinem Dorf abgespielt hatten.

„Mir zuliebe", bat ihn der Staatsanwalt eindringlich.

„Ich kann's ja mal versuchen. Aber versprich dir nicht zu viel davon." Allmers wollte so schnell wie möglich das Büro verlassen.

„Ich wusste, dass du mir helfen würdest", freute sich sein Bruder und hielt ihm die Tür auf. „Bis heute Abend!"

Allmers verließ das Büro. Susanne Hansen strahlte ihn an, als er vor die Tür trat. Sie hatte sich erhoben und schob sich an ihm vorbei. Er spürte ihren Geruch in seiner Nase und beschloss, ihn als einzige gute Erinnerung an diesen Tag im Gedächtnis zu behalten.

3

Gegenüber dem Justizgebäude stand eine alte Backsteinkirche, die mit ihrer imposanten Wucht das Justizgebäude zu erdrücken schien. Der riesige viereckige Turm war auf sandigem und nassem Untergrund errichtet worden. Die alten Baumeister hatten vor fast tausend Jahren nicht die stete Kraft des Wassers einberechnet, das die Fundamente der Kirche unterhöhlte. So begann sich der Turm nach ein paar Jahrhunderten zu neigen. Spötter meinten voraussagen zu können, dass die Kraft des Christentums selbst im Fallen noch ausreichen würde, Justitia mit ins Grab zu nehmen. Wenn sich der Turm, wie vorausgesagt, in das Justizgebäude bohren würde. Allmers dachte über die Geschichte nach, als er sich auf eine Bank setzte, die im Schatten der Kirche unter Bäumen stand.

Er war unschlüssig, ob er die Journalistin wiedersehen wollte, außerdem war es kurz nach Mittag, eigentlich hatte er für diesen Abend eine Milchkontrolle verabredet. Allmers dachte an die selbst gewählten Orakel, mit denen er sich als Kind Entscheidungen abnehmen ließ, anstatt sie selbst fällen zu müssen. Wenn in den nächsten zwei Minuten ein Fahrradfahrer mit Sonnenbrille vorbeikommt, dann … Oder: Wenn ich die Augen schließe und sie wieder öffne und ich dann kein Auto sehe, dann …

Allmers grübelte über das Orakel, ihm fiel aber kein geeignetes ein. Er überlegte, ob er ein Orakel brauchte, um sich zu entscheiden, ein Orakel zu stellen, als sie aus dem Gebäude kam. Sie entdeckte ihn sofort und winkte ihm zu. Allmers wurde rot. Er stand unschlüssig auf, verlegen, weil er nicht wusste, was er sagen sollte.

„Ich hatte gehofft, Sie würden auf mich warten." Die Journalistin begann sofort zu reden, als Sie sich gegenüberstanden. Sie schien nervös zu sein. „Kann ich Sie sprechen? Sie sind doch vernommen worden, Sie haben doch sicher etwas damit zu tun?“

„Womit?“, fragte Allmers verwirrt.

„Mit dem Mordfall Else Weber.“

Allmers nickte, sagte aber nichts.

„Wollen wir einen Kaffee zusammen trinken?“, schlug sie vor.

Wieder nickte Allmers: „In der Eisdiele ist der Cappuccino besonders gut.“

Sie ließen die Kirche hinter sich, durchquerten eine kleine, von hohen Fachwerkhäusern gesäumte Straße und traten auf den freien Marktplatz der kleinen Kreisstadt. Susanne Hansen erzählte während des Weges, dass sie selten einen eingebildeteren Menschen kennengelernt habe als diesen Kerl, den sie gerade interviewt hatte. Er habe die ganze Zeit nur von sich selbst erzählt und mit hohlem Pathos berichtet, wie toll er alles im Griff habe.

Als sie die Eisdiele betraten, ließ er ihr den Vortritt und musste grinsen, als sie vor ihm das Lokal betrat. Ihr Rock war viel zu eng, der Knopf, der über dem Gesäß den Rock hielt, war kurz davor, abzuspringen.

„Zwei Cappuccino“, bestellte Allmers, als sie am Tresen vorbeigingen. Er versuchte den routinierten Begleiter zu spielen. Es gelang ihm gut, fand er.

„Cappuccino war doch richtig, oder?“ fragte er Susanne Hansen.

Sie nickte. „Ich muss etwas dazu essen.“ Sie nahm sich die Speisekarte und studierte sie ausgiebig. Schließlich rief sie zur Theke: „ Zwei Coppa speciale.“

Sie lachte: „War doch richtig, oder?“

Er sah sie verwundert an und überlegte, ob er ihr gewachsen war.

Sie tat so, glaubte Allmers, als ob sie seine Unsicherheit nicht zu bemerken schien, und forderte ihn auf: „Jetzt erzählen Sie!“

„Da gibt es nicht viel zu erzählen. Ich war dabei, als die Leiche gefunden wurde.“

Die Journalistin bekam große Augen und strahlte. „Das ist

super!", rief sie. „Darf ich das Band laufen lassen?" Sie kramte aus ihrer Tasche ein kleines Tonbandgerät und begann, an den Knöpfen und Schaltern zu drehen. Es gelang ihr nicht, das Gerät in Gang zu setzen. „Ich habe noch nicht so viel Erfahrung mit so einem Ding", entschuldigte sie sich und bemühte sich weiter, mit der Technik des Gerätes klarzukommen. „Scheiße", sagte sie plötzlich und haute mit der flachen Hand auf das Gerät. „So ein Kasten ist nichts für mich."

Allmers sah ihr zu, und plötzlich fiel ihm die Milchkontrolle wieder ein.

„Haben Sie ein Handy?", fragte er. Susanne Hansen nickte. Sie holte das kleine Telefon aus ihrer Tasche und überreichte es Allmers.

Allmers wusste die Nummer von Ernst Poppe auswendig. Während er auf das Freizeichen wartete, wurde das Eis serviert. Sie stürzte sich heißhungrig darauf. Allmers hatte einen Löffel Eis im Mund, als das Gespräch zustande kam. „Ernst?" schlürfte er. „Hier ist Hans-Georg. Ich kann heute Abend nicht kommen. Ich bin auf der Autobahn zwischen Bremen und Hamburg. Ich hab eine Reifenpanne. Von wo ich telefoniere? Von einer Raststätte. Man kann sein eigenes Wort kaum verstehen, so ein Trubel ist hier. Morgen? Nein. Morgen bin ich bei Hella. Übermorgen? Ja, das geht. Halb fünf?" Er schaltete das Handy ab.

„Haben Sie das etwa aufgenommen?", fragte er mit Blick auf das Tonbandgerät.

„Möglich, jetzt läuft es wenigstens. Lügen Sie immer so bewundernswert?", fragte sie. „Und dann noch mit einem Mund voller Eis. Wem haben Sie denn was abgesagt?"

„Ich bin Milchkontrolleur und habe keine Lust, heute Abend zu arbeiten. Wollen Sie noch ein Eis?"

„Nein danke", sagte sie. „Aber Sie müssen sich beeilen. Sonst wird Ihr Eis kalt."

Allmers sah sie erstaunt an, und als sie herzhaft über ihren Witz zu lachen begann, wusste er, dass es nicht mehr lange dauern würde, und er war ihr verfallen. Frauen mit Witz waren ihm in seinem Leben zu selten begegnet.

„Sie kontrollieren Milch? Wo denn?", fragte sie, als sie schließlich aufgehört hatte zu lachen.

Allmers überlegte einen Moment, wie er ihr seinen Beruf erklären könnte, und sah ihr dabei ins Gesicht. Susanne Hansen erwiderte seinen Blick und wartete auf seine Antwort.

„Ich kontrolliere die Milchleistung bei Kühen."

Die Journalistin sah ihn erstaunt an: „Was es alles gibt! Erklären sie doch mal!"

„Interessiert Sie das wirklich?", fragte er verständnislos.

Sie nickte heftig und zog einen kleinen Block aus der Tasche.

„Es ist keine schwere Arbeit", begann Allmers entschuldigend. „Die Bauern wollen gerne wissen, wie viel Milch ihre Kühe geben, damit sie wissen, welches der Tiere sie zur Zucht verwenden können."

Die Journalistin schrieb mit, und Allmers wunderte sich, nach welchem System sie den Block vollkritzelte. Er hatte vor ein paar Jahren schon einmal ein Gespräch mit einem Journalisten geführt – damals ging es um einen siegreichen Rammler aus seiner Kaninchenzucht – und sich seinerzeit auch darüber gewundert.

„Und wie machen Sie das?", fragte die Frau, ohne den Blick zu heben.

„Ich habe Messgeräte dabei, die bei jeder Kuh einzeln die Milchmenge messen. Milkoskope heißen die Dinger. Außerdem nehme ich aus den Geräten noch eine kleine Probe der Milch und schicke sie ein."

Das reicht, dachte er. Er wollte eigentlich nicht über seine Arbeit reden.

Aber die Journalistin ließ nicht locker: „Wohin?" Allmers verstand die Frage nicht gleich, er dachte an seine alte Liebe Wiebke und überlegte, ob sie und die Journalistin sich ähnlich waren.

„Wohin?", wiederholte sie hartnäckig. „Wohin wird die Milch eingeschickt?"

Allmers seufzte. „In ein Labor. Dort wird die Milch auf ihre Inhaltsstoffe untersucht. Fett, Eiweiß, Trockenmasse und so weiter."

„Und davon kann man leben?", fragte die Journalistin erstaunt.
Allmers zuckte mit den Schultern.
„Da könnte ich doch fürs Tageblatt mal einen Bericht machen."
Die Tische in der Eisdiele waren sehr klein. Langsam füllte sich der Raum mit alten Frauen, die ihren nachmittäglichen Kuchen genossen, und lauten Jugendlichen, die sich über die Eisvorräte hermachten. Allmers rückte näher an den Tisch heran, dabei stieß sein Knie an das Bein der Journalistin. Er spürte, wie sie erst erschrocken zuckte. Sein Herz begann zu klopfen, als er merkte, dass sie ihr Bein nicht zurückzog, obwohl Platz genug gewesen wäre. Sie drückte ihr Knie sanft und bestimmt gegen das seine. Hans-Georg Allmers wollte etwas sagen, wollte über den Fund der Leiche sprechen, aber der Druck unter dem Tisch ließ ihn verstummen. Er wusste, er war verloren.
Schließlich fing er sich wieder und meinte: „Das könnte man machen."
„Schön", sagte sie. „Wann sollen wir anfangen?"
„Bei mir."
Sie lächelte ihn an. „Wann, nicht wo!"
„Morgen?", stotterte er.
„Bekomme ich Ihre Telefonnummer?"
Allmers nickte und nannte ihr die Zahlen. Sie schrieb sie mit und sagte: „Ich rufe Sie an. Aber vielleicht kann ich auch erst übermorgen. Ich muss das in der Redaktion absprechen. Ich habe erst angefangen." Plötzlich war sie verlegen. „Ich mache ein Volontariat."
Sie zog ihr Bein zurück, und Allmers war enttäuscht.
„Ich heiße übrigens Susanne. Und du?"
„Hans-Georg."
Sie beugte sich vor, legte ihre Hand auf seine und sagte: „Bis bald."

4

Allmers beschloss, den Schlachter zu besuchen, schließlich hatte er sich den Nachmittag mit einer kleinen Lüge freigeschaufelt und damit etwas Zeit. Auf der Fahrt fiel ihm auf, dass er mit der Journalistin nicht mehr über den Leichenfund gesprochen hatte. Eigentlich war das ja der Grund gewesen, mit ihr einen Kaffee trinken zu gehen. Sie machte einen lieben, aber etwas unprofessionellen Eindruck auf ihn. Die Erinnerung an den sanften Druck ihres Beines und an die Rundungen ihres Körpers hob seine Laune. Er pfiff vor sich hin und freute sich auf ihren Besuch.

„War der Abdecker schon da?", fragte Allmers den Schlachter, als er ins Schlachthaus trat. Charly Zannmann schlachtete manchmal den ganzen Tag.

Zannmann schüttelte den Kopf. „Es liegt hinter dem Haus. Willst du es noch einmal sehen?"

„Nein, kein Bedarf." Der Anblick des toten Rindes war für Allmers untrennbar mit der toten Frau verbunden.

„Wer war's?", fragte Zannmann.

„Alle können es gewesen sein", erwiderte Allmers. „Alle sind verdächtig."

Zannmann nickte. „Das war ein sauberer Schnitt. Das Messer war scharf. Und es muss groß gewesen sein. So ungefähr."

Er hielt Allmers ein großes Messer unter die Nase.

„Du weißt ja gut Bescheid", sagte Allmers und schob das Messer zur Seite.

„Ist ja mein Beruf", erwiderte der Schlachter und wandte sich wieder dem Tier zu, das er gerade zerteilte. Er nahm das große

Messer und schnitt den Körper des vor ihm hängenden Rindes auf. Allmers kannte jeden Handgriff des Schlachters, aber wenn das Rückgrat mit der Säge der Länge nach durchtrennt wurde, durchfuhr ihn jedes Mal wieder ein Schaudern.

„Kanntest du ihren Mann?", fragte er in die arbeitsame Stille.

Charly Zannmann nickte und griff zum Beil, mit dem er die letzten Zentimeter des Rückenmarks durchtrennte.

„Ihr Mann ist schon lange tot."

Wenn er vier Schläge braucht, ist er gut, dachte Allmers und zählte innerlich mit. Zannmann holte aus und schlug zu. Nach dem dritten Schlag hingen die beiden Hälften des Rindes nur noch mit ein paar Fleischfetzen zusammen. Zannmann holte wieder aus, schlug aber so ungeschickt, dass er einen fünften Schlag benötigte.

„Schade", sagte Allmers.

„Bitte?"

„Nichts. Wie war das mit dem Mann?"

Zannmann hieb zum fünften Mal, und die beiden Körperhälften des Tieres schwangen frei an ihren Haken.

„Er ist ertrunken. Hier im Fluss."

„Ein Unfall?"

Zannmann nickte: „Das ist schon ewig her. Mindestens zwanzig Jahre. Ich war damals fünfzehn oder sechzehn. Es war im August, daran erinnere ich mich noch genau. Es war nämlich furchtbar heiß, die Luft stand, und über dem Wasser flimmerte es. Der Mann von Angina, sie waren erst ein oder zwei Jahre verheiratet, arbeitete auf einem Gut auf der anderen Seite der Oste. Als der Raps gedroschen war, wollte er zwei vollgeladene Hänger über die Fähre fahren. Er war noch jung, ich glaube, er hatte Landwirtschaft studiert, und das war seine erste Stelle als Verwalter. Damit nichts passierte", hier schüttelte Zannmann den Kopf, „fuhr er selbst. Er hatte kaum Erfahrung, und die Schlepper waren damals noch nicht so gut wie heute. Außerdem war der Schlepper zu klein und die Hänger zu schwer."

Der Schlachter erzählte die Geschichte gerne. Allmers hatte sie schon mehrmals gehört, aber so ausführlich wie heute gab Zannmann sie selten zum Besten. Während er redete, säuberte er mit dem Messer die beiden Rinderhälften von Fett und Schmutz.

„Er kam", fuhr er fort, „die kleine Allee zum Fahranleger heruntergefahren. Er bekam es wohl ziemlich schnell mit der Angst zu tun, die beiden Hänger schoben den Trecker unbarmherzig vor sich her und wurden immer schneller. Später hat man festgestellt, dass die Auflaufbremsen defekt waren. Er war sehr unerfahren und fuhr natürlich im höchsten Gang. Bei diesem Gewicht hätte er höchstens im Zweiten die Allee runterfahren dürfen. Auf den letzten hundert Metern schöpfte er wieder Hoffnung: Die Straße wurde wieder ebener und das Gespann dadurch langsamer. Die Fähre war auf seiner Seite, und er versuchte, ein wenig abzubremsen, um das Gefährt so langsam wie möglich auf die Fähre zu lenken. Er hatte doppeltes Pech. Zu den kaputten Auflaufbremsen kam dazu, dass die Bremsen heißgelaufen waren. Jedenfalls rauschte er mit voller Geschwindigkeit auf die Fähre. Der Fährmann konnte gerade noch rechtzeitig zur Seite springen. Anginas Mann durchbrach die vordere Absperrung der Fähre wie ein Streichholz und versank mit dem Schlepper und den beiden Anhängern im Fluss. Hans Ahlf erzählte später . . ."

„Wer?", unterbrach ihn Allmers. Zannmann nutzte die Unterbrechung, legte sein Messer beiseite und nahm den Wasserschlauch, um das restliche Blut von den fertig geputzten Rinderhälften abzuspritzen.

„Hans Ahlf, der Fährmann", fuhr er fort. „Er erzählte später, dass der arme Kerl Rotz und Wasser geheult hatte, als er an ihm vorbei auf die Fähre gerast sei. Er schrie und heulte abwechselnd und fuchtelte mit den Armen. Er hatte wohl geahnt, dass es keine Rettung mehr geben würde. Alles ging so schnell, dass er keine Zeit hatte abzuspringen."

Die eine Rinderhälfte war fertig. Der Schlachter trat einen Schritt zurück, um seine Arbeit noch einmal zu begutachten.

Zufrieden nickte er mit dem Kopf und wandte sich der anderen zu.

„Der Fluss war tagelang blockiert. Keine Fähre fuhr, wir waren wie abgeschnitten. Der Fährmann hatte sein altes Ruderboot wieder aus dem Schuppen gezogen und ruderte wie früher die Fußgänger hin und her. Erst als ein großer Schwimmkran aus Hamburg herbeibugsiert worden war, konnte man das Gespann bergen."

„Er lag die ganze Zeit unter Wasser?", fragte Allmers neugierig nach.

Zannmann nickte: „Es war zwar streng verboten, aber wir Kinder sind natürlich mit dem Boot mehrmals zu der Stelle hingefahren. Der Mann saß eingeklemmt hinter dem Steuer, die starke Strömung hielt seinen Körper aufrecht, nur der Kopf hing vornüber. Die Taucher haben ihn nicht befreien können."

Allmers schüttelte sich. „Eine beschissene Art, ums Leben zu kommen."

Zannmann nickte mit dem Kopf und betrachtete dabei zufrieden das Ergebnis seiner Arbeit: Zwei sauber getrennte und geputzte Rinderhälften hingen vor ihm an den Haken.

5

Allmers war überrascht, dass Susanne Hansen ihn schon am Abend anrief. Sie redeten lange am Telefon miteinander, stellten fest, dass sie sich in der Eisdiele nicht mehr über den Mordfall unterhalten hatten, lachten über die alten Frauen, die sich am Nebentisch riesenhafte Kuchenstücke einverleibt hatten, und beschlossen, sich am nächsten Tag auf dem Allmers'schen Hof zu treffen. Allmers schlug vor, dass sie kurz nach Mittag käme, dann könne man einen Spaziergang ins Moor machen und dabei über die Bauern herziehen.

„Herziehen?", fragte Susanne Hansen erstaunt.

„Na ja, da gibt es schon ein paar skurrile Typen", erläuterte Allmers. „Die wären vielleicht auch etwas für die Zeitung."

Sie war pünktlich. Allmers erwartete sie auf dem Hof, er hatte den Vormittag im Garten und auf dem Hof gearbeitet, um zu verhindern, dass sein Besuch seiner Mutter in die Arme lief. Susanne Hansen fuhr einen alten Golf, und als sie aus dem Auto stieg, musste Allmers lachen.

„So willst du einen Bauern besuchen?"

Erstaunt sah sie an sich herunter. Es war ein warmer Spätfrühlingstag, sie trug ein T-Shirt, einen knappen Rock, farbige Strumpfhosen und Halbschuhe aus rotem Leder.

„Was ist? Stimmt was nicht?"

„Hast du Gummistiefel dabei? Die brauchst du, wenn du in einen Stall gehst. Und am besten ein paar alte Jeans."

Susanne grinste: „Ich bin zwar aus der Stadt, aber nicht blöd. Ist alles im Kofferraum."

„Wir haben auch mal so einen alten Golf gehabt", erzählte Allmers, als sie ihre Sachen aus dem Auto holte. „Sogar die gleiche Farbe."

„Dann kannst du ihn ja reparieren, wenn er mal kaputt ist", erwiderte sie hoffnungsvoll und sah sich suchend nach einem Platz um, wo sie sich ungestört umziehen konnte. Aber zu ihrem Erstaunen schüttelte Allmers den Kopf: „Ich bin da völlig unbegabt, genauso wie mein Vater. Wenn er früher mal Probleme mit den Treckern oder Autos hatte, ist er meist zu meiner Mutter gegangen. Sie hat ein richtiges Händchen dafür."

Allmers sah Bewunderung in den Augen der Journalistin aufblitzen: „Das ist aber ungewöhnlich emanzipiert. Meistens haben die Bäuerinnen die Technik den Männern überlassen, oder ist das ein Klischee von unbedarften Städtern?"

„Als emanzipiert würde ich meine Mutter nicht bezeichnen", Allmers gluckste bei der Vorstellung, „eher interessiert. Sie kennt sich mit technischen Dingen wirklich gut aus."

Allmers zeigte ihr eine Ecke in der alten Diele, wo sie sich umzog, und schlug ihr vor, den alten Moorweg entlangzulaufen. Dabei wollte er ihr seinen Hof zeigen und gleichzeitig nach seinen Rindern sehen.

Er erzählte Susanne Hansen zuerst von Hella Köhler, der Frau des Bauern, den er mit ihr am Abend besuchen wollte. Sie war starke Diabetikerin, fast blind, aber konnte ihre Naschsucht nicht beherrschen, wodurch sie immer kränker wurde. Auf der Hälfte der Strecke kamen sie an der Weide vorbei, auf der ein paar Rinder standen, die im Herbst geschlachtet werden sollten. Schließlich führte er sie zu einem kleinen See, der in einem Wäldchen am Rande der Wiese lag. Allmers' Vater hatte ihn vor vielen Jahren ausheben lassen, als ein Bagger die Gräben in der Nähe saubermachte. Er wollte in dem See Karpfen züchten. Sie wurden tatsächlich ausgesetzt, schwammen aber schon ein paar Tage später kieloben. Das Wasser des Sees war so sauer, dass die empfindlichen Fische sofort eingingen. Seitdem lag der kleine See unberührt, und Allmers besuchte ihn oft. Er lag versteckt in dem Birkenwäldchen, das sich zum See hin öffnete und von

Brombeerbüschen abgelöst wurde. Hinter dem See begann die öde Wildnis des Torfwerkes, das fast zweihundert Hektar abgetorft hatte.

Allmers half Susanne über den Zaun, mit dem die Weide gegen den See abgegrenzt war. Auf der ganzen Wegstrecke übertraf er sich selbst an Witz und Unterhaltsamkeit, brachte sie andauernd mit seinen skurrilen Geschichten über die Bauern zum Lachen, erzählte ihr, dass er alle Pflanzen im Moor mit den deutschen und lateinischen Namen kenne, zählte mit ihrer Hilfe, am Zauntor gelehnt, die Rinder, redete wie ein Buch über Pflanzen und Moorkultivierung und dozierte über den Wahnsinn des Torfabbaus. Am Ende hatte er keinen Mut, sie zu berühren.

Am Zaun nahm Susanne seine Hand, um sich über den Draht helfen zu lassen, kletterte hinüber und ließ ihn auf der anderen Seite nicht mehr los. Allmers zog sie ein bisschen verlegen durch das kleine Wäldchen. Schließlich fasste er allen Mut zusammen, drehte sich um und nahm sie in den Arm. Ihr Kuss war lange und intensiv. Allmers glaubte, vor Glück abzuheben.

„Um drei sind alle verschwunden", sagte er, als er sie wieder losließ.

„Wer ist verschwunden?"

„Die Arbeiter vom Torfwerk. Ab drei haben die frei und fahren nicht mehr mit ihren Loren herum. Wenn man Glück hat, ist es dann so still, dass man außer den Vögeln und Grillen nichts mehr hört."

Auf der einen Seite des Ufers lag der Aushub des Sees, graue Erde aus den Tiefen unterhalb der Torfschicht. Sie war so sauer, dass sie nur zögernd vom Rand her bewachsen wurde. Allmers setzte sich darauf und zog Susanne herunter. Sie lehnte sich an seinen Arm und schien es zu genießen, als seine Hand unter ihr T-Shirt rutschte.

Plötzlich richtete sie sich wieder auf und schob seine Hand weg. Sie sah angestrengt durch das Gebüsch und wurde blass.

„Da ist jemand", sagte sie leise. „Da beobachtet uns jemand."

Allmers glaubte ihr nicht, sprang aber auf und rannte in die Richtung, in die sie gezeigt hatte.

„Nichts", sagte er, als er langsam zurückkam. „Da war niemand."

„Doch! Ich habe die Augen gesehen. Es hat jemand durch das Gebüsch gesehen."

„Vielleicht war es ein Tier, eine Katze oder ein Fuchs?"

„Ich habe das Weiße im Auge gesehen." Susanne Hansen bestand auf ihrer Beobachtung. „Kein Tier hat solche Augen." Sie konnte sich nur schwer beruhigen. Allmers setzte sich wieder neben sie und legte seinen Arm um ihre Schultern. Als er an ihrem Ohr zu knabbern begann, lehnte sie sich so an ihn, dass er ihr Verlangen zu spüren glaubte. Langsam gelang es ihm, ihr angstvolles Misstrauen zu besiegen, bis sie schließlich seine Küsse erwiderte.

„Warte einen Moment", flüsterte sie ihm ins Ohr. Sie begann ihr T-Shirt auszuziehen. Allmers sah auf die Uhr.

„Und?", fragte Susanne.

„Halb vier."

„Hoffentlich ist wirklich keiner da", meinte sie, strahlte dabei und zog das Hemd über den Kopf. Als sie sich zurückbeugte und hinlegen wollte, schrie sie auf und sprang hoch.

Taraxum officinale, dachte Allmers, als er die Brennnessel sah.

Allmers' Schwester Rosemarie hatte ihr Biologiestudium abgebrochen, als sie schwanger geworden war. Sie heiratete überstürzt einen Theologiestudenten. Dies alleine versöhnte ihre Mutter wieder und die Tatsache, dass der Schwiegersohn ganz nach ihrem Geschmack war. Die Hochzeit fand in Stuttgart statt, die Familie des Bräutigams stammte von dort.

Allmers, seine Eltern und sein Bruder waren während des gesamten Aufenthaltes in Stuttgart auf Rosemaries Übersetzungen aus dem Schwäbischen angewiesen, selbst den Pfarrer in der Kirche verstanden sie kaum.

Gotthilf Friedensreich Schwemmle, der neue Schwager, entstammte einer alteingesessenen Familie, die seit vielen Generationen mit Textilien handelte. Sie waren strenggläubige Pietisten, und die beiden Mütter verstanden sich auf Anhieb. Beide waren bigott und himmelten ihren Pfarrer an. Die Väter hatten sich nichts zu sagen. Georg Allmers verstand kein Wort und fühlte sich in der wohlhabenden Umgebung sehr unwohl. Er saß meist wortlos am Ende des Tisches und wartete nur darauf, wieder nach Hause zu fahren.

Nach ein paar Jahren hatten die beiden Eheleute vier Töchter. Bei der Geburt der letzten wurde Rosemarie von ihrem Mann im Kreißsaal geohrfeigt. Den fünften Versuch, einen Sohn zu zeugen, lehnte sie daraufhin ab.

„Sonnentau?“

„Drosera rotundifolia“, sagte Allmers, und seine Schwester war zufrieden.

„Gehört zur Familie der Sonnentaugewächse, Droseraceae. Ausdauernde Pflanze, blüht im Juli und August, steht unter Naturschutz.“

Rosemarie und Hans-Georg liebten dieses Spiel des gegenseitigen Abfragens, selbst als Erwachsene konnten sie es nicht lassen, ihr Wissen zu prüfen. Als Kinder mussten sie häufig in die Rüben, vereinzeln und hacken. Sie rutschten dann auf Knien über den Acker, zupften überzählige Rübenpflanzen und jäteten Unkraut. Rosemarie hatte den Ehrgeiz, nur dann eine Pflanze zu rupfen, wenn sie sicher den deutschen und den lateinischen Namen wusste, sonst ließ sie sie stehen. Die beiden Kinder riefen sich über die Reihen die deutschen Namen der Unkrautpflanzen zu, der andere musste dann mit dem lateinischen antworten.

„Besser?“, fragte er teilnahmsvoll.

Susanne schüttelte den Kopf. Sie waren in aller Eile zurückgelaufen, und sie hatte sich auf seinem Bett auf den Bauch gelegt, um sich den Rücken mit den unterwegs gerupften Blättern des Spitzwegerichs einreiben zu lassen. Die Brennnesseln hatten dicke Blasen auf ihrer Haut zurückgelassen. Sie war am See fluchend aufgestanden und hatte sich schnell angezogen. Allmers' enttäuschtes Gesicht quittierte sie mit einem verlegenen Lachen.

Das Rezept für die Behandlung der Nesselvergiftung hatte Allmers von seiner Großmutter übernommen.

„Was machst du?", fragte sie schläfrig, als sich Allmers erhob und wegging.

„Ich will nur etwas nachsehen." Er ging zum Bücherregal und zog ein Bestimmungsbuch heraus:

„Taraxum officinale", stand da. „Gemeiner Löwenzahn. Blätter der Grundrosette schrotsägeförmig gelappt bis fiederteilig oder nur leierförmig ausgeschnitten."

„Scheiße", sagte Allmers leise.

„Was sagst du?" Susanne drehte ihren Kopf in seine Richtung.

„Ach nichts", murmelte er. „Nicht so wichtig."

„Bist du eigentlich stolz auf deine Mutter?", fragte sie müde. „Es klang vorhin so, als du von ihren technischen Fähigkeiten erzählt hast."

„Nein", meinte Allmers, „stolz bin ich nicht. Ich habe Respekt vor ihr. Sie durfte eben nie so sein, wie sie wollte, und was aus ihr dann geworden wäre, weiß man nicht."

„Ich kann heute Abend nicht mit", sagte Susanne bedauernd, ohne auf ihn einzugehen. „Mein Rücken brennt wie Feuer."

Sie gehört zu einer besonderen Art von Menschen, dachte er, als sie kurz darauf gegangen war. Ihre Haut hatte einen seidigen Schimmer und war so glatt und von keinem Pickel, keiner Unreinheit oder irgendetwas anderem entstellt, dass er noch jetzt ihre Glätte an seiner Hand zu spüren glaubte.

Allmers lag auf dem Bett, roch noch ihren Geruch und stellte sich vor, wie er mit zögernder Hand über die Haut ihres Rückens strich, mit den Fingern über jeden Wirbel ihres Rückgrates sprang wie ein Zug über die regelmäßigen Schwellen seiner Schienen. In Gedanken erreichte seine Hand die Kuhle, die sich bildet, bevor die Hinterbacken begannen, folgte der festen Rundung und begann den Abstieg zu den Schenkeln.

Allmers stand auf und überlegte, ob er sich Erleichterung verschaffen sollte.

6

Die Kuchen, die Hella Köhler backte, waren ein getreues Abbild ihres Seelenzustandes. War sie in Hochstimmung, konnte sie Sachertorten und Biskuitrollen backen, die ein dahingehauchter Hochgenuss waren. Eine Käsesahnetorte zeigte eine freundliche Grundstimmung an, wenn auch das euphorische Element fehlte. Dies blieb der Sachertorte vorbehalten. Brachte sie dagegen eine Schwarzwälder Kirschtorte auf den Tisch, so konnte man anhand der Menge des verwendeten Likörs erkennen, in welcher Stimmung sie sich befand. Marmorkuchen backte sie immer, wenn sie eine Ahnung beschlich, dass etwas ihren Frieden stören könnte. Sie mochte nämlich keinen.

Die Vorbereitungen zu Kaffeenachmittagen mit ihren Nachbarinnen gerieten jedes Mal zu konditoralen Meisterprüfungen, vor der so mancher Konditorengeselle kapituliert hätte. Bei diesen Einladungen setzte sie virtuos ihr Können ein, um den Gästen zu imponieren. Sie gestaltete die Kuchenplatten so geschickt, dass die Kuchen mit dem jeweiligen Stand der Gäste korrespondierten. Das endete als Rangunterstem mit einem unbeliebten Viehhändler aus dem Alten Land, der einen trockenen Sandkuchen mit lauwarmem Muckefuck vorgesetzt bekam. Dass dadurch die Kälberpreise nicht stiegen, versuchte ihr Mann ihr seit Jahren vergeblich klarzumachen.

„Friedel ist schon da“, sagte Hella. „Er holt die Kühe.“

„Ach“, erwiderte Allmers.

Er hatte noch nie eine Milchkontrolle auf diesem Hof erlebt, die pünktlich angefangen hatte. Aber immer halfen die aus den Schränken hervorgezauberten Sahnetorten, Schweinsohren oder Käsekuchen, die Zeit zu verkürzen. Und ihr niemals schweigender

Mund ließ Allmers genug Zeit, sich durch die Kuchenköstlichkeiten hindurch essen zu können, ohne selbst viel reden zu müssen. Hella Köhler war durch ihre Zuckerkrankheit fast blind. Wobei böse Zungen behaupteten, sie sähe nur das nicht, was sie nicht sehen wolle. Ihre Blindheit und ihr Diabetes gediehen durch ihre Naschsucht, die sie nie beherrschen konnte, und so kam es, dass sie wie viele Menschen, die nicht mehr über alle Sinne verfügen, einen anderen ganz besonders ausgebildet hatte.

Bei ihr war es der Geruchssinn, der sie immer wieder zu olfaktorischen Spitzenleistungen führte. Sie konnte, wenn sie bei Nachbarinnen oder auf dem Feld war, riechen, ob zu Hause ein Kuchen anzubrennen drohte. Und sie hatte zu den fünf üblichen noch einen sechsten, einen eigenen entwickelt, den man so bei niemand anderem finden konnte. Es war ein vorzüglich funktionierender Informationssinn, der sie auch dann nicht verließ, als sie als alte Frau gänzlich in das Dunkel der Blindheit tauchte.

Manchmal, dachte Allmers, weiß sie die Dinge, bevor sie geschehen.

„Willst du einen Kuchen?“, fragte Hella.

Allmers nickte.

„Schlimm“, murmelte Hella Köhler. „Schlimm.“

„Das mit Else?“, fragte Allmers.

Hella nickte und wischte sich die Tränen aus den Augen. „Dass so etwas bei uns passieren musste.“

„Wer war es?“, fragte Allmers und zerteilte die Sahnetorte. Er hätte sich nicht gewundert, wenn sie ihm den Namen des Mörders präsentiert hätte.

Hella zuckte mit den Schultern. „Von uns hier aus dem Dorf war es keiner. Das steht fest.“

Allmers runzelte fragend seine Stirn.

„So etwas macht hier keiner. Sie hat doch all die Jahre friedlich bei uns gelebt. Sie war doch eine gute Seele.“

Allmers sah Hella erstaunt an. Bis vor einigen Tagen hatte er ganz andere Einschätzungen von ihr gehört. Aber so war es immer mit den Menschen, die hier im Dorf starben. Kaum waren sie unter der Erde, wandelten sie sich zu den angenehmsten Zeitgenossen, auch wenn man vor ihrem Tod jeden Kontakt vermieden hatte.

„Die haben den Kerl in Bremervörde verhaftet“, fuhr Hella fort.

„Welchen Kerl?“, Allmers war elektrisiert, „den Mörder?“

Hella schüttelte erstaunt den Kopf. Sie wunderte sich, dass Allmers ihren Gedankensprüngen nicht gefolgt war.

„Den Liebhaber von Maike.“

Liebhaber, dachte Allmers und nahm ein Stück Käsekuchen. Liebhaber. Eigentlich ein schönes Wort. Lieb-Haber. Das konnten wahrscheinlich nur wenige von sich sagen.

„Ach, der!“ Allmers biss in den Käsekuchen.

„Du weißt doch“, erzählte sie, „dass Maike mit dem Kerl im Dorf eine Wohnung gehabt hat. Er saß schon mal im Zuchthaus.“

„Gefängnis“, verbesserte Allmers mit vollem Mund. „Zuchthaus gibt's schon lange nicht mehr.“

„Egal. Willst du noch einen Kaffee?“

Allmers nickte.

„Vor vier Wochen haben sie ihn in ihrer Wohnung verhaften wollen. Aber er war schon weg. Maike ist angeblich aus allen Wolken gefallen. Sie hat dann die Wohnung aufgegeben und ist wieder zu Otto und Erna gezogen. Und dann ist der Kerl jeden Abend bei ihr aufgetaucht. Ich habe es selbst gesehen. Bis Otto was gemerkt hat. Eines Morgens ist er ihm auf dem Hof begegnet. Aber er war fast im gleichen Moment wie vom Erdboden verschluckt.“

Allmers kannte die Geschichte schon und versuchte Hella zu unterbrechen. Er hatte nur eine Chance, wenn er etwas außergewöhnlich Interessantes in die Waagschale werfen konnte.

„Meinst du, er könnte der Mörder sein?“

Hella schwieg verblüfft. Ihre Augen waren aufgerissen, als sie leise sagte: „Warum bin ich nicht selbst darauf gekommen?“

Er ließ sie mit ihrer Verblüffung alleine, stand auf und ging in den Stall. Allmers bereitete die Prüfgeräte für die Milchkontrolle vor.

Friedel Köhler hatte nur drei Melkzeuge, aber trotzdem blieb während der Arbeit wenig Zeit zuzusehen, wie der kleine, hagere Mann wie ein Irrwisch durch die angebundenen Kühe fuhr. Er war ein schneller Melker, der sich im Dauerlauf zwischen den Kühen hin- und herbewegte. Seine Tiere waren es gewöhnt, sodass sie nicht in Aufruhr gerieten, wenn er unvermittelt zwischen ihnen auftauchte und ihnen, kaum dass sie ausgemolken waren, mit heftigem Ruck die Melkzeuge vom Euter riss.

In vielen Betrieben war die Milchkontrolle eine schweigsame Arbeit. Allmers stand dort an seinem Pult und notierte die gemessenen Milchmengen, die das Prüfgerät für jede einzelne Kuh ergeben hatte. Die Gespräche wurden oft danach geführt – bei einem Bier oder einem Kaffee.

Friedel Köhler nahm die Auffanggefäße immer selbst ab und stand schon vor Allmers, wenn dieser noch mit der vorherigen Probe beschäftigt war.

„Brigitte“, sagte Köhler, und Allmers nickte. Allmers freute sich bei jeder Kontrolle, dass die Kühe in diesem Betrieb noch Namen hatten.

„Rosa.“ Es waren noch keine zwei Minuten vergangen, und Friedel Köhler stand schon wieder hinter ihm.

Hella kam in den Stall, um den beiden Männern Gesellschaft zu leisten. Sie trug einen Teller mit drei Kuchenstücken.

„Wann ist es so weit?“

Wie so oft, wusste Allmers bei den Fragen von Hella Köhler nicht, worauf sie hinauswollte. Kaum jemand konnte ihren Gedankensprüngen folgen.

Allmers beschloss, nicht zu reagieren, aber Hella ließ nicht locker: „Wann es so weit ist, meinte ich.“

Allmers beugte sich über seine Liste und trug ein: Feodora 9,8 Liter.

„Was meinst du?“, fragte er beiläufig.

„Eure Hochzeit. Wann eure Hochzeit ist?“

Diesmal war die Verblüffung auf Allmers’ Seite. Es gelang Hella selten, ihn sprachlos zu machen, aber jetzt blieb ihm vor Staunen der Mund offen stehen.

„Man hat euch am See gesehen." Dabei nickte sie verständnisvoll und lächelte neugierig.

Allmers fiel die Beobachtung von Susanne Hansen wieder ein. Hatte sich doch jemand im Busch versteckt?

„Wer?", fragte er mit scharfem Ton.

Hella Köhler wurde unsicher: „Friedel hat es mir erzählt. Ich weiß nicht, von wem er es hat." Sie wechselte schnell das Thema und war froh, dass Allmers nicht nachfragte.

Hans-Georg trug die letzten Werte in seine Liste ein. Er dachte über Hellas Bemerkung nach, die ihn verunsicherte. Wer hatte sie bei der Schmuserei beobachten können? Und warum hatte er niemanden entdeckt, als er nachgesehen hatte? Er warf sich vor, zu nachlässig gewesen zu sein, weil er an diesem Tag glaubte, Susanne hätte Gespenster gesehen. Aber jetzt bekam er ein flaues Gefühl im Magen. Wenn ganz in der Nähe ein Mord geschehen ist, reagiert man schnell unkontrolliert, versuchte er sich zu beruhigen.

„Das mit dem Freund von Maike könnte wirklich so sein. Dem traue ich alles zu", begann Hella ihn aus den Gedanken zu holen, und Allmers fiel ein, dass Maikes Freund mehrmals der Polizei entwischt war. Erst in der Wohnung, und dann war es zu diesem spektakulären Einsatz gekommen, nachdem der Vater von Maike die Polizei alarmiert hatte. Die Polizei rückte an, aber Maike und ihr Freund waren verschwunden. Weit hinten im Moor wurden die beiden in einem Auto aufgespürt. Er hatte es aber geschafft, halb nackt, mit seinem Kleiderbündel unter dem Arm in die Dunkelheit zu entkommen. Er war mehrere Kilometer in Richtung Dorf gelaufen und musste dabei tiefe Gräben und hohe Zäune überwinden. Im Dorf hatte er sich aus einer Autowerkstatt einen Wagen gestohlen und war entkommen, obwohl sofort eine Ringfahndung eingeleitet worden war.

Allmers unterbrach Hella: „Damals, im Moor, ist Maike da eigentlich auch mit weggerannt?"

Hella schüttelte den Kopf. „Nein. Sie konnte ja nicht. Erstens hatte sie nichts an, und zweitens lag sie unten."

„Ach so", sagte Allmers und grinste. „Und wieso haben sie ihn jetzt erwischt?"

„Er fuhr immer noch mit diesem gestohlenen Auto herum. In Bremervörde auf der Ostebrücke hatte er einen Unfall mit der Polizei. Rein zufällig! Stell dir vor: Das Polizeiauto ist ins Schleudern gekommen und hat ihn gerammt. Aber er hatte Glück im Unglück: Er war an dem Unfall völlig unschuldig!"

Allmers nickte und stecke seine Liste ein.

„Bis morgen früh", verabschiedete er sich und ging zu seinem Auto.

„Hans-Georg!", rief ihm Hella hinterher, als er fast schon eingestiegen war.

„Was soll ich denn jetzt machen?"

„Wie meinst du das?", fragte Allmers zurück.

„Das mit dem Kerl von Maike und dem Mord?"

„Ich sehe heute Abend meinen Bruder", erwiderte er. „Ich erzähle ihm davon!"

Allmers hatte den Verdacht nur geäußert, um Hella ruhig zu stellen. Für ein paar Minuten war ihm das auch so gut gelungen wie schon lange nicht mehr. Der Liebhaber von Maike war sicher nicht der Mörder von Else Weber, das war ihm klar. Er kannte sie nicht und wusste wahrscheinlich auch überhaupt nichts von ihrer Existenz.

Friedel trat an das Auto und wollte mit Allmers die Uhrzeit der morgendlichen Kontrolle besprechen. „Halb sieben?" Allmers nickte und stellte Friedel die Frage, die er während des Melkens schon hatte stellen wollen, aber zu der er nicht gekommen war: „War das ein Spanner?"

Erst im Auto fiel Allmers auf, wie nervös Friedel Köhler auf diese harmlos gestellte Frage reagiert hatte. Er begann zu stottern. Eine Antwort aber blieb er schuldig.

7

Werner Allmers war schon da, als sein Bruder auf den Hof fuhr. „Mutter wartet schon mit dem Abendessen", begrüßte ihn der Staatsanwalt. „Wo warst du denn so lange?"

„Ich habe gearbeitet", erwiderte Hans-Georg Allmers genervt. „Ab und zu tue ich das."

Werner Allmers seufzte: „Warum bist du denn so gereizt?"

Hans-Georg durfte diese Frage nicht beantworten. Er war gereizt, weil ihm die Vorstellung, mit seinem Bruder, und seiner Mutter einen ganzen Abend verbringen zu müssen, schon am frühen Morgen Bauchschmerzen verursacht hatte.

„Übrigens", begann sein Bruder, und Allmers sah Unheil auf sich zukommen. Werner Allmers begann immer so, wenn er seinen jüngeren Bruder provozieren wollte. „Das Mädel."

„Bitte?", unterbrach Hans-Georg. „Welches Mädel?"

„Die Journalistin. Lass die Finger von ihr. Wir haben uns sehr gut verstanden."

„Ach, die Volontärin", sagte Allmers verlegen. „Interessiert mich nicht."

„Dann ist es ja gut." Werner Allmers war immer noch misstrauisch. „Woher weißt du eigentlich, dass sie Volontärin ist?"

Allmers zuckte mit den Schultern.

„Wir haben ihn", erzählte Werner Allmers, als er mit seinem Bruder und seiner Mutter am Abendbrottisch saß.

„Wen?", fragte Allmers' Mutter, und ihre Stimme zitterte leicht. „Den Mörder?"

Werner Allmers nickte stolz: „Ich bin so froh, gleich meinen ersten Fall hier so schnell abschließen zu können."

Seine Mutter legte ihre Hand auf seinen Unterarm und sagte: „Ich glaube, wir können stolz auf dich sein. Denke an Psalm 28, Vers 4!"

Wie aus der Pistole geschossen kam von ihrem Sohn die Antwort: „Gib ihnen nach ihrer Tat und nach ihrem bösen Wesen. Vergilt ihnen, was sie verdienet haben!"

Hans-Georg Allmers seufzte laut. Sein Bruder und seine Mutter konnten sich einen langen Abend mithilfe von Bibelzitaten unterhalten.

„Und nun sag endlich", Allmers' Mutter konnte ihre Neugier nicht bezähmen: „Wer war es?"

„Karl-Dieter Zannmann, der Schlachter!" Stolz ließ die Stimme des Staatsanwaltes bedeutend klingen.

Hans-Georg Allmers schluckte erst und fing dann laut an zu lachen: „Charly? Das glaubst du doch wohl selbst nicht!"

„Es gibt einfach zu viele Indizien, die für ihn sprechen."

„Gegen ihn", verbesserte Allmers eisig. „Gegen ihn."

Sein Bruder nickte: „Der Verdacht fiel auf ihn, weil er ein häufiger Kunde von ihr war. Das wusste wohl jeder. Außerdem hat er sich in Widersprüche verwickelt und versucht, andere zu belasten."

„Das darf er wohl doch", sagte Allmers. „Vor allen Dingen, falls er Recht haben sollte."

Werner Allmers überhörte die Bemerkung. „Er hat gestanden, der letzte Kunde gewesen zu sein."

„Der letzte? Woher konnte er das denn wissen?", fragte Allmers.

„Eben!" Der Staatsanwalt triumphierte. „Das kann nur einer wissen: der Mörder. Der Schnitt am Hals war fachgerecht, wenn man so sagen darf, ausgeführt. Und es wurden in ihrem Bett Faserspuren gefunden, die mit allergrößter Wahrscheinlichkeit mit seinen Kleidern übereinstimmen."

„Aber das beweist doch überhaupt nichts. Wenn er bei ihr war, was er ja auch zugegeben hat, sind natürlich Faserspuren im Bett. Außerdem hatte er doch gar kein Motiv. Oder fällt dir eines ein?"

„Da bewegen wir uns noch auf etwas dünnem Eis", gestand der

Staatsanwalt ein. Er war sich dennoch seiner Sache sicher: „Er wird uns das Motiv sicher liefern, wenn er gestanden hat."

„Habt ihr Erdspuren an den Schuhen gefunden?", fragte Allmers nach. Ihm wollte nicht einleuchten, dass dieser freundliche Mann ein Mörder sein sollte. „Wenn er die Leiche dahin geschleppt haben soll, müssen sie doch voller Erde gewesen sein."

„An den Schlachterstiefeln."

Allmers hob resigniert die Augenbrauen. Er war entgeistert über diese einfache Indizienkette, mit deren Hilfe sein Bruder einen Mörder zu überführen versuchte. „Du glaubst doch wohl selbst nicht, dass einer zu einem Stelldichein mit seinen Schlachterstiefeln kommt?"

„Warum nicht?", erwiderte sein Bruder. Keinerlei Zweifel war in seiner Stimme zu hören. „Es hat schließlich geregnet in den letzten Tagen. Der Todeszeitpunkt ist Samstagabend, das haben die Pathologen zweifelsfrei festgestellt. Da war im Dorf übrigens Schützenfest. Sie lag also bis Montagmorgen, als ihr sie gefunden habt, im Wasser."

„Und die Tatwaffe? Die ist doch genauso wichtig wie das Motiv." Allmers ließ nicht locker.

„Wir werden alle Messer in seiner Schlachterei untersuchen. Ich garantiere dir, wir werden die Tatwaffe darunter finden."

Allmers schüttelte den Kopf: „Ich bin kein Polizist und kein Ermittler. Aber mein Gefühl sagt mir, dass er es nicht war. Jeder hier im Dorf kann es gewesen sein. Die Erde an den Schlachterstiefeln beweist überhaupt nichts. Er hatte sie ja an, als wir die Leiche fanden. Und mit einem großen Messer einen scharfen Schnitt ausführen kann sogar Mutter."

Die Reaktion, die Frau Allmers auf diesen gedankenlosen Satz zeigte, hatte Allmers nicht erwartet: Erst wurde sie leichenblass, dann stieg ihr das Blut in den Kopf. Ihre Augen füllten sich mit Tränen. Plötzlich sprang sie auf und rannte aus dem Zimmer.

„Das hättest du dir sparen können", sagte Werner Allmers empört.

Allmers erhob sich langsam von seinem Stuhl und fand seine Mutter in der kleinen Diele mit tränenüberströmtem Gesicht.

„Entschuldigung", versuchte Allmers die Situation zu retten. „Mutter, bitte beruhige dich."

Aber seine Mutter beruhigte sich nicht. Sie schluchzte immer mehr, und die Tränen flossen in Strömen über ihr Gesicht.

Verlegen stand Allmers vor seiner Mutter, hilflos ihren Tränenströmen ausgeliefert. Schließlich beruhigte sie sich etwas und sagte scharf: „Rede kein falsch Zeugnis wider deinen Nächsten!"

„Ja, Mutter", brachte Allmers noch heraus. Er reagierte immer gereizt, wenn seine Mutter ihn mit Bibelzitaten oder den Zehn Geboten strafte.

In der Küche erwartete ihn sein Bruder mit empörtem Gesicht, aber Allmers ging nicht darauf ein.

„Und", führte er das Gespräch fort, „Faserspuren findest du von vielen aus dem Dorf. Habt ihr sie schon obduziert? Habt ihr den Tatort gefunden?"

„In der Diele ihres Hauses. Der ganze Fußboden ist voller Blut. Was uns stutzig gemacht hat", der Staatsanwalt ließ sich nicht beirren, „war sein Verhalten beim Auffinden der Leiche. Kannst du dir einen Schlachter vorstellen, der kein Blut sehen kann? Das war die Anspannung, die ihn dazu brachte, sich zu übergeben."

Hans-Georg Allmers glaubte seinem Bruder immer noch nicht: „Er war die ganze Zeit völlig ruhig. Ich war doch dabei. Wenn er wirklich der Mörder wäre, hätte er doch immer aufgeregter werden müssen, je näher wir dem Fundort der Leiche gekommen waren."

„Eben! Er war so angespannt durch diesen Stress, dass er dann alles aus sich herausbrach."

Werner Allmers ließ sich nicht von seiner Theorie abbringen. „Außerdem hat die Obduktion ergeben, dass sie vorher Geschlechtsverkehr gehabt hat. Wenn das Sperma gentechnisch untersucht worden ist und die Daten mit denen von Zannmann übereinstimmen, ist doch alles klar, oder?"

„Habt ihr ihn schon verhaftet?"

„Sofort! Er ist schon in U-Haft in Stade. Es schlug im Dorf wie eine Bombe ein.“

„Hella wusste es noch nicht!“, wunderte sich Hans-Georg.

Nach dem Essen verschwand Allmers unter einem Vorwand aus der kleinen Bauernküche. Er wollte alleine sein. Als seine Schwester Rosemarie noch auf dem Hof lebte, fand er es noch halbwegs erträglich, wenn man gemeinsam am Tisch saß. Seit sie geheiratet hatte und sein Vater gestorben war, konnte er einen gemeinsamen Abend mit seinem Bruder und seiner Mutter kaum ertragen. Außerdem hatte ihn die Verhaftung des Schlachters tief getroffen. Sicherlich gab es Indizien, die gegen Zannmann sprachen. Aber er konnte es sich einfach nicht vorstellen, dass dieser friedliche Mensch einen solch brutalen Mord begangen haben sollte. In den Kriminalromanen, die er gerne las, waren ja immer diejenigen, an die man am wenigsten dachte, zu den grausamsten Taten fähig

Er konnte verstehen, dass sein Bruder wild darauf war, der Öffentlichkeit schnell den Mörder zu präsentieren. Aber mit einer falschen Anschuldigung zerstörte er die Existenz dieses Mannes. Die berufliche und sicher auch die private.

Allmers setzte sich im Stall, der in dem kleinen Niedersachsenhaus direkt an den Wohnteil grenzte, auf einen Strohballen. Oskar, ein alter, gerissener Kater, sprang auf seinen Schoß, ringelte sich ein und schlief sogleich ein.

Immer, wenn Allmers alleine sein wollte, ging er hierher. Im Winter, wenn das Vieh im Stall war, war es noch angenehmer, hier zu sitzen. Man konnte den Tieren beim Fressen zusehen. Es gab für ihn kaum etwas Schöneres, als in der Nacht im schwach erleuchteten Stall seinen Rindern aufs Maul zu schauen.

Der Kater spitzte plötzlich die Ohren, und nun hatte auch Allmers das Geräusch gehört. Er erhob sich langsam und nahm den Kater auf seinem Rundgang durch den Stall mit. Am Kraftfutterschacht, der in der Stallecke aus der Decke nach unten führte, hielt er an. Als er sein Ohr an den viereckigen, hölzernen Schacht legte, hörte er, wie darin ein Tier versuchte, das Holz durchzunagen. Allmers schlich in die Wohnung, holte eine Taschenlampe und leuchtete vom Heuboden in den Schacht.

Ein Prachtkerl, fand Allmers, als er die dicke Ratte sah, die sich zwei Meter unter ihm verzweifelt bemühte, ihr Gefängnis zu verlassen. Dich krieg ich, Freundchen, dachte er. Das Tier konnte nicht zurück. Es war bei der Suche nach einer Abendmahlzeit in den Schacht gefallen, der jetzt im Sommer leer war.

Allmers ging in den Stall zurück und nahm den Kater, der die ganze Zeit wachsam unter dem Schacht gesessen hatte, zu sich. „Komm, Oskar“, sagte er, „Abendbrot.“

Oskar war ein riesiger roter Kater, der viel zu abgebrüht war, als dass ihm bei der Jagd auf Ratten noch gravierende Fehler unterliefen. Allmers setzte ihn auf den Kraftfutterbehälter. Oskar spitzte die Ohren, und seine Schwanzspitze vibrierte leicht. Allmers öffnete den Schieber. Die Ratte fiel dem verdutzten Kater direkt vor die Füße. Beide Tiere brauchten eine Weile, bis sie die Situation erfasst hatten. Die Ratte hatte sich als Erste gefangen und sprang. Oskar drehte sich im selben Augenblick auf den Hinterbeinen mit pirouettenartiger Schnelligkeit um. Die Geschwindigkeit der Bewegung war so groß, dass das Bild der Katze vor Allmers' Augen zu einem roten Knäuel verschwamm. Oskar sprang der Ratte hinterher, erwischte sie noch im Flug und biss ihr in den Nacken. Bevor beide zu Boden fielen, war die Ratte bereits tot.

Gut gelaunt ging Allmers zu Bett.

8

Das Dorf war beim nächsten Sonntagsgottesdienst nach dem Mord fast vollständig in der Kirche versammelt. Die Tat hatte Entsetzen ausgelöst und tiefes Misstrauen gesät. Selbst diejenigen, die sonst die Kirche mieden, wollten hören, was der Pastor dazu zu sagen hatte.

Das Thema der Predigt lautete: „Und der Herr sprach: Es ist ein Geschrei zu Sodom und Gomorrha, das ist groß und ihre Sünden sind sehr schwer. 1. Mos. 18,20."

Frau Allmers hatte den Pastor gebeten, darüber zu predigen. Jeder Zuhörer verstand sehr genau, was damit gemeint war. Frau Allmers hätte zwar lieber über Jesaja 47,1-3 predigen lassen, aber der Pastor hatte das abgelehnt. Sie war sehr enttäuscht darüber. Vor allen Dingen der Satz „Ich will mich rächen und soll mir kein Mensch abbitten" war dem Pastor zu weit gegangen. Sie konnte sich nicht durchsetzen, sosehr sie auch drängte.

Hans-Georg Allmers überlegte am nächsten Morgen in Hella Köhlers Küche, ob er den Tag mit einer leichten Biskuitrolle oder einem Butterkuchen beginnen sollte. Hella nickte ihm aufmunternd zu. Bei der Kuchenauswahl setzte sie ihn nie unter Druck.

„Maikes Liebhaber war es nicht", sagte Allmers und entschied sich für die Biskuitrolle. Der Butterkuchen war schon einen Tag alt und schmeckte wahrscheinlich auch so, dachte er.

„Ich weiß", nickte Hella und griff nach dem Butterkuchen. „Der Schlachter war's."

„Das behauptet die Polizei", meinte Allmers abschätzig und wischte sich die Kuchenkrümel von den Lippen. „Ich glaube das nicht. Das geht zu glatt und zu schnell. Kaum ist die Leiche kalt, wird der Mörder präsentiert, und man kann zur Tagesordnung übergehen."

Hella zuckte mit den Schultern: „Ich kann das nicht beurteilen. Aber ... wer weiß? Vielleicht war er es ja doch?"

Sie tunkte den alten Butterkuchen in ihren Kaffee und sah Allmers nachdenklich nach, als er in den Stall ging.

Die morgendliche Milchkontrolle lief nach dem gleichen Schema ab wie die am Abend zuvor. Friedel Köhler rannte durch den Kuhstall, Hella kam nach ein paar Minuten dazu und redete ununterbrochen. Allmers konnte sich kaum konzentrieren und machte immer wieder Fehler, als er die Probeergebnisse vom Abend mit denen vom Morgen zusammenzählte, um die Tagesleistung der Kühe zu errechnen. Er packte schließlich erleichtert seine Utensilien zusammen und setzte sich ins Auto. Der Redeschwall von Hella dröhnte ihm immer noch im Ohr, als er in die Hauptstraße des Dorfes einbog, an der die Molkerei lag. Hier gab er den kleinen Holzkasten, in dem die einzelnen Milchproben waren, ab und freute sich, einen freien Tag vor sich zu haben.

Detektivische Lust packte ihn während des Vorbeifahrens am Landhandel Wohlers. Er erinnerte sich an das Gespräch mit seinem Bruder und an Fräulein Eckhoff, der Cousine des Opfers. Dann kam ihm Zannmann in den Sinn, und er beschloss anzuhalten.

Der Landhandel Wohlers war ein altmodischer Laden, in dem es alles zu kaufen gab, was man auf den Höfen benötigte.

Fräulein Eckhoff – sie bestand auf diese Anrede – war ein paar Jahre jünger als ihre Cousine Else Weber. Sie teilte sich das Büro mit einem versoffenen Büroangestellten und dessen Pudel, der seit ewigen Zeiten Wache hielt über Rattengift, Mausefallen, Mistforken, Kunstdünger, Kohlen und Getreide. Trat man ins Büro ein, drehte sich Pfeiffer, der Büroangestellte, mit einer hurtigen Bewegung um und gab der offenen Tür des kleinen Tresors einen Stoß.

Allmers hatte Jahre gebraucht, um herauszufinden, was darin aufbewahrt wurde. Geld schien es nicht zu sein, es gab eine Wechselkasse für den Kleinverkauf, und das meiste wurde mit den Bauern über Rechnungen abgewickelt. Einmal gelang es Allmers, einen Blick hineinzuwerfen, bevor Pfeiffer den Tresor schließen konnte. Er war leer.

Bevor man ins eigentliche Büro kam, musste man durch einen Vorraum, in dem ein paar Artikel, die der Landhandel im Angebot hatte, lieblos auf Tischen ausgebreitet herumlagen. Es roch nach einer Mischung aus Pflanzenschutzmitteln und altem Staub. Außerdem hatte Allmers den Pudel in Verdacht, dass er sich an der Veränderung des Duftes beteiligte. Diese Schwaden erreichten auch das Büro, wo sie sich mischten mit Pfeiffers Alkoholatem und Fräulein Eckhoffs Morgenschweiß.

„Moin", sagte Allmers.

Hans Pfeiffer schloss den Tresor.

Hinter ihm kam eine Frau in den Laden, die es sehr eilig hatte. „Entschuldigung", drängte sie sich an Allmers vorbei. „Dürfte ich mich vordrängeln?"

„Sie tun es ja schon", erwiderte Allmers.

„Danke!"

„Guten Morgen", flötete Fräulein Eckhoff. „Sie wünschen?"

Im Dorf duzten sich alle. Nur Fräulein Eckhoff bestand selbst bei Pfeiffer auf das förmliche „Sie", obwohl sie seit über fünfzehn Jahren gemeinsam in diesem Büro saßen.

Die Frau kaufte ein paar Säcke Rasensaat und bat Pfeiffer, ihr eine Rechnung auszustellen, auf der die Mehrwertsteuer ausgewiesen sei.

Pfeiffer nickte und fragte nach dem Namen,

„Szychowiak GmbH, hier aus dem Gewerbegebiet", sagte die Frau ungeduldig.

„Können Sie das bitte buchstabieren?", fragte Pfeiffer.

Die Frau war das gewöhnt und ratterte die einzelnen Buchstaben des komplizierten Namens herunter. Pfeiffer schrieb schnell mit, quittierte die Rechnung und reichte sie über den Tresen.

„Ein Messer", sagte Allmers zu Fräulein Eckhoff gewandt. „Ein Fleischermesser."

Fräulein Eckhoff zeigte keinerlei Regung. Für einen Detektiv war diese Methode auch zu plump, dachte sich Allmers.

„Herr Pfeiffer …", begann Fräulein Eckhoff, da unterbrach sie Allmers: „Ach nein. Ich habe es mir anders überlegt. Ich nehme Kaninchenfutter."

Ungerührt begann Fräulein Eckhoff von Neuem: „Herr Pfeiffer, bitte schreiben Sie: Kaninchenfutter. Einen Sack?", wandte sie sich fragend an Allmers. Der nickte.

„Auf Rechnung?"

Allmers nickte: „Wie immer."

Fräulein Eckhoff wandte sich wieder ihrer Arbeit zu. Sie begann Rechnungen zu sortieren, als sie sich plötzlich noch einmal an Allmers wandte:

„Herr Allmers?"

„Ja?", fragte er überrascht.

„Da wäre noch eine Rechnung …"

„Ist sie noch nicht bezahlt?"

„Seit fast einem Monat!", sagte sie vorwurfsvoll.

Allmers wusste, dass es sich nur um ein Versehen handeln konnte. Seine Mutter bezahlte alle Rechnungen sofort, um so oft wie möglich Skonto mitzunehmen.

„Zeigen Sie mal", sagte er unwirsch. Ihr vorwurfsvoller Ton ärgerte ihn. Seit er denken konnte, hatte seine Familie in diesem Laden eingekauft und war noch nie eine Rechnung schuldig geblieben.

Als er sah, dass die Summe der Rechnung nicht einmal fünfzig Euro betrug – seine Mutter hatte ein paar neue Gummistiefel, Isolatoren für die Weidezäune und ein bisschen Zaundraht gekauft –, wurde er endgültig ungehalten.

„Das überweise ich beim nächsten Mal mit. Geben Sie mir bitte eine Kopie."

Hans Pfeiffer hatte den Disput mit angehört und kramte erst, nachdem ihn ein strafender Blick seiner Kollegin getroffen hatte, umständlich im Schreibtisch nach einem neuen Rechnungsblock, zog endlich einen heraus und begann zu schreiben. Seine altmodisch schöne Sütterlinschrift zog kratzend die Haar- und Schattenstriche über das Papier.

„Auf Wiedersehen", sagte Fräulein Eckhoff, als Allmers das Kaninchenfutter in der Hand hielt.

Pfeiffer riss den rechten Arm hoch und rief: „Auf Wiedersehen und vielen Dank."

Euch sollte man samt dem Laden unter Denkmalschutz stellen, dachte Allmers.

Er drehte sich um und wollte das Büro verlassen, als ihm die Tür aus der Hand gerissen wurde. Wütend trat Frau Szychowiak ein und knallte Pfeiffer die Rechnung auf den Tresen.

„Wir heißen Szychowiak und nicht Szichowiak! Mit Ypsilon, Sie Trottel. Ich habe es doch buchstabiert!"

Der Pudel knurrte.

Pfeiffer verzog keine Miene, nahm wortlos ein neues Formular und begann zu schreiben.

Wieder buchstabierte die Frau ihren Namen: „Es, Zet". Hans Pfeiffer schrieb mit.

„Ypsilon".

Pfeiffer hörte auf zu schreiben, starrte auf das Formular und sah sich dann hilfesuchend um. Er traf aber nur Fräulein Eckhoffs kalte Fischaugen, die ihn unbewegt anstarrten. Sie kannte genau seine Schwächen und genoss die Schwierigkeiten, in denen Pfeiffer steckte. Nichts in der Welt hätte sie in diesem Moment bewogen, ihrem bedrängten Kollegen beizustehen. Frau Szychowiak wiederholte: „Es, Zet, Ypsilon".

Pfeiffer sah verzweifelt zu Allmers, der sich aber keinen Reim auf die Situation machen konnte.

„Gott verdammt!", murmelte Pfeiffer kaum hörbar. „Gott verdammt! Wie geht denn bloß das Ypsilon?"

Fassungslos entriss Frau Szychowiak Pfeiffer den Block, schrieb ihren Namen auf das Formular: „So geht das Ypsilon!" Wütend rannte sie aus dem altertümlichen Kontor. Als sie die Tür hinter sich zuwarf, schoss der Pudel unter dem Tisch hervor, warf eine Flasche Cognac um und bellte hinter der aufgebrachten Kundin her.

„Ruhig, Hasso", sagte Pfeiffer mit trauriger Stimme. „Es ist alles in Ordnung."

9

Allmers ärgerte sich über Fräulein Eckhoffs Verhalten. Sie war im ganzen Dorf unbeliebt, weil sie so unhöflich und herablassend war. Sie thronte hinter ihrem Schreibtisch auf einem Stuhl, der immer ein paar Zentimeter höher eingestellt war als der ihres Kollegen Pfeiffer. Es entstand so bei allen Neukunden der Eindruck, dass sie die Herrscherin über dieses Büro sei, auch wenn Pfeiffer eigentlich ihr Vorgesetzter war. Aber sein langjähriger Alkoholkonsum hatte ihn widerstandslos werden lassen. Er saß mit gebeugtem Rücken ihr gegenüber und wartete auf Anweisungen. Nur die Aufsicht über den Tresor hatte er nicht abgegeben.

Es war ein schöner Tag, als Allmers die kleine Landstraße entlang fuhr, um seinen alleine liegenden Hof zu erreichen. Er freute sich auf einen freien Tag, überlegte, ob er zum ersten Mal dieses Jahr die Hängematte benutzen sollte, um sein Mittagsschläfchen zu halten. Dass das gefährlich war, war ihm klar. Seine Mutter reagierte jedes Mal ärgerlich, sie fürchtete den Klatsch der Nachbarn über ihren verschlafenen Sohn, wenn er die Nachmittage im Garten in der Hängematte verbrachte. Außerdem, und das schien ihm das Gefährlichere, war es ihm schon mehrmals passiert, dass er die Milchkontrolle am Abend verschlafen hatte. Aber heute hatte er keinen Termin abgemacht, und so scherte er sich nicht darum. Der Tag schien ihm wie geschaffen, die Zeit zu vertrödeln. Er schlief fast augenblicklich ein und träumte Angenehmes von Susanne Hansen, an die er öfter denken musste, als er vorher geahnt hatte.

Sie rief ihn am nächsten Tag an. Er hatte lange geschlafen. Ohne morgendliche Milchkontrolle sah er keinen Anlass, den Tag so früh zu beginnen wie seine Mutter, die immer, auch ohne wirklichen

Grund, gegen sechs Uhr aufstand. Er freute sich, ihre Stimme am Telefon zu hören.

„Wie geht es deinem Rücken?“, war seine erste Frage.

„Besser. Kannst du kommen und ihn dir selbst ansehen?“

Allmers’ Herz begann schneller zu schlagen.

„Wann? Jetzt?“

„Ich bin bis halb zwölf zu Hause. Wenn du dich beeilst … oder hast du keine Zeit?“

„Doch, doch“, sagte er und bemühte sich, seine Antwort nicht aufgeregt klingen zu lassen.

Er fuhr sofort los. Die Kreisstadt war in zwanzig Minuten zu erreichen, wenn man gemütlich fuhr. Er fuhr schnell, überholte jeden, der ihm zu langsam vorkam, und war schon nach einer Viertelstunde in Stade. Er stellte sein Auto in einer Seitenstraße von Susanne Hansens Adresse ab. Sein vielleicht vorbeikommender Bruder sollte keine Anhaltspunkte für überflüssige Gedanken und Schlüsse bekommen.

Sie wohnte in einer ausgebauten Dachwohnung, die nur über eine steile Holztreppe zu erreichen war. Allmers vermutete, dass der Ausbau nicht angemeldet und genehmigt worden war, denn an eine Flucht hätte man bei Feuer nicht denken können.

Als Allmers an Susanne Hansens Wohnungstür klingelte, roch er den Kaffee.

„Hans-Georg, bist du es?“, rief sie aus der Wohnung. Sie öffnete die Tür und ließ ihn eintreten. In ihrer kleinen Küche war der Kaffee durch den Automaten gelaufen, sie zerriss gerade die Verpackung einer Packung Kekse. „Möchtest du?“, fragte sie. „Ich esse sie für mein Leben gern. Du bist aber schnell da.“

„Erwartest du sonst noch jemanden?“, ging er auf die erste Frage ein und nahm sich einen Keks, „vielleicht den Spanner vom See?“

Sie sah ihn ernst an: „Also gab es ihn doch!“

„Ich wurde von einer Bäuerin gefragt, wann die Hochzeit sei.“

„Welche?“, erwiderte Susanne erstaunt.

„Unsere. Wir sind gesehen worden. Mittlerweile glaube ich auch, dass da jemand war. Ein Spanner eben."

„Das ist ja unheimlich. Hast du einen blassen Schimmer, wer es gewesen sein könnte?"

Allmers nickte. „Friedel Köhler selbst, der Mann der Bäuerin. Das wäre plausibel. Er hat so komisch reagiert. Ich könnte mir auch gut vorstellen, dass er losgeht und Leuten ins Schlafzimmer sieht und seine Frau dann mit diesen Informationen versorgt. Hella weiß jedenfalls immer bestens Bescheid. Man munkelt, dass sie genau weiß, wer wann mit wem ins Bett gegangen ist."

„Das müsstest du doch eigentlich anzeigen!" Susanne Hansen war empört. „Oder diesem komischen Staatsanwalt erzählen."

„Das habe ich mir auch schon überlegt. Mal sehen. Er hat mir übrigens erzählt, dass er ein Auge auf dich geworfen hat."

Susanne schüttelte verblüfft den Kopf: „Dieser Kerl?! Das meinst du doch wohl nicht ernst. Das ist der langweiligste Staatsanwalt, den ich in meinem Leben kennengelernt habe. Nimmst du Zucker?"

„Nur Milch, wenn du hast, sonst schwarz", erwiderte Allmers.

„Mir fällt da ein guter Witz ein. Aus dem ersten Semester Jura: Es gibt nur zwei Berufe auf der Welt, die mit ‚Voll' anfangen. Kommst du drauf?"

Allmers schüttelte den Kopf: „Keine Ahnung."

„Der Volljurist und der Vollidiot. Auf den Typen trifft beides zu."

Sie wartete Allmers' Reaktion nicht ab, bediente sich bei den Keksen, trank einen großen Schluck Kaffee und fragte schließlich: „Und? Wie weit ist er bei der Verbrecherjagd gekommen? Unser Volljurist? Darauf sollte er sich konzentrieren. Das kann er wahrscheinlich besser, als hinter Frauen herzusteigen."

„Er meint, den Mörder gefasst zu haben."

„Du scheinst ja ein gutes Verhältnis zur Staatsanwaltschaft zu haben", wunderte sie sich.

Er grinste: „Er ist mein Bruder."

Sie riss die Augen auf: „Das ist dein Bruder?" Sie wurde rot. „Oh Gott, wie peinlich."

„Er heißt doch auch Allmers, ist dir das überhaupt nicht aufgefallen?", fragte Hans-Georg.

„Hier heißen viele so", erwiderte sie kleinlaut. „Du musst mir wohl ein bisschen von deiner Familie erzählen, damit mir nicht noch einmal so ein Ding passiert."

Allmers zögerte. Susanne Hansen hatte, ohne es zu wollen, einen Finger in eine Wunde gelegt. Als er noch zur Schule gegangen war, erzählten manche Schulkameraden von lustigen Familienausflügen, die sie an Wochenenden unternommen hatten, von Segeltouren oder Kanufahrten auf der Elbe. Allmers hatte sich diese Geschichten immer schweigend angehört, er konnte nichts Gleichwertiges beitragen, da es in seiner Familie kein Familienleben gab, über das es zu berichten gelohnt hätte.

Susanne Hansen schaute ihn verwundert an und fragte: „Willst du nicht?"

„Doch. Meine Mutter", begann er nachdenklich zu erzählen, „wuchs auf der Geest auf, in einem armen Dorf. Früher war man auf diesen sandigen Böden arm. Richtig arm, so wie man sich das heute gar nicht mehr vorstellen kann. Das Einzige, was da richtig gedieh, war die Frömmigkeit. Sie wuchs in einer streng pietistischen Familie auf. Als sie konfirmiert werden sollte, stellte sich heraus, dass sie das einzige Kind weit und breit in diesem Alter war. So ging sie zweimal in der Woche zum Gemeindepastor und wurde von ihm unterrichtet. Völlig alleine. Sie hatte keine Chance!"

Susanne lachte: „Klingt wie aus einem Western: „… und sie hatte keine Chance!"

„Das stimmt auch! Dieser Pastor hat eine solche Wirkung auf sie ausgeübt, dass sie noch heute davon zehren kann. Und die Pastoren aus der Gegend auch!" Er lachte.

Susanne sah ihn fragend an.

„Meine Mutter ist unschlagbar, was ihre Bibelfestigkeit angeht. Manchmal kommt der Pastor aus dem Dorf und holt sich ein paar schöne Zitate ab. Für die Sonntagspredigt, wenn er zu faul war, in der Konkordanz nachzuschlagen."

„In der was?“, fragte Susanne.

„In der Konkordanz!“ Allmers grinste. „Weißt du etwa nicht, was das ist?“

Susanne schüttelte den Kopf und küsste ihn.

„Du glaubst gar nicht, wie sehr ich darauf warte, es endlich von dir erklärt zu bekommen!“

„Die Biblische Hand-Konkordanz ist ein Schlagwortverzeichnis der Bibel. Wenn der Pastor irgendetwas Passendes zum Thema Heiland, Lamm oder Lust sucht, braucht er nur darin nachzuschlagen.“

„Ach!“ Susanne schien ehrlich enttäuscht. „Ich dachte, die wüssten das alles auswendig.“

Sie seufzte und meinte dann: „Es gibt doch in der Justiz den Begriff der sexuellen Nötigung Abhängiger. Schade, dass es nicht den Tatbestand der intellektuellen Nötigung Untergebener gibt. Das wäre hier sicher der Fall. In Tateinheit mit vorsätzlicher Deformation der Seele.“

Allmers staunte.

„Tja“, sagte Susanne, „anderthalb Semester Jura hinterlassen Spuren.“

„Das wusste ich gar nicht“, staunte Allmers weiter.

„Du weißt noch vieles nicht von mir!“ Sie machte eine Kunstpause und holte dann aus: „Die Pietisten waren schon immer die Schlimmsten. Das sind keine Lutheraner oder Reformierte. Das sind Deformierte. Und dein Vater? Wie ist er?“

„Mein Vater ist vor ungefähr einem Jahr gestorben“, sagte Allmers. „Ich erzähle dir ein anderes Mal von ihm. Heute nicht.“ Allmers wollte nicht mehr erzählen. Schönes und Glückliches wäre nicht dabei gewesen. Eine Familie, die zusammenhielt, gab es in seiner Erinnerung nicht. Es war eine Zweckgemeinschaft, geprägt von Lieblosigkeit und Misstrauen. Um das Thema zu wechseln, sagte er beiläufig: „Angeblich soll der Schlachter der Mörder sein.“ Er streichelte ihren Bauch, der ihn an die glatte und doch sanft behaarte Haut von frischen Aprikosen erinnerte.

Sie zog seine Hand aus ihrem T-Shirt und hielt sie fest.

„Das war kein Mann!“ Sie sah Allmers eindringlich an. „Das war kein Mann. Glaub es mir. Das war eine Frau!“

„Da bist du die Erste, die so etwas sagt. Mein Bruder ist sich hundertprozentig sicher, dass es keine Frau war.“

„Dein Bruder! Was versteht der denn von Frauen. Der hat keine Ahnung. Ist er eigentlich schwul?“

Allmers schüttelte verwundert den Kopf. „Schwul? Der?“ Er fand die Frage völlig abwegig. „Ich kann mir nicht vorstellen, dass er hinter dir her ist und dabei schwul sein soll. Aber selbst wenn er es wäre, würde er irgendwann, um den Schein zu wahren, eine dumme Gans heiraten.“

„Gott sei Dank bist du es nicht! Die Kekse sind alle!“ Susanne begann die Knöpfe an Allmers Hemd zu öffnen. „Übrigens finde ich Gänse nett. Sie sind klug und schön. Außerdem schmecken sie gut.“

Nun zog er ihre Hand aus seinem Hemd und fragte: „Woher bist du dir so sicher, dass es eine Frau war?“

„Das habe ich im Gefühl. Männer schneiden keine Kehlen durch. Und ein Schlachter sowieso nicht. Das würde ihn doch sofort verraten. Das war eine eifersüchtige Ehefrau.“ Sie zog theatralisch den ausgestreckten Ringfinger der rechten Hand an ihrem Hals vorbei.

„Damit du es weißt“, sagte sie mit halbem Ernst, „dazu wäre ich auch fähig! Ich kann die Frau verstehen.“

„Ich glaube erst mal nichts. Ich bin mir nur sicher, dass der Schlachter Zannmann nicht der Mörder ist. Da kommen eher die Bauern bei uns im Dorf infrage.“

„Die Bäuerinnen!“, sagte Susanne Hansen.

Allmers schüttelte den Kopf und fing an zu lachen. „Wieso lachst du?“, fragte sie. „Habe ich etwas Falsches gesagt?“

„Nein! Mir ist nur gerade eingefallen, dass du die einzige Gans bist, die ich kenne.“

Susanne riss wütend die Augen auf, aber bevor sie etwas sagen konnte, meinte er:

„Du bist klug und schön. Außerdem schmeckst du gut.“

10

Er begleitete sie durch die Innenstadt an der großen Backsteinkirche vorbei und durchquerte mit ihr die ausladende Fußgängerzone. Während des Weges fragte er sich immer wieder, ob sie genauso in ihn verschossen war wie umgekehrt. Aber eine Antwort gab ihm ihr Verhalten nicht. Sie nahm nicht seine Hand, plauderte über irgendwelche Belanglosigkeiten und verabschiedete sich vor der Redaktion nur mit einem sanften Kuss auf Allmers' rechte Wange.

„Ich bin heute Abend bei Zander zur Milchkontrolle", begann Allmers verzagt, aber sie schien seine Stimmung nicht zu bemerken.

„Vielleicht ist er der Mörder?", fragte sie und wollte ihn damit provozieren.

Allmers sah sie erstaunt an und sagte überrascht: „Kennst du ihn, oder warum sagst du so etwas?"

„Nur aus Spaß, einfach so."

„Er hätte wirklich ein Motiv", begann er nachdenklich. „Er kannte Else Weber, und sie hat ihm die Zukunft verbaut."

Susanne Hansen merkte, dass sie mit ihrer unbedachten Bemerkung eine ungeahnte Wirkung erzielt hatte. Es war, als ob ihr journalistisches Gespür erwacht wäre.

„Wie kann man denn Bauern die Zukunft verbauen?", fragte sie interessiert. „Bei Bauern ist die Zukunft doch vorhersehbar."

„Zander ist so ein Lokalpolitiker, der überall seine Finger drin hat. Letzten Herbst wollte er Bürgermeister werden, aber ein paar Wochen vor der Kandidatenaufstellung ist ihm ein Missgeschick passiert." Allmers hörte auf zu erzählen. „Wolltest du nicht in die Redaktion?"

Susanne lächelte: „Ich recherchiere gerade über einen ungeklärten Mord im Moor. Erzähl ruhig weiter."

„Zanders Ansehen bekam einen tiefen Riss, als er ein paar Wochen vor der Wahl zum Jagen ging. Er hatte in einem Maisacker ein Wildschwein aufgespürt. Wildschweine sind seltene Gäste in unserer Gegend. Deshalb lud Zander seinen Jagdfreund ein, und vor Sonnenaufgang setzten sie sich auf den Hochsitz, von dem aus er das Tier gesehen hatte. Niemand anders hatte die Entdeckung bestätigen können, aber Zander war sich seiner Sache sicher.

Als sich nach drei Stunden im Maisacker etwas bewegte, legte er an. Das Tier trat langsam und bedächtig auf die angrenzende Wiese. Die Sonne blendete den Schützen etwas, aber Zander ließ sich nicht beirren. Nach dem fehlerfreien Schuss stürmte Zander die Hochsitzleiter hinunter. Als er fast unten war, begann sein Jagdfreund so laut und heftig zu lachen, dass der Hochsitz zu wackeln begann.

„Ich hab's durchs Fernglas gesehen", hatte er geschrien. „Lauf nur hin."

Allmers machte eine Pause, setzte die Brille ab und fing an, sie umständlich zu putzen. Susanne Hansen sah ungeduldig auf die Uhr und meinte: „Hat er nicht getroffen, oder warum machst du es so spannend? Erzähl doch weiter, ich habe nicht so viel Zeit."

„Zander musste zahlen. Er hatte ein Hängebauchschwein erlegt! Der Schadensersatz war nicht schlimm, viel schlimmer waren der beißende Spott im Dorf und der Verlust des Jagdscheins. Er hat ihn verloren, weil er seine Fehleinschätzung zu kaschieren versuchte und, als das nichts half, sich mit der Besitzerin des Tieres anlegte. Das Tier gehörte nämlich Else Weber. Sie hatte es frei herumlaufen lassen. Sie solle doch froh über den feinen Braten sein, hatte er der wütenden Else Weber geraten, der würde auch gut in seine Tiefkühltruhe passen.

Else Weber zeigte ihn an, und er verlor daraufhin seinen Jagdschein und bei der nächsten Kommunalwahl so viele Stimmen, dass er seinen Traum, Bürgermeister zu werden, begraben musste."

„Aber bringt man dafür eine Frau um?", warf Susanne zaghaft ein.

„Wenn man so gierig auf Posten und Pöstchen ist, ist der Bürgermeisterposten vielleicht die Krönung des Lebens, wer weiß?"

Sie schüttelte den Kopf. „Ich muss jetzt los." Sie beugte sich vor und gab ihm einen Kuss auf die Wange. Als sie den Kopf zurückzog, flüsterte sie: „Kommst du nach der Mörderjagd zu mir?" Jetzt meinte Allmers, die Antwort auf seine Frage gefunden zu haben.

Der Regen hatte so plötzlich eingesetzt, dass Allmers vollkommen überrascht wurde. Schon ein paar Kilometer hinter der Stadt wurden die Tropfen immer mehr, und als er durchs Moor fuhr, entlud sich ein starkes Gewitter. Allmers fuhr nach Hause, legte sich auf sein Bett und schlief ein. Er wachte schon ein paar Minuten später von einem lauten Donner wieder auf und wartete gelangweilt darauf, dass es endlich Abend werden würde. Um halb fünf brach er zu Zander auf. Der Regen hatte nachgelassen. Als er auf den Hof fuhr, schien schon wieder die Sonne.

Für Allmers war Heini Zander einer der Bauern, die besser mal ihren Hof aufräumen sollten, als das Gleiche mit wichtigen Worten im Kreistag zu versuchen. Es gelang ihm weder hier noch dort.

Es gab kein politisches oder genossenschaftliches Gremium, das sicher vor seinen Aktivitäten war. Er war Vorstand der örtlichen Wählergemeinschaft, er war im Gemeinderat, im Kreistag, im Aufsichtsrat der Molkerei, der Raiffeisengenossenschaft, im Vorstand des Sportvereins, des Schützenvereins, bei den Anglern und den Kaninchenzüchtern und im Aufsichtsrat des Ferkelerzeugerringes, obwohl noch nie ein Schwein auf seinem Hof gehalten worden war.

Er war nur selten während des Melkens auf dem Hof, die Arbeit erledigte seine Frau. Allmers war deshalb sehr erstaunt, als er ihn über den Hof laufen sah, immer den Pfützen ausweichend. Er war fast nie in Arbeitskleidung zu sehen, auch heute hatte er einen Anzug an. Als er Allmers bemerkte, stürzte er sich auf ihn. Allmers hatte in der Zeitung gelesen, dass er das Bundesverdienstkreuz für seine vielen Verdienste verliehen bekommen hatte. Man sah ihm an, dass er vor Stolz fast platzte.

„Hast du schon gehört?“

Allmers wusste, was jetzt kommen sollte, aber er wollte ihm die Freude nicht verderben und tat ahnungslos: „Nee. Was ist? Keine Ahnung.“

„Ich habe das Bundesverdienstkreuz verliehen bekommen!“

Allmers konnte sich den Spott nicht verkneifen: „Welche Farben?“

„Wieso: welche Farben?“ Zander war irritiert, verstand die Frage nicht.

„Welche Farben? Hast du nicht gesagt, du hast ein buntes Verdienstkreuz bekommen?“

Zander kniff die Lippen zusammen. Er drehte sich wortlos um und verschwand beleidigt im Haus. Allmers ärgerte sich über sich selbst. Seine Spottlust war wieder einmal mit ihm durchgegangen, und jetzt konnte er kein unverfängliches Gespräch mehr mit Zander führen und ihm entlocken, wo er sich am Tag des Mordes aufgehalten hatte.

Zanders Frau gehörte zu den schnellsten Melkerinnen der Gegend. Allmers musste sich sputen, bei ihrem Arbeitstempo mit seiner Arbeit mitzukommen. Zwischendurch fütterte sie noch die Kälber, gab dem Jungvieh Kraftfutter und war immer im richtigen Moment im Melkstand zurück, wenn es galt, die Melkzeuge abzunehmen. Allmers vergaß bei der Arbeit seinen Ärger, freute sich auf den Abend mit Susanne, und wie beflügelt von den Gedanken klappte alles wie am Schnürchen. Er machte keinen Fehler und konnte nach einer knappen Stunde seine Sachen einpacken und vom Hof fahren.

11

Sie fragte nicht, ob er bleiben wolle, sie ließ einfach Wasser in ihre kleine Badewanne, die irgendwie in die Ecke des winzigen Badezimmers gequetscht worden war.

Allmers sah erstaunt, wie sie begann, ihren leichten Baumwollpullover auszuziehen. Sie hatte nichts darunter an, und er fragte sich eine Sekunde, ob er bei ihrem Anblick wegsehen sollte. „Willst du nicht mit in die Badewanne?", fragte sie mit einer leichten Verwunderung in der Stimme. „Baden ist meine Lieblingsbeschäftigung."

„Doch", stammelte Allmers und begann, sich gehorsam auszuziehen. Er war ein wenig enttäuscht, er hatte es sich etwas erotischer vorgestellt, sie das erste Mal nackt zu sehen. Aber vielleicht war diese Situation auch der Grund, überlegte er Jahre später, weshalb er sich heillos in sie verliebte. Die Unbefangenheit, mit der sie sich auszog, war wie der Spiegel der Selbstverständlichkeit, mit der sie in sein Leben getreten war, als hätten sein und ihr bisheriger Lebensweg nur dazu gedient, aufeinander zu warten. Sie zog ihre Hose aus, ohne auf seine kaum zu verbergende Erregung zu achten, streifte sich die Strümpfe von den Füßen und stand nur noch mit ihrer Unterhose bekleidet an der Wanne. Als sie das Wasser für warm genug befand, zog sie auch den Slip aus und stieg ins Wasser: Allmers kletterte hinterher und setzte sich ihr gegenüber. Es war das erste Mal, dass er sie richtig betrachten konnte, deshalb hatte er auch seine Brille nicht abgenommen. Durch den Dampf des heißen Wassers, der seine Brille immer matter werden ließ, sah er sie nur schemenhaft. Aber was er erkennen konnte, ließ sein Herz höher schlagen. Sie war genauso, wie er sie sich vorgestellt hatte, hatte ein kleines Bäuchlein, und als sie sich im Wasser zurücklehnte, begannen ihre kleinen Brüste ein wenig hoch zu schwimmen. Ihre Brustwarzen waren weich und von einem fast hautfarbenen Hof umschlossen. Sie hatte stämmige Beine, die zu kurzen, kräftigen Oberschenkeln wurden, bevor sie sich zu einem festen Hintern zusammentaten. Die Figur seiner alten Liebe Wiebke schoss ihm durch den Kopf, und er sah sich wieder in seiner Meinung bestätigt. Dünne, knochige Schaufensterpuppenfiguren waren nichts für ihn.

Sie schloss die Augen und genoss das warme Wasser. Als Allmers zaghaft begann, mit seinen Händen ihren Körper zu erkunden, richteten sich die sanften Warzen auf ihrer Brust zu so harten Knubbeln auf, dass Allmers sie begehrlich streichelte. Susanne Hansen stöhnte dabei auf, und als er in ihrem Schoß die Mitte der Welt erreicht hatte, schlug sie die Augen auf. Sie strahlte vor Lust. Energisch sagte sie:

„Lass uns rausgehen. Ich halte es kaum aus."

Susanne Hansen trocknete sich nicht ab, von ihrem Körper perlten die Wassertropfen und hinterließen bei jedem Schritt kleine Pfützen, als sie Allmers an der Hand nahm und durch die kleine Wohnung zum Bett führte. Sie hatte es so eilig, dass sie Allmers' Hand, die zärtlich den Weg bahnen wollte, zur Seite stieß und ihn wie ausgehungert aufnahm. Als er in sie eindrang, seufzte sie: „Endlich!" und klammerte ihre Beine um ihn wie um eine Beute, so, als wolle sie ihn nie mehr loslassen.

Am frühen, noch dunklen Morgen, am Ende der Nacht, die er vor Entkräftung eigentlich hätte durchschlafen müssen – gegen halb zwei waren sie so erschöpft, dass an eine Fortsetzung nicht mehr zu denken war –, erwachte er, setzte sich im Bett auf und sagte laut:

„Wer aber in Wollüsten lebt, ist lebendig tot."

„Was ist denn in dich gefahren?", fragte Susanne erschrocken, die davon erwacht war.

„Ach nichts", sagte Allmers. „Das hat meine Mutter nur gesagt, als mein Vater gestorben war."

Susanne schüttelte den Kopf und murmelte, bevor sie sich

umdrehte: „Ein bisschen Wollust zur rechten Zeit hat noch niemanden umgebracht."

Allmers hatte keine Lust, darauf einzugehen. Er dachte an seinen Vater, den das Leben auf dem Hof mit seiner Frau viel Lebensfreude gekostet hatte. Er hatte den Hof von seinem Vater übernommen. Seine Frau hatte nie einen Hehl daraus gemacht, dass sie sich in dieser Gegend nicht wohlfühlte. Der Allmerssche Hof lag genau auf der Grenze zwischen der fruchtbaren Elbmarsch und dem kargen Moor. Die Ländereien des Hofes ragten weit ins Moor hinein, es gab nur wenig Marschland, das man bewirtschaften konnte. So war es ein kleiner Grünlandbetrieb geblieben, sosehr sich der alte Allmers auch anstrengte.

Die paar Hektar, die zum Ackerland taugten, wurden mit Weizen und Futtergras bestellt, und manchmal fuhr Hans-Georg, als er noch ein Kind war, mit seinem Vater durch das Getreide, damals noch mit ihrem kleinen Hanomag und einem Mähbinder, später sogar mit einem Mähdrescher. Wenn der Himmel sich mit bedrohlich dunklen Wolken zuzog, fuhr sein Vater so schnell, wie es der Knoter am Mähbinder erlaubte. Diesen spannenden Wettlauf gegen das schlechte Wetter genoss der Junge, der auf dem Beifahrersitz saß und sich mit beiden Händen gegen das Herabfallen sichern musste.

Manchmal packten sie an Sonntagen, noch bevor die Sonne aufging, die Angeln ein und fuhren nach Krautsand an die Elbe. Im alten stillgelegten Hafen zogen sie, wenn sie Glück hatten, ein paar armselige Brassen oder kleine Aale aus dem Wasser. Da ihre Mutter das möglichst nicht mitbekommen sollte, schoben Allmers, sein Bruder und manchmal auch seine Schwester Rosemarie gemeinsam mit ihrem Vater das Auto aus der Garage und rollten es, ohne den Motor anzulassen, wie Diebe an die Straße. Erst dann ließen sie es an und fuhren los. Diese Einmütigkeit, die sich gegen die Mutter richtete, verband sie lange. Selbst unter den Geschwistern, die sich sonst wenig zu sagen hatten, hielt dieses Band der Verbundenheit.

Die prägendste Erinnerung an das Verhältnis zwischen seinen Eltern aber war der fünfzigste Geburtstag seines Vaters. An einem dieser Angelsonntage, an denen der Vater aufzuleben schien, wenn er mit seinen Kindern an einem stillen Seitenarm der Elbe saß und darauf wartete, dass ein Fisch sich mehr zufällig an dem Angelhaken verbiss, begann er eines Tages von seinem fünfzigsten Geburtstag zu erzählen.

Hans-Georg war noch ein Grundschulkind, unfähig, sich vorzustellen, wie alt fünfzig Jahre sein könnten. Der Vater schwärmte von den großartigen Festen, die seine Kollegen an runden Geburtstagen feierten. Da wurde ein ganzes Gasthaus gemietet, eine Anzeige aufgegeben, und alle, die kommen wollten, meldeten sich an. Diese Feiern begannen schon morgens um elf mit einem Empfang und endeten am nächsten Morgen gerade so rechtzeitig, dass die Bauern in den Stall zum Melken kamen, wenn sie überhaupt noch gehen konnten.

„Wenn ich fünfzig werde“, begann Allmers' Vater laut zu träumen, „mache ich ein Fass Bier auf!“ Hans-Georg sah seinen Vater schockiert an, und sein Herz begann heftig zu schlagen. War das nicht genau das, wovor seine Mutter die Familie immer warnte? Der Alkohol sei eine Gabe des Antichristen, hatte er schon früh von seiner Mutter gelernt. „Hurerei, Wein und Most machen toll!“, zitierte sie bei jeder Gelegenheit aus der Bibel. Und wer sich dem Alkoholgenuss hingebe, sei schon mit dem halben Leib in der Hölle.

Unter Hurerei konnte sich Allmers in diesem Alter nichts vorstellen, aber ein ganzes Fass Bier schien ihm wie der direkte Weg in die ewige Finsternis. Hans-Georg sah seinen Vater ängstlich von der Seite an, aber der ließ sich von seinem Plan nicht abbringen, bemerkte die Furcht seines Jungen nicht und schwärmte weiter von seinem mutigen Vorsatz.

Sodom und Gomorrha!, dachte Hans-Georg ängstlich. Sodom und Gomorrha kommen über uns.

Seine Meinung schwankte zwischen Angst vor der biblischen Wut seiner Mutter und klammheimlicher Bewunderung für die Kühnheit seines Vaters. Während des ganzen Vormittags dachte er an nichts anderes.

Als der fünfzigste Geburtstag dann gefeiert wurde, hatte sich wieder seine Mutter durchgesetzt. Ein kleines Glas Sekt für den Vater war der Höhepunkt der kleinen Feier, die nicht im Gasthaus, sondern in der Küche des Bauernhauses stattfand. Die Mutter trank Mineralwasser.

Sie angelten, bis sie in den Stall mussten. Seine Mutter duldete am Sonntag keine Verspätung. Zum Kirchgang mussten alle pünktlich und vollständig antreten.

Die Begeisterung für die Kaninchenzucht teilte Hans-Georg alleine mit seinem Vater. Werner und Rosemarie interessierten sich nicht dafür. Als kleines Kind besaß Allmers Tiere der verschiedenen Rassen und half seinem Vater beim Bau der Ställe. Schon vor seiner Schulzeit sammelte er täglich große Körbe voll Löwenzahn – Taraxacum officinale, wie ihm seine Schwester beibrachte –, um die Kaninchen satt zu bekommen.

„Was ist mit dir, mein Liebster?", fragte Susanne und beugte sich zu ihm. Sie küsste ihn auf den Mund und streichelte seinen Kopf. „Wenn du so dasitzt und in die Nacht stierst, werde ich ganz nervös. Woran denkst du denn die ganze Zeit?"

„An meine Kaninchen", erwiderte Allmers. „Weißt du eigentlich, dass ein Bock von mir einen Preis gewonnen hat?"

Susanne schüttelte sprachlos den Kopf, sie meinte sich verhört zu haben.

Allmers missverstand es als Interesse und begann stolz zu erzählen: „Mein Vater war ein paar Tage vor seinem Tod noch auf einer Ausstellung und kam mit einem Preis zurück."

Susanne sah ihn immer noch stumm und erstaunt an.

„Zweiter Reservesieger!"

„Ach ja?" Mehr brachte sie nicht heraus. Dann entschloss sie sich, doch eine Frage zu stellen: „Auf welcher Ausstellung?"

Hans-Georg freute sich über das Interesse, das ihm entgegenzuschlagen schien, und sagte: „Auf der Bundesrammlerschau in Bad Segeberg!"

„Das glaube ich nicht!“ Susanne fühlte sich auf den Arm genommen. „So etwas gibt es nicht: Bundesrammlerschau?“

„Doch, klar!“ Nun hatte Allmers verstanden, dass sie ihn nicht ernst nahm.

Er legte sich schmollend zurück und versuchte einzuschlafen.

„Bist du sauer?“, fragte Susanne ihn nach einer Weile.

„Nein!“, log Allmers. „Morgen erzähle ich dir von meinem Vater.“

Er nahm Susanne in den Arm und ließ seine Hand ihren Körper hinunter wandern.

Er kraulte ihr kleines Fell, dachte an seine Blauen Wiener und schlief darüber ein.

12

Vor etwas mehr als einem Jahr war Allmers' Vater gestorben. Hans-Georg war zur Abendkontrolle zu Heiner Patjens gefahren, der alleine mit seiner über achtzigjährigen Mutter auf einem kleinen Grünlandbetrieb lebte. Patjens fütterte und molk die Kühe und mistete aus, die alte Frau versorgte die Kälber und die Hühner, die zu Hunderten in engen Käfigen an allen freien Wänden des Stalles hausten und ohrenbetäubenden Lärm machten, wenn jemand in den Stall kam. Patjens war stolz darauf, auf seinem ganzen Betrieb keinen einzigen Baum mehr stehen zu haben. Sie behinderten ihn beim Mähen, hatte er Allmers einmal erklärt. Nur auf dem kurzgeschorenen Rasenstück vor dem Wohnhaus stand eine einsame Omorikafichte.

Allmers packte seine Geräte aus, hatte aber noch nicht damit begonnen, Milchproben zu nehmen, als Patjens' Mutter in den Stall kam, kreidebleich im Gesicht. Auf ihrer Stirn standen kleine Schweißperlen.

„Hans-Georg", sagte sie tonlos.

„Ja?" Allmers drehte sich um.

„Fahr nach Hause. Dein Vater ist tot."

Allmers ließ die Milkoskope und seine Unterlagen liegen und setzte sich ins Auto. Zu Hause war niemand. Die Nachbarn, die er fragte, erzählten, dass seine Mutter nach Stade ins Krankenhaus gefahren sei.

Als er ins Krankenzimmer trat, saß seine Mutter wortlos und zusammengesunken vor ihrem toten Mann, der im Bett aufgebahrt lag. Sie schien ihren Sohn nicht zu bemerken, als er hinter sie trat.

Sie saß stumm und klein auf dem Krankenhausstuhl und starrte auf den Fußboden. Allmers bemerkte bei sich erstaunt eine Welle des Mitgefühls für diese Frau, die er so oft gehasst und verwünscht hatte. Er unterbrach die Stille nicht und stellte sich ans Fußende des Bettes. Nachdenklich und traurig betrachtete er das tote Gesicht seines Vaters.

Man erzählt, Tote sähen aus wie eingeschlafen, dachte Allmers. Er hatte keinen Sinn für dieses Bild. Er sah und fühlte nur den Tod und den Schmerz in diesem Zimmer, nur Tod und Schmerz. Er nahm sich einen Stuhl und setzte sich neben seine Mutter, die ihn hinter ihren Tränen nicht beachtete. Er nahm eine Hand von ihr und streichelte sie zart. Noch nie in seinem Leben hatte er sie mit einer ähnlichen Geste zu trösten versucht. Selbst als er ein kleines Kind war, hatte seine Mutter für solche Zärtlichkeiten nichts übrig. Sie hatte sich immer abrupt den körperlichen Annäherungen ihrer Kinder entzogen.

Die Liebe zwischen seinen Eltern war seit Jahren so tot wie das Leben hier im Zimmer, dachte er.

Als ein Arzt leise eintrat, bedeutete Allmers ihm, nach draußen zu gehen, und folgte ihm.

„Woran ist er gestorben?", fragte er.

„Apoplexie", sagte der Arzt, und Allmers ärgerte sich. Der Arzt sah sein fragendes Gesicht und übersetzte gelangweilt: „Schlaganfall. Es muss ein sehr heftiger gewesen sein. Er war schon tot, als er eingeliefert wurde. Die Wiederbelebungsversuche waren erfolglos, wir konnten nichts mehr machen. Wissen Sie noch nichts?"

„Nein", antwortete Allmers, der die Frage nicht verstanden hatte. „Ich bin erst seit ein paar Minuten hier."

„Kommen Sie mit in mein Zimmer", forderte ihn der Arzt auf. Nachdem er die Türe hinter sich geschlossen hatte, setzte er sich umständlich an seinen Schreibtisch und schwieg lange. Er knetete verlegen seine Hände. Allmers sah erstaunt, dass er es mit einer solchen Kraft tat, dass die Knöchel weiß hervortraten. Allmers wurde nervös und fragte sich, ob dieses beileidsschwere Schweigen zum Ritual gehörte, das man trauernden Angehörigen schuldig zu sein glaubte.

„Ich weiß nicht, wie ich anfangen soll“, sagte der Arzt. „Ihr Vater wurde in der Stadt bewusstlos aufgefunden.“

„Ach“, sagte Allmers und putzte sich nervös die Brille. „Wo hat man ihn denn gefunden?“ Er verstand nichts.

„In der Bungenstraße.“

„Gibt es da eine Arztpraxis? Der Arzt hätte ihm doch helfen können.“ Sein Vater hatte einen Arztbesuch angekündigt, als er am Morgen das Haus verlassen hatte.

„Bitte?“, fragte der Arzt. „Ich verstehe nicht. Ihr Vater saß auf den Stufen eines Hauseingangs mit Hut und Mantel und war fast tot. Er starb kurz nachdem der Notarzt eingetroffen war.“

„Nun drucksen Sie doch nicht so herum“, sagte Allmers und wurde ungeduldig. „Sagen Sie endlich, was passiert ist.“

„Wenn Sie wollen. Ihrer Mutter habe ich es noch nicht erzählt. Entscheiden Sie bitte, ob wir ihr es sagen sollen oder ob Sie es selbst tun möchten.“

„Um Gottes Willen, was denn?“, fragte Allmers.

„Ihr Vater ist vor einem Puff gestorben“, sagte der Arzt.

Allmers sah zu Boden. Die Beziehung seiner Eltern war seit Jahren keine mehr. Er vermutete, dass es eine freudvolle Zeit zwischen den Eheleuten auch nie gegeben hatte. Sein Vater tat ihm genauso leid wie seine Mutter, deren pietistische Erziehung sie so verformt hatte, dass sie sich nur an ganz wenigen Dingen des Lebens freuen durfte. Und da gehörte ein neues Gesangbuch eher dazu als das Glück, einmal völlig erschöpft, glücklich und mit zitternden Knien aus dem Schlafzimmer zu wanken.

Allmers musste sich konzentrieren, um dem Arzt zuzuhören:

„Er hat im Bett einen schweren Schlaganfall bekommen. Die Schwester Ejaculata, die bei ihm war, bekam Panik. Gemeinsam mit ihren Kolleginnen zogen sie ihn wieder an, ziemlich schnell, und setzten ihn auf die Stufen vor ihr Haus. Dann riefen sie den Notarzt. Als der kam, sah er sofort, dass da etwas nicht stimmte, und rief die Polizei. Für die war es eine Sache von zehn Minuten, die Wahrheit herauszubekommen."

„Hat das irgendwelche Konsequenzen für die … Wie nannten Sie die Nutten?", fragte Allmers.

„Schwester Ejaculata", erwiderte der Arzt verlegen. „Bitte entschuldigen Sie diesen albernen Medizinerscherz an dieser Stelle. Ich glaube nicht, dass die etwas angehängt bekommen. Sie haben sich ja eigentlich nichts zuschulden kommen lassen. Sie hatten nur Angst. Wenn Sie in der Sache nicht aktiv werden?"

Allmers schüttelte stumm den Kopf.

„Tun Sie mir einen Gefallen?", fragte er nach einer Weile.

Der Arzt zuckte mit den Schultern: „Ja?"

„Sagen Sie es bitte meiner Mutter. Ich kann es nicht."

Der Arzt nickte, stand auf und verließ den Raum.

Auf der Fahrt nach Hause sprach Frau Allmers kein einziges Wort. Erst als sie in den Hof einbogen, sagte sie leise zu ihrem Sohn und sah ihn dabei eindringlich an:

„Wer aber in Wollüsten lebt, ist lebendig tot. 1. Tim 5.5."

13

Liebster, ich bin erst einen Tag in Berlin und vermisse Dich, als ob Du drei Monate aus meinen Leben verschwunden wärst. Meine Brennnesselblasen sind durch Deine wundervolle nächtliche Behandlung ganz verschwunden. Wozu die körperliche Begierde (sagtest Du nicht Wollust?) alles gut ist …

Nachdem Du mir gestern Morgen die traurige Geschichte Deines Vaters erzählt hast, will ich Dir über meine Familie erzählen. Ich habe mir deshalb vorgenommen, Dir diesen Brief zu schreiben. Eigentlich müsste der erste Brief zweier Liebender ein heißer Liebesbrief mit vielen schönen Worten sein, aber mir ist gerade nicht danach. Deine Bemerkungen über Deine Mutter und Deinen Vater haben bei mir viele Erinnerungen hochkommen lassen, die mich aufwühlten.

Ich weiß nicht, ob ich Dir in unserer kurzen Beziehung schon erzählt habe, dass mein Vater Arzt war. Wir lebten in einem Dorf in der Nähe von Bremen. Als ich ein kleines Mädchen war, vier oder fünf Jahre alt, bin ich an einem Nachmittag in die Praxis geschlichen, weil meine Mutter nicht da war und ich mich im großen Haus fürchtete. Das Wartezimmer war leer, also schien die Sprechstunde, die mein Vater an diesem Tag hatte, zu Ende zu sein. Als ich vorsichtig die Tür zu seinem Sprechzimmer öffnete (was mir bei schlimmster Strafe verboten war!), sah ich eine nackte Frau, die mit dem Rücken zu mir stand. Ich war nicht überrascht, schließlich wusste ich, dass sich die Patienten ausziehen mussten, wenn mein Vater sie untersuchen wollte. Sie hielt sich mit beiden Armen an seinem Hals fest, und ich bemerkte seine großen Hände, die ihre Hinterbacken sanft kneteten und massierten. Ich erkannte die Frau sofort, es war die Sprechstundenhilfe meines Vaters, aber schließlich werden auch Sprechstundenhilfen einmal krank, dachte ich. In meinem Innersten kam eine große, kindliche Freude auf. Ich war meinem Vater zutiefst dankbar, dass er sich um sie kümmerte, denn wenn die junge Frau richtig krank geworden wäre, wäre ich sehr traurig gewesen. Sie tat mir leid, offensichtlich schien die Behandlung sie so mitzunehmen, dass sie sich an meinem Vater festhalten und leise stöhnen musste.

Die Bewunderung für meinen Vater, der nicht bemerkt hatte, wie ich die Tür geöffnet und nach kurzem, alles begreifendem Blick wieder geschlossen hatte, steigerte sich ins Unermessliche, als die nette Frau am nächsten Morgen putzmunter an ihrem Schreibtisch saß und offensichtlich gesund war. Er hatte es fertiggebracht, unter Aufbietung all seiner Kräfte diese Frau zu heilen!

Ich beschloss, all das in meinem Herzen zu bewahren, niemandem, noch nicht einmal meiner Mutter, etwas zu erzählen, weil es mir unmöglich schien, das Ausmaß der Bewunderung für meinen Vater in Worte zu fassen. Es war ein Glücksgefühl, das mich überschwemmte und auf dessen Woge ich lange getragen wurde und das ich, egoistisch, wie kleine Kinder oft sind, für mich alleine haben wollte.

Nur kurze Zeit später zogen meine Mutter, mein kleiner Bruder und ich aus. Lange Jahre war es mir vollkommen unverständlich, ich war mir so sicher gewesen, dass meine Eltern sich liebten. Wahrscheinlich entsprach das auch der Wahrheit, nur konnten beide nicht damit umgehen. Kinder stellen die Liebe ihrer Eltern nie in Frage, es ist etwas, was so selbstverständlich einen Platz in ihrem Leben hat wie das Essen und Trinken. Umso schockierter sind sie, wenn sich die Eltern trennen, egal ob die Trennung vorhersehbar war oder nicht.

Ich hatte oft gehört, wie mein Vater zu meiner Mutter gesagt hatte: Ich liebe dich. Erst heute begreife ich, dass dieser Satz alles oder nichts bedeuten kann. Jeder, der diesen Satz in den Mund nimmt, hat eine andere Vorstellung von der Schwelle, von der Menge und Heftigkeit der Emotion, die erreicht sein muss, bevor man sich entschließt, so etwas zu äußern. Bei dem einen muss die ganze Seele überlaufen vor Liebe, bevor er oder sie es sagt, bei dem Nächsten reicht nur eine kleine Aufwallung des Herzens, um als Gefühl nach außen zu schwappen.

Paradoxerweise liebten sich Deine Eltern wahrscheinlich nie, mussten sich also auch nie etwas Derartiges ins Ohr flüstern, auch wenn sie es geschafft hatten, es viele Jahre miteinander auszuhalten und Euch das Gerüst einer Familie zu geben. Deine Familie schien intakt, auch wenn man nicht hinter die Fassade blicken durfte. Meine Eltern, die sich liebten, davon bin ich heute noch überzeugt, waren nur zehn Jahre verheiratet. Dann war die Familie kaputt.

Ach Liebster, eigentlich wollte ich Dich trösten (falls es Dir nach Trost verlangt, weil Du mich nicht in Deine Arme schließen kannst), und nun schütte ich Dir mein Herz aus. Wenn ich daran zurückdenke, weiß ich, dass, wäre die Sache in einer anderen Familie passiert, ich wahrscheinlich Tränen lachen würde über die Sichtweise des kleinen Mädchens. Da ich es aber nun selbst war, kommen mir auch die Tränen, aber aus Trauer und Wut über die Unfähigkeit meiner Eltern und der Erwachsenen überhaupt, die Bedürfnisse der Kinder über ihre eigenen Egoismen zu stellen.

Mir fällt gerade noch ein, dass ich es schön fände, wenn wir nicht nur bei mir übernachten würden, sondern ab und zu auch bei Dir. Mir gefällt die Vorstellung, unter einem Dach mit geduldigen Kühen und einem wachsamen Hund zu schlafen.

Ich mache jetzt Schluss, meine Tränen fallen auf das Papier. Sie gelten auch Dir. Vielleicht tröstet es Dich, dass ich übermorgen schon wieder bei Dir sein werde. Vielleicht komme ich sogar noch vor dem Brief an?

In Liebe
Susanne

P.S. Ich habe Dir noch ein Gedicht geschrieben. Liebende schreiben sich doch immer Gedichte, oder?

Als er das
Erste Mal mit ihr schlief
Begann das Leben
Dachte sie

Als er sagte:
Ich kenne dich länger
Als ich lebe
Dachte sie:
So kurz erst?

14

Nur die Postboten waren so gut informiert über das Leben auf den Höfen wie die Milchkontrolleure. Sie fuhren jeden Tag mit ihrem Auto von Haus zu Haus, Allmers' Briefträger machte, seit Hans-Georg denken konnte, die gleiche Runde. Niemand konnte ihm noch etwas vorgaukeln. Er hatte schon Bauern unter wütenden Bullen hervorgezogen, junge Mädchen väterlich getröstet, die vor Liebeskummer fast in die Jauchegrube gesprungen wären, und betrunkene Jungbauern aus dem Bett geholt, wenn sie nach dem Schützenfest nicht mehr in der Lage gewesen waren, in den Stall zum Melken zu gehen, und die Kühe brüllten, weil ihre prallen Euter schmerzten. Nach fünfundzwanzig Jahren entschloss sich der Postbote zu einer gravierenden Änderung. Er stellte die Tour um, und so kamen nun diejenigen in den Genuss einer frühen Zustellung, die fünfundzwanzig Jahre als Letzte beliefert worden waren. Allmers' Hof bekam seine Post jetzt erst zur Mittagszeit.

Allmers hatte den ganzen Vormittag versucht, den Briefträger abzufangen, er wusste, dass Susanne ihm geschrieben hatte, und wollte verhindern, dass seine Mutter die Korrespondenz kommentierte. Bei den einzeln stehenden Höfen gab es meistens keinen Briefkasten an der Straße, der Postbote kam ohne anzuklopfen oder zu klingeln in die Häuser und legte die Post auf die Küchentische. Oft nahm er Pakete oder Briefe der Bauern mit. Der Brief war dunkelrot, und Allmers bekam ihn mit abschätziger Miene von seiner Mutter überreicht. Er war nur ein paar Minuten unaufmerksam gewesen, gerade als der Postbote auf den Hof eingebogen war.

Abends holte Allmers Susanne vom Zug ab und fuhr mit ihr zu sich nach Hause. Sein Herz klopfte etwas, als sie in den Hof einbogen. Er hoffte, seine Mutter würde ihre Missbilligung nicht offen zeigen und Susanne beschämen.

„Werner hat angerufen“, sagte seine Mutter, als sie in die Küche traten. Sie würdigte Susanne keines Blickes und sah an ihr vorbei, als sie mit ihrem Sohn sprach.

„Was wollte er?“, fragte Allmers.

„Er hat es mir nicht gesagt“, erwiderte sie. „Du sollst ihn anrufen.“

Allmers nickte und begann den Tisch zu decken. Er stellte drei Teller, drei Tassen und das entsprechende Besteck auf den kleinen Holztisch. Als er den Käse aus dem Kühlschrank holte, verließ seine Mutter die Küche. Sie kam auch zum Essen nicht zurück. „Hat deine Mutter etwas gegen mich?“, fragte Susanne Hansen irritiert, als sie den Tisch abräumten. Während des Abendessens hatte sie nur sehr zaghaft von ihrer Reise nach Berlin berichtet.

„Sie ist eifersüchtig“, sagte Allmers lachend. Er hoffte, sie würde seine Wut auf seine Mutter nicht bemerken. „Das sind doch alle Mütter, oder?“

„Kann schon sein. Meine ist es aber nicht. Wenn ich früher einen Freund mit nach Hause gebracht habe, war sie immer sehr freundlich und hat jedem das Gefühl vermittelt, willkommen zu sein.“

„Darauf wirst du bei meiner Mutter lange warten müssen. Zu solchen Gefühlsausbrüchen war sie noch nie fähig.“

„Zeigst du mir das Badezimmer? Ich will so schnell wie möglich ins Bett.“

Allmers führte Susanne Hansen durch das Bauernhaus, zeigte ihr das Badezimmer und die daneben liegende Toilette und sagte: „Ich gehe schon in mein Zimmer. Ich rufe meinen Bruder von dort aus an.“

Allmers nahm das Telefon, er hatte extra eine zwölf Meter lange Schnur gekauft, um ungestört telefonieren zu können, und ging in sein Zimmer.

„Ermittlungsergebnisse?“ Allmers war schon nach dem ersten Satz seines Bruders fassungslos. „Sagtest du: Ermittlungsergebnisse? Ich bin doch nicht dein Hilfspolizist!“

Susanne Hansen war ins Zimmer gekommen, trug nur noch ein T-Shirt, das bis zu ihren Knien reichte, und legte sich neben Allmers, der auf dem Bett saß.

„Wer ist da?“, fragte Werner Allmers, der Susannes leises Gemurmel gehört hatte. „Hast du Besuch?“

„Erraten“, gab Allmers einsilbig zurück. Er hatte nicht die Absicht, seinen Bruder darüber zu unterrichten, wer ihn besuchte.

„Wer ist denn da?“, fragte Werner Allmers noch einmal.

„Interessiert dich das wirklich?“ Hans-Georg Allmers war ärgerlich.

„Nein“, sagte der Staatsanwalt, „solange du deine Finger von der Journalistin lässt, ist mir das egal. Also, hast du etwas herausbekommen?“

Susanne zog ihr T-Shirt aus und bedeutete ihm mit vielen Gesten, er solle endlich aufhören zu telefonieren.

„Ich weiß nur, dass Zannmann unschuldig ist.“

„Und wie kommst du darauf?“

„Ein Schlachter würde nie die Kehle durchschneiden, das würde ihn verraten.“

Susanne vergrub lachend ihr Gesicht im Kissen, als Allmers genau das wiederholte, was sie ein paar Tage vorher gesagt hatte. Auch Allmers konnte sich ein Grinsen nicht verkneifen.

„Das war eine Frau, glaub es mir. Eifersucht.“ Er ahmte mit dem ausgestreckten Ringfinger auch die Bewegung nach, die Susanne vor ein paar Tagen gemacht hatte.

Susanne vergrub ihr Gesicht noch tiefer. Ihr Körper wurde von Lachen geschüttelt.

Sein Bruder verstand den Witz nicht: „Das mit Zannmann glaube ich mittlerweile auch nicht mehr“, gestand er kleinlaut, „für morgen Vormittag ist Haftprüfungstermin angesetzt. Danach wird er freigelassen.“

„Und die Faserspuren?“

„Die beweisen leider gar nichts. Und die Spermaspuren auch nicht. Er hatte ja zugegeben, sie besucht zu haben. Also ist es nicht unwahrscheinlich, dass sich Spuren von ihm finden.“

„Dann war es vielleicht doch eine Frau“, gab Hans-Georg zu bedenken.

„Auch das ist nicht gesagt. Dass es nur eine Frau gewesen sein konnte, glaube ich nicht.“

„Fräulein Eckhoff.“

„Die Cousine?“, unterbrach ihn sein Bruder.

„Ja“, Allmers nickte. „Fräulein Eckhoff war es nicht. Die ist zu blöde zu so was. Du hättest sie mal sehen sollen, wie sie sich aufgeplustert hat wegen einer nicht bezahlten Rechnung.“

„Ich verstehe nicht!? Hast du eine Rechnung nicht bezahlt? Brauchst du Geld?“

„Danke nein, ich verdiene mein eigenes, auch wenn du es kaum glauben magst. Mutter hat sich vor ein paar Wochen ein paar neue Gummistiefel gekauft und vergessen, das Geld zu überweisen.“

„Sie wurde am Abend des Schützenfestes ermordet“, kam sein Bruder zum Thema zurück. „Da war das große Feuerwerk, und alle Bewohner waren auf den Beinen.“

„Da hat sich der Mörder die beste Zeit ausgesucht. Spätestens um elf sind alle so blau, dass sich niemand mehr an irgendetwas erinnern kann.“

„Ja“, stimmte der Staatsanwalt zu. „Aber vielleicht kannst du in deinen Gesprächen doch mal versuchen auszuloten, wo sie an dem Abend alle waren.“

„Mal sehen“, wich Allmers aus. „Versprechen kann ich dir nichts.“ Er wechselte noch ein paar Worte mit seinem Bruder und legte auf.

„Der Kerl hat keine Ahnung, dass du bei mir bist!“ Allmers lachte.

„Glückwunsch!“, sagte Susanne.

„Wozu?“

„Dazu und zu deinem Deutsch: ‚Die ist zu blöde zu so was.‘

Setzen! Sechs! Ihr Ausdruck und Ihre Grammatik: katastrophal! Was, glaubst du, würden die Redakteure mit mir machen, wenn ich solch ein grässliches Deutsch schreiben würde? Und außerdem: warum nickst du, wenn du am Telefon Ja sagst?“

Allmers seufzte und sah seine Freundin wortlos an.

„Sauer?“, fragte sie kleinlaut und zog sich die Decke über ihren Körper.

Allmers schüttelte den Kopf: „Auf Gänse bin ich nie sauer. Werner hat mich gebeten, ihm eine Liste der Bauern zusammenzustellen, von denen man weiß, dass sie gerne zu Else Weber gingen. Da kann ich eigentlich gleich das Telefonbuch abschreiben. Außerdem soll ich das Alibi der Bauern überprüfen. Mein Bruder hat vielleicht Vorstellungen!“

„War sie denn wirklich die Dorfhure?“

„Nein. Sie hatte einen schlechten Ruf, aber das lag wohl mehr an den Gerüchten, die über sie im Umlauf waren. Vielleicht war sie einfach eine Frau, die sich nahm, was sie wollte. Sozusagen eine sexuell früh Emanzipierte, was ja bei manchen Männern Ängste auslöst. Da macht man dann gerne den Ruf kaputt.“

„Wie willst du denn ein Alibi überprüfen?“

„Keine Ahnung“, meinte Allmers und lachte: „Wir können es ja mal bei dir ausprobieren. Also: Wo waren Sie in der Nacht des Schützenfestes?“

Über die Reaktion von Susanne Hansen wunderte sich Allmers noch lange. Sie wurde rot, begann zu stottern und sagte: „Das ist ein schlechter Scherz. Meinst du das ernst, oder willst du mich auf den Arm nehmen?“

Allmers wurde ärgerlich: „Das war ein Witz. Ich weiß gar nicht, warum du dich so aufregst. Du wolltest doch wissen, wie man ein Alibi überprüft.“

Susanne Hansen war immer noch wütend: „Wenn ich sie umgebracht hätte, würde ich es dir bestimmt nicht sagen. Aber ich habe sie nicht umgebracht, das kannst du mir glauben.“

15

Damann schien mit der Landwirtschaftskammer auf gutem Fuß zu stehen, dachte Allmers jedes Mal, wenn er auf den Hof fuhr. Er hatte einen modernen Betrieb, der bis ins Letzte technisiert war. Selbst im Melkstand blinkte und piepte es aus jeder Ecke. Anfang der Sechzigerjahre war der Betrieb ein kleiner Bauernhof, kaum größer als der Allmers'sche. Damanns Vater hatte es noch geschafft, aus irgendeinem Subventionstopf einen großen Anbindestall bezahlt zu bekommen, mit Platz für 35 Kühe. Keine fünfzehn Jahre später baute sein Sohn einen großen Boxenlaufstall, ebenfalls subventioniert, und hatte plötzlich 80 Kühe.

Allmers erinnerte sich, dass sein Vater ähnliche Anstrengungen machte, aber anscheinend saß er damals nicht oft genug am Stammtisch. Da wurde die tatsächliche Politik gemacht. Der Berater des Versuchsringes hatte, als Allmers' Vater seine Antragsunterlagen für einen subventionierten Stall zusammensuchte, ihm gleich den Wind aus den Segeln genommen. Nachdem der Antrag gestellt war, kam der Berater auf den Hof und schnitt dem alten Allmers gleich das Wort ab: „Du bist sowieso zu dumm, um im Melkstand zu melken!" Da half auch kein Betriebsentwicklungsplan mehr, die Beurteilung des Beraters, in gesetztere Worte gefasst, bedeutete schließlich das Aus für die Allmers'schen Pläne.

Bei Damann hatten nur wenige der Kühe noch Namen. Die meisten hatten mit flüssigem Stickstoff eingebrannte Nummern auf der rechten oder linken Seite. Aber nicht alle, was das Erkennen der Kühe nicht erleichterte. Damann konnte sich die Kühe nicht merken, auch früher, als alle Tiere noch Namen hatten, kam es dauernd zu Verwechslungen. Er hatte im Laufe der Jahre mehrmals das Ordnungssystem erneuert, ohne allerdings das alte abzuschaffen, sodass er zwischen dem Namen, zwei verschiedenfarbigen Plastikohrmarken, einer Brandnummer auf dem rechten und einer auf dem linken Hinterteil der Kuh und der alten Messingohrmarke wählen konnte, wenn er ein Tier identifizieren musste.

„Anneliese“, sagte Damann.

„Die gibt's nicht“, erwiderte Allmers nach kurzem Blick auf seine Tabelle.

„Wieso? Das ist aber Anneliese.“ Damann wollte nie zugeben, dass er sich irren konnte.

„Ich glaube, du hast sie letztes Mal streichen lassen. Sie hatte wohl einen dringenden Termin im Schlachthof.“

„Ach so“, sagte Damann.

„Nummer?“, fragte Allmers.

„Die Ohrmarkennummer kann ich mir nicht merken.“

„Ich meine die Nummer auf der Plastikohrmarke.“

„Ach so. 45.“

„Die hatten wir schon.“ Allmers wusste, dass er in diesem Stall auf keinen Fall die Ruhe verlieren durfte, wollte er vor Mitternacht nach Hause kommen.

„Das kann gar nicht sein. Hier steht 45.“

„Ich denke, die blauen Plastikmarken gelten nicht mehr? Bei der Kuh davor hast du die Nummer von der gelben abgelesen.“

„Die hat keine gelbe mehr.“ Allmählich wurde Damann kleinlaut.

„Und was ist mit der Brandnummer auf dem Arsch?“

„Die gilt schon lange nicht mehr.“

„Dann müssen wir doch die kleine Ohrmarkennummer nehmen.“

Damann kletterte schnaufend am Melkstand hoch und versuchte, das Ohr der Kuh zu fassen. Immer, wenn er zupacken wollte, spielte sie ein wenig mit dem Ohr, und Damann griff ins Leere. Schließlich gelang es ihm, und nachdem er die Nummer mit Spucke aus der Unleserlichkeit befreit hatte, drehte er sich um und rief mit rotem Kopf und glücklichem Gesichtsausdruck die Nummer in den Melkstand. Wie ein Auktionator, der froh war, einen Zuschlag erteilen zu können.

Gespräche waren kaum möglich, es blieb keine Zeit übrig. Die Suche nach den richtigen Nummern nahm fast die ganze Melkzeit in Anspruch.

Als endlich die Melkanlage abgestellt war, fragte Allmers:

„Wieso hast du eigentlich letzten Freitag abgesagt?"

„Wir waren bei meinen Schwiegereltern. Goldene Hochzeit."

„Wo wohnen die denn?", fragte Allmers nach.

„Hinter Uelzen", erzählte Damann gut gelaunt. Am Ende der Milchkontrolle war seine Übellaunigkeit immer wie weggeflogen.

„Ihr beide?" Allmers merkte sofort, dass diese Frage überflüssig war.

„Glaubst du, ich fahre alleine zur Goldenen Hochzeit meiner Schwiegereltern?", meinte Damann und schüttelte den Kopf. „Wir sind schon Samstagmittag wiedergekommen. Schließlich war Schützenfest."

16

Du Hure bist als nächste dran!", stand auf dem Papier. Es waren sorgfältig aus einer Zeitung ausgeschnittene, einzelne Buchstaben, die auf ein weißes Blatt geklebt waren. Susanne Hansen hatte diesen Brief in einem Briefumschlag, der mit ebensolchen Buchstaben an sie adressiert war, eine Woche, nachdem sie aus Berlin zurückgekehrt war, aus ihrem Briefkasten gezogen. Die Briefmarke war mit einem Stempel entwertet worden, auf dem man die Postleitzahl der Kreisstadt erkennen konnte.

Als Allmers Susanne abends besuchte, hielt sie ihm aufgebracht den Brief vor. Er war genauso sprachlos wie sie. Susanne hatte Tränen in den Augen, als sie ihm erzählte, dass sie den ganzen Tag nicht hatte arbeiten können, sondern nur an diesen schmierigen Brief hatte denken müssen.

Sie hatte seit Stunden versucht ihn zu erreichen, auf dem Hof war aber nie jemand ans Telefon gegangen.

„Soll ich zur Polizei gehen?", fragte sie.

Allmers zuckte mit den Schultern. „Keine Ahnung, ob die so etwas ernst nehmen. Vielleicht sollte ich es mal meinem Bruder zeigen."

Susannes Anspannung löste sich, und sie begann zu weinen. „Was für ein Schwein tut so etwas", schluchzte sie. „Wer kennt mich überhaupt bei euch da draußen?"

„Es war vom ersten Tag an bekannt", erzählte Allmers. „Jeder wusste es, nachdem Friedel Hella erzählt hatte, dass er uns am See beobachtet hatte. Nur mein Bruder weiß es immer noch nicht."

„Deine Mutter!", schrie sie ihn plötzlich an. „Sie hasst mich. Obwohl sie mich überhaupt nicht kennt."

„Susanne!“ Allmers schüttelte empört den Kopf. „Du meinst doch nicht etwa, meine Mutter hätte diesen Brief geschrieben?“

„Warum nicht?“ Sie schrie immer noch: „Du hast sie doch erlebt, als ich bei dir übernachtet habe. Sie hat mich so gehässig angesehen! Hast du mal ein Taschentuch?“

Sie putzte sich die Nase und heulte immer weiter.

„Als ich im Badezimmer war, ist sie die ganze Zeit auf dem Flur herumgelaufen. Als ob sie mich beschatten wollte. Als ich aus dem Bad herauskam, ist sie in ein Zimmer gehuscht.“

Allmers packte Susanne Hansen an den Schultern und schüttelte sie. „Hör sofort auf mit dem Unsinn!“, verlangte er aufgebracht. „Meine Mutter ist vielleicht ein bisschen seltsam. Aber warum sollte sie dir so etwas antun?“

„Entschuldige“, sie schlang ihre Arme um seinen Hals, und ihr Weinen wurde immer stärker, „ich bin völlig durcheinander.“

Allmers blieb die Nacht über bei Susanne Hansen, und es dauerte noch Stunden, bis sie sich beruhigt hatte. Sie konnte nicht einschlafen und warf sich im Bett neben ihm von einer Seite auf die andere. Übermüdet standen beide am nächsten Morgen auf und aßen schweigsam ihr Frühstück. Allmers verabschiedete sich irritiert. Susannes Verdacht seiner Mutter gegenüber hatte ihn getroffen. Er musste an diesem Morgen zu keiner Milchkontrolle und zog es vor, den Tag zu Hause auf seinem Hof zu verbringen.

Im Auto, auf der Fahrt durch die kleine Moorchaussee, deren Baumbestand ihn sonst immer erfreute, beschloss er, seinem Bruder den Gefallen, um den er ihn gebeten hatte, zu tun. Er hatte ein schlechtes Gewissen. Jedes Mal, wenn sich die Brüder sahen, machte der Staatsanwalt Bemerkungen, die seine Absichten mit der Journalistin bestätigten. Hans-Georg Allmers wollte ihn milde stimmen für den Moment, wo er herausfinden würde, dass sich die Journalistin in den falschen Allmers verliebt hatte. Er tat ihm leid, Erfolge bei Frauen konnte Werner Allmers seit Jahren nicht mehr verbuchen. So kam das Mitleid als Motiv für die Hilfe dazu. Es gab bisher nur wenige Momente in ihrem gemeinsamen Leben, in denen er so ein Gefühl für seinen schwerfälligen Bruder gehabt hatte. Er erinnerte sich besonders an eine Szene in einem Sommer vor vielen Jahren. Werner Allmers, der damals gerade sein Jurastudium begonnen hatte, war während der Semesterferien nach Hause gekommen und hatte erfreut festgestellt, dass die Kirschen im Garten gerade reif geworden waren. Die Kirschernte war immer sein Privileg gewesen, das ihm auch niemand streitig machte. Werner Allmers nahm einen Korb, holte sich die Obstbaumleiter und ging zum größten Kirschbaum des Hofes, der ein wenig abseits stand und voll mit dunkelroten Früchten hing. Die Früchte dieses Baumes begleiteten Allmers durch die Kindheit, frisch gepflückt oder als Kompott, Marmelade oder Gelee.

Werner Allmers stöhnte, als er die Leiter hochkletterte. Er litt schon damals unter Übergewicht. Als er sich an einen großen Ast lehnte und in die Kirschen griff, die um ihn herum hingen, knarzte der Baum, als wolle er sich gegen das große Gewicht wehren, das er plötzlich tragen musste. Zuallererst landeten die meisten der Kirschen in Werner Allmers' Mund. Er aß die Früchte so gierig, dass ihm der Saft aus den Mundwinkeln lief. Es war nichts zu hören als sein genussvolles Schmatzen, das sich mit den Geräuschen des von seinem Gewicht gepeinigten Baumes abwechselte. Hans-Georg sah ihm von unten zu, seine Gefühle wechselten zwischen heimlichem Spott über die Gier seines Bruders und der Angst, selbst nichts mehr abzubekommen.

Dieses Mal war die Angst berechtigt, aber nicht wegen der Maßlosigkeit Werner Allmers', sondern einer großen, dunklen Wolke wegen, die sich mit großer Geschwindigkeit dem Kirschbaum näherte. Hans-Georg bemerkte sie erst im letzten Moment, zu spät, um seinen Bruder zu warnen. Hunderte Stare stürzten sich aus der Vogelwolke in den Baum, und sie schienen Werner Allmers in seiner Gier übertreffen zu wollen. Sie fraßen die Kirschen mit einer solchen Hast, dass jeder Abwehrversuch sinnlos war. Werner Allmers hatte die Vögel nicht bemerkt und wurde von dem Angriff vollkommen überrascht. Die Stare pickten und hackten mit rasender Geschwindigkeit auf die Früchte ein, veranstalteten dabei einen Lärm, dass die Schreie Werner Allmers', der damit die Kirschen zu retten versuchte, hoffnungslos in ihrem Höllenradau untergingen. Die Vögel blieben von dem schreienden Mann völlig unbeeindruckt, sie hackten immer schneller das Fruchtfleisch von den Kernen, die traurig an den Stielen hängen blieben. Werner Allmers begann mit seinem Korb um sich zu schlagen, fuchtelte mit den Armen, drohte dabei das Gleichgewicht zu verlieren, aber die Tiere sprangen nur einen Ast weiter und ließen sich nicht verjagen. Er bekam wie zum Hohn den von allen Seiten spritzenden Saft ab, der ihm am Ende aus den Haaren ins Gesicht troff, von den Kleidern lief und sogar die Schuhe mit einer roten, klebrigen Soße überzog.

Kurz vor dem Abflug des Schwarmes hob Werner Allmers noch einmal wütend den Korb und drosch auf die Vögel ein, aber es half nichts. Nach weniger als fünf Minuten war der Baum abgeerntet, die Stare schwangen sich wie auf ein Zeichen auf und verließen das Schlachtfeld.

Der ganze Baum war mit Kirschsaft bespritzt, die Blätter, die Äste und die verbliebenen Kerne. Selbst die Sprossen der Leiter leuchteten rot.

Werner Allmers stieg ganz langsam die Leiter herunter, und seine Tränen der Wut verschmierten den Saft im Gesicht. Am Fuß der Leiter nahm Hans-Georg seinen weinenden Bruder in den Arm und fühlte tiefes Mitleid.

17

Hans-Georg Allmers schrieb zuerst die Namen aller Bauern auf, die er in seinem Milchkontrollbezirk zu kontrollieren hatte. Danach begann er, all die Bauern aufzuschreiben, die zwar Milchvieh hatten, aber nicht kontrolliert wurden. Nach kurzem Überlegen strich er sie wieder, da er sie zu wenig kannte.

So notierte er nur Milchkontrollbetriebe:

Dietmar Voß: D. V. ist brutal und dumm. Trotzdem glaube ich nicht, dass er jemanden umbringen könnte. Den Leichentransport hätte er bei seiner Kurzatmigkeit kaum geschafft. Wenn Ilse so ist wie ihre Tochter Wiebke, hätte er auch keinen Grund gehabt, zu Else zu gehen …

Fritz Brokelmann: Fritz kann man ausschließen. Er ist penetrant ehrlich. Wir waren einmal gemeinsam mit dem Auto unterwegs, als ihm einfiel, dass er zu Hause anrufen müsste. Er hat dann an einer Telefonzelle gehalten, aber nicht telefoniert. Nicht weil die Zelle kaputt war, sondern weil man umsonst hätte telefonieren können … Und das wollte er nicht!

Heini Zander: Der würde so etwas nur machen, wenn es um seine politische Karriere ginge und er dafür wieder einen Posten in einer Partei oder einem Verband oder einen Orden bekommen würde …

Friedel Köhler: Der wäre so hektisch vorgegangen, dass er tausend Spuren hinterlassen hätte.

Heiner Patjens: Der macht nichts, ohne dass seine Mutter Ja und Amen gesagt hat!

Erwin Röhl: Da sei Anneliese vor!

Ernst Poppe: Ist brutal und gerissen. Ihn würde ich im Auge behalten.

Günter Damann: Ich sehe ihn einmal pro Monat und kenne ihn kaum. Er war am Freitag in der Nähe von Uelzen, ist am Samstag wiedergekommen.

Charly Zannmann war noch mit dem Schweineschlachten beschäftigt, als Allmers den Kopf zur Tür herein streckte. Ihm schlug eine heiße Wolke von Dampf entgegen, in der man kaum etwas sehen konnte. Seine Brille beschlug so stark, dass er sie lange putzen musste, um dem Schlachter bei der Arbeit zusehen zu können. Allmers wunderte sich immer, dass die noch nicht geschlachteten Schweine völlig ruhig durch den gleichen Raum liefen, in dem sie getötet wurden. Wenn sie an der Reihe waren, packte der Schlachter sie mit einer großen Elektrozange hinter den Ohren und betäubte sie.

Zannmann hatte sein Schlachthaus direkt neben dem Garten des evangelischen Gemeindehauses, und die Verhandlungen um ein paar Quadratmeter Grund, auf denen er einen kleinen Wartestall für die Schlachttiere bauen wollte, scheiterten immer wieder. So liefen sie während der Wartezeit durch das kleine Schlachthaus, und der Geruch aus Blut, Tod und warmen Gedärmen schien ihnen nicht das Geringste auszumachen.

Früher auf den Höfen, sinnierte Allmers, während er Zannmann und seinem Gesellen bei der Arbeit zusah, betäubte man die Schweine nicht mit einer Elektrozange, sondern fesselte sie und schnitt ihnen möglichst schnell die Kehle durch, oder man versuchte das Schwein in Sicherheit zu wiegen und tötete das zutraulich gewordene Tier mit einem Bolzenschussgerät. Wenn die Stirnplatte durchschossen war, brachen die Tiere augenblicklich zusammen, der Hausschlachter sprang herbei und schnitt ihnen mit einem kleinen Messer so in den Hals, dass die Halsschlagader getroffen wurde.

Für seine Mutter war das Schlachtfest einer der Höhepunkte des an Glanzlichtern armen Jahres. Kurz nach ihrem sechzehnten Geburtstag hatte sie einmal beim Abstechen der Schweine dem zögernden Schlachtergesellen das Messer aus der Hand genommen und den Hals des Schweins mit einem einzigen, scharfen Schnitt geöffnet. Sie hatte es genossen, wie der Strahl des warmen dunkelroten Blutes stoßweise aus dem Körper des Schweins gepumpt wurde und wie der Geselle in einer Mischung aus Wut und Beschämung den Spott der Anwesenden über sich ergehen lassen musste.

Wer die Schüssel zum Auffangen des Blutes halten musste, war nicht zu beneiden. Die mächtigen Tiere hieben minutenlang mit ihren Beinen in die Luft, zuckten am ganzen Körper, zogen sich zusammen und schnellten wieder, wie von einer Feder getrieben, auseinander. Passte man dabei nicht auf, holte man sich schnell blaue Flecken. Die Umstehenden bildeten einen großen Kreis um das Schwein, das so heftig mit dem Tod kämpfte. Das Blut spritzte weit und färbte den Boden rot. Meist war es die Aufgabe der Frauen, das Blut aufzufangen. Allmers' Mutter beherrschte es meisterhaft. Sie war so behände wie ein Wiesel, wenn es galt, der elementaren Wildheit des Tieres auszuweichen und dabei möglichst viel Blut aufzufangen.

Zannmann nickte Allmers freundlich zu, als er ihn im Dampf erkannte. „Nett, dass du mal vorbeikommst", meinte er und schloss den Deckel des Brühkessels. Allmers hatte noch gesehen, dass es eine alte Sau gewesen sein musste, die da im kochendheißen Wasser verschwunden war.

„Wie geht's?", fragte Allmers verlegen.

Zannmann ließ kein peinliches Schweigen aufkommen: „Beschissen natürlich!", sagte er mit rauer Stimme, die sich nach vielen Zigaretten und zu viel Alkohol anhörte. „Erst finde ich die Frau, die ich zwei Nächte vorher gevögelt habe, mit durchgeschnittener Kehle, dann werde ich eingebuchtet, weil ich es gewesen sein soll, und dann komme ich wieder raus, und meine Frau ist mit den Kindern ausgezogen. Wie soll es einem denn da gehen?"

„Und wer war es deiner Meinung nach?", fragte Hans-Georg, und in seiner Stimme schwang Mitleid mit.

„Da gibt es nur einen, der infrage kommt." Der Schlachter zog ein großes Taschentuch aus der Hose und schnäuzte sich lautstark. „Poppe, wer sonst?"

Allmers zuckte mit den Schultern: „Keine Ahnung, aber viele würden es sofort glauben."

„Else hat mir erzählt, dass er oft bei ihr war. In letzter Zeit wurde er immer unangenehmer zu ihr. Vor ein paar Wochen hat sie mir ihre blauen Flecke gezeigt. Poppe war gewalttätig."

„Hat er sie verprügelt?"

„Nicht nur das", der Schlachter hob den Deckel des Brühkessels und hob das Schwein mit der elektrischen Winde aus dem Wasser. „Mindestens einmal hat er sie vergewaltigt. Obwohl sie nichts dagegen hatte, mit ihm ins Bett zu gehen! Das musst du dir einmal vorstellen! Da wird eine Frau mit Gewalt zu etwas gebracht, was sie mit ein paar freundlichen Worten sowieso gemacht hätte! So ein Perversling. Widerliches Schwein. Der brauchte wohl die Gewalt, sonst hätte er nix zustande gebracht. Ich habe die blauen Flecke gesehen. Die Stellen darf man kaum laut sagen!"

Allmers hob fragend die Augenbrauen.

„Du kannst dir das wahrscheinlich auch nicht vorstellen. Sie hatte die blauen Flecke nur am Unterleib." Zannmann schüttelte den Kopf. Das Schwein, das immer noch am Haken hing, wurde zur Maschine geschoben, in der es entborstet werden sollte.

„Warum hat sie ihn nicht angezeigt?" Allmers war über die Leidensfähigkeit von Else Weber entsetzt.

„Sie hat es mir nicht gesagt, aber ich glaube, er hat ihr wohl gedroht, sie umzubringen, wenn sie das täte. Sie hat sich zum Schluss vor ihm gefürchtet. Aber jedes Mal hat sie ihn wieder reingelassen, wenn er vor der Tür stand. Das soll einer verstehen."

„Hast du das denn nicht der Polizei erzählt, als sie dich verhaftet hatten?"

„Natürlich!" Zannmann nickte heftig mit dem Kopf und setzte die Maschine in Bewegung. Das Schwein drehte sich unter einem großen Deckel immer schneller um die eigene Achse.

„Das war das Erste. Aber sie haben mir nicht geglaubt. Wenn es so wäre, hatte dein Bruder gesagt, wäre sie sicher am nächsten Tag bei der Polizei gewesen. Dein Bruder ist ein Klugscheißer. Er weiß sowieso alles schon, man braucht eigentlich keine Aussage mehr zu machen."

Als er den Deckel der Maschine hob, war an dem Schwein keine einzige Borste mehr.

„Außerdem hat er ihr vor Kurzem einen Drohbrief geschrieben."

Allmers verschlug es fast die Sprache. „Einen Drohbrief?", fragte er ungläubig. „Was hat denn darin gestanden?"

Der Schlachter zog einen Haken durch das Bein des Schweins, befestigte ihn an einer elektrischen Seilwinde und hievte das Tier aus der Maschine.

„Keine Ahnung", sagte er und besah sich das unter der Decke baumelnde Schwein. „Sie hat ihn mir nie gezeigt."

18

Hans-Georg Allmers war sieben oder acht Jahre alt, als in der Küche das Telefon klingelte. Es war ein früher Herbstnachmittag, er saß am Holztisch und machte Schulaufgaben. Sein Vater war am anderen Ende der Leitung und trug ihm auf, zum Nachbarn zu gehen. Er wäre mit dem Schlepper in einen Graben gerutscht, Brokelmann solle ihn wieder herausziehen. Wo er denn jetzt sei, fragte Hans-Georg, der sich verwundert überlegte, wo sein Vater auf dem Feld ein Telefon her hätte. Bei Frau Weber, sagte sein Vater halblaut. Es klang verschwörerisch, so als ob es die Mutter nicht mitbekommen sollte. Allmers' Herz begann schneller zu schlagen. Warum, wusste er nicht genau, aber der Ton seines Vaters verhieß etwas Verbotenes.

Hans-Georg legte auf, lief zu Brokelmannn, und eine Viertelstunde später fuhren sie am Haus von Else Weber vorbei. Sein Vater stand in der Tür und unterhielt sich mit der für die Kinder des Dorfes so geheimnisvollen Frau. Damals hatte sie zwar noch nicht den Ruf einer Dorfhure, es war den Kindern aber seltsamerweise schon immer verboten, in der Nähe des Hauses zu spielen.

Else Weber war ungefähr so groß wie sein Vater, ihre Haare wurden vom Wind zerzaust, und sie musste sie immer wieder aus dem Gesicht streichen. Sie war angezogen wie alle Frauen der Gegend. Eine alte Hose und ein warmer Pullover ließen nur ahnen, welche Figur sich unter der Arbeitskleidung verbarg. Für einen Siebenjährigen ist es sehr schwierig, das Alter von Erwachsenen zu schätzen, er schätzte sie ein paar Jahre jünger als seinen Vater ein. Tatsächlich war sie Anfang dreißig, sein Vater aber schon einundvierzig. Georg Allmers verabschiedete sich knapp von der Frau und lief zu ihnen, stellte sich, was verboten war, auf die Ackerschiene, die hinten am Schlepper angebracht war, und sie fuhren zu ihrem Feld, wo der Schlepper mit einem Vorderrad in den Graben gerutscht war.

In der Nacht träumte Allmers einen seltsamen Traum, an den er sich am Morgen kaum erinnern konnte. Er wusste nur noch, dass sein Vater und Else Weber die meiste Zeit darin gemeinsam vorkamen. Seine Mutter spielte keine Rolle.

Susanne Hansen strahlte, endlich schien sie akzeptiert worden zu sein. Frau Allmers hatte ihr Verhalten ihr gegenüber ohne ersichtlichen Grund vollkommen verändert. Sie war am Abend auf den Hof gekommen und staunte, als der Abendbrottisch mit drei Tellern gedeckt war. Grete Allmers war sehr freundlich und erzählte leutselig von ihrer Jugend. Sie sei, so meinte sie, gerne auf Tanzveranstaltungen gewesen, obwohl ihre Eltern das immer missbilligt hätten. Eine Äußerung, die ihr Allmers nicht abnahm. Sie lachte über ihr Verhalten damals. Schrill, wie Allmers fand.

Allmers konnte Susanne Hansen gerade noch davon abhalten, auch den Rest des Abends gemeinsam mit seiner Mutter zu verbringen.

„Ich hätte es gemacht", sagte Susanne Hansen, als sie alleine waren. „Endlich ist sie mal ein bisschen aufgetaut."

„Du scheinst sie um den Finger gewickelt zu haben", freute sich Allmers. „So habe ich sie noch nie erlebt."

Als sie miteinander schliefen, waren beide so ausgehungert, dass sich Allmers danach sicher war, es könne einfach nichts geben, was sie auseinanderbrächte. Es war nach Mitternacht, als sie endlich einschliefen, aber Allmers war es egal, ob er am nächsten Morgen mit müden Augen im Stall stehen musste. Die Versöhnung nach Susannes Unterstellungen seiner Mutter gegenüber war es ihm wert.

Nur eine halbe Stunde später klingelte sein Feuerwehrpieper. Verschlafen wusste er anfangs das Geräusch nicht einzuordnen und versuchte, den Wecker zum Schweigen zu bringen. Schließlich erwachte er und ärgerte sich. Susanne Hansen öffnete müde die Augen und sah erstaunt, wie Allmers in die blaue Hose der Feuerwehruniform stieg.

„Ich muss los. Feueralarm. Wenn wir Pech haben, sehen wir uns erst morgen Abend wieder.“ Er beugte sich hinunter, zog die Bettdecke von ihrem Körper und küsste ihre Brustwarze. „Morgen früh musst du vielleicht alleine mit meiner Mutter frühstücken. Schlaf schön“, sagte er noch leise, löschte überall das Licht und verließ das Haus. Manchmal dauerte ein Einsatz eine Nacht und den darauffolgenden Tag.

Mitten in der Nacht, Allmers war noch nicht wieder zurück, stand Susanne Hansen auf und ging auf die Toilette.

Als sie die Tür von Allmers' Zimmer öffnete, hatte sie das Gefühl, dass das Licht im Flur gerade ausgegangen war. Sie tastete sich an der Wand entlang zum Lichtschalter. Sie war nackt, sie hatten sich nach der Liebe aneinandergeschmiegt, und mitten in der Nacht, dachte sie, könne sie die kurze Strecke auch ohne Schlafanzug bewältigen.

Als sie das Licht im Flur anmachte, sah sie verwundert, dass die Zimmertür von Allmers' Mutter einen Spalt aufstand. Im Zimmer war es aber dunkel.

Sie wurde ein wenig wacher, ging zur Toilette, schloss ab, hob den Deckel und setzte sich müde auf die Brille. Sie kämpfte mit der Müdigkeit und träumte vor sich hin. Sie musste sich beherrschen, nicht einzuschlafen. Verschlafen wollte sie nach dem Toilettenpapier greifen, als sie das Geräusch von Schritten hörte, das durch die Tür zu ihr drang. Sie dachte vergnügt daran, dass sie und Hans-Georg sich manchmal nachts auf der Toilette trafen, vor allen Dingen dann, wenn sie sich am Abend geliebt hatten. Sie schloss wieder müde die Augen, dachte mit Behagen über die Versöhnung nach, die sie offensichtlich gefeiert hatten, als sie hochschreckte. Hans-Georg war nicht im Haus, fiel ihr mit Schrecken ein. Es konnten nicht seine Schritte sein, die sie hörte.

Das Geräusch erschien ihr plötzlich bedrohlich. Sie erstarrte, begann zu frieren und hörte entsetzt, wie die Schritte sich näher zur Toilettentür bewegten. Mit den Schritten näherte sich die Angst. Als sie verstummten, hielt sie den Atem an. Susanne Hansen war sich sicher, dass jemand vor der Toilettentür stand. Sie hörte leise Atemzüge. Sie wagte nicht, sich zu bewegen. Die Holzdielen des Fußbodens knarrten. Susanne Hansen starrte gebannt auf die Türklinke, die sich plötzlich zu bewegen begann. Als sie vorsichtig nach unten gedrückt wurde, begann sie gellend zu schreien.

Die Türklinke schnellte nach oben. Sie hörte in ihrem Schrei nichts mehr auf dem Flur, keine Schritte, die sich entfernten, keine Tür, die irgendwo zuschlug, nichts. Sie begann an ihrem Verstand zu zweifeln, überlegte, ob sie in einen Traum gefallen war, als sie andere, vertraute Schritte heraneilen hörte.

Allmers wollte die Toilettentür energisch aufmachen. Als er sie verschlossen vorfand, klopfte er heftig, rüttelte daran und rief:

„Susanne? Was ist?"

Susanne Hansen stand auf und öffnete erleichtert die Tür. Als sie ihn davor stehen sah, fiel sie ihm weinend um den Hals.

Allmers sagte nichts, nahm sie in den Arm und führte sie zu seinem Zimmer zurück. Als sie am Lichtschalter standen und Allmers das Licht löschte, bemerkte Susanne, dass die Zimmertür von Frau Allmers geschlossen war.

19

Bald soll eine Kuh kalben", sagte Allmers' Mutter beim Frühstück mit vollem Mund. Hans-Georg Allmers war nach der Milchkontrolle zuerst zur Molkerei und dann nach Hause gefahren.

Susanne Hansen war früh morgens mit ihm aufgestanden, sie hatten gemeinsam eine Tasse Kaffee getrunken und sich über das Erlebnis in der Nacht unterhalten. Susanne hatte darauf bestanden, dass es ihr bedrohlich vorgekommen war, dass sie voller Angst gewesen war, als sie die Schritte gehört hatte.

Allmers wollte nicht schon wieder einen Streit provozieren, hatte sich aber geärgert über die seiner Meinung nach hysterische Reaktion. Ob seine Mutter nicht auch mal nachts aufs Klo gehen dürfe, hatte er gereizt gefragt. Um weiteren Streit zu vermeiden, hatte er ihr nicht erzählt, dass es sich in der Nacht um einen Fehlalarm gehandelt hatte. Jemand hatte ein Großfeuer im Nachbardorf gemeldet. Als sie dort angekommen waren, war es dort friedlich und still gewesen. Sie trennten sich kühl, und die Spannung zwischen ihnen war wieder da.

Der Kaffee, den seine Mutter ihm einschenkte, war wie immer zu dünn. Sie saßen schweigend an dem kleinen Holztisch, der der Familie durch die ganzen Jahre Platz geboten hatte, selbst als sie zu fünft daran aßen. Es war damals kaum Platz für den Brotkorb, aber niemand wäre auf die Idee gekommen, den Tisch durch einen größeren zu ersetzen. Die Trostlosigkeit ihrer Mahlzeiten war Allmers erst bewusst geworden, nachdem er die Frühstücke mit Susanne kennengelernt hatte. Im Allmers'schen Haus brannte eine Neonröhre an der Decke, und gegessen wurde von alten Resopalbrettchen, die seine Mutter lieblos auf den Tisch legte. Es gab keine Blumen und keine Bilder an der Wand, die eine wohnliche Atmosphäre hätten schaffen können. So aß man meistens wortlos und war froh, diesen kalten Ort so schnell wie möglich verlassen zu können.

„Wer?", murmelte Allmers und zog die Schublade des Küchentischs heraus.

Er kramte, bis er das in speckigem Papier eingeschlagene Heft fand, in dem sie Buch führten über die Kühe.

Er verglich die Besamungsdaten und nickte: „Friederike ist dran. Ihre Zeit ist um. Sie müsste diese Tage kalben."

„Ich sehe jeden Tag nach ihr", erzählte seine Mutter. „Sie hat schon ein schönes Euter bekommen."

„Warst du heute schon dort?"

Sie schüttelte den Kopf.

„Dann lass sie uns nach Hause treiben", schlug Allmers vor. „Es ist einfacher, wenn sie hier kalbt."

Die Kuh Friederike stand brüllend am Zaun, als die beiden zur Weide kamen, auf der sie die hochtragenden Kühe hielten. Die Wiese war an dieser Stelle schwer in Mitleidenschaft gezogen worden, anscheinend hatte das Tier an dieser Stelle gekalbt. Allmers musterte die Kuh von allen Seiten:

„Gestern Abend", stellte er fest. „Die Nachgeburt ist draußen."

Seine Mutter nickte. „ Sie liegt da hinten."

„Wo ist das Kalb?", fragte Allmers verwundert und suchte mit seinen Blicken die Wiese ab.

„Manchmal verstecken sie sich in der Hecke", meinte seine Mutter, und die beiden begannen, das verschwundene Kalb zu suchen. Sie durchkämmten zuerst die Wiese, die durch kleine Gräben entwässert wurde. Im Sommer waren diese Gräben trocken. Die Kälber legten sich gerne in die Gräben, um sich vor Wind zu schützen.

Als sie das Kalb nicht fanden, suchten sie in der angrenzenden

Hecke und dehnten ihre Suche schließlich auf die Nachbarwiesen aus. Sie liefen den ganzen Vormittag über ihre Ländereien, sahen in jeden Graben, hinter jeden Distelbusch und in jede Hecke. Schließlich wollte die alte Frau Allmers erschöpft aufgeben.

„Manchmal fallen sie auch in Drainagetöpfe", überlegte Allmers laut. „Lass uns bei Poppe nachsehen."

„In Drainagetöpfe?" Sie sah ihn fragend an. Allmers registrierte es mit Staunen. „Das habe ich noch nie gehört."

Allmers wunderte sich noch mehr. Vor vielen Jahren war seinem Vater ein Kalb in einen Drainagetopf gefallen und ertrunken.

Er winkte ab und kletterte über den Zaun.

„Komm zurück!", bat ihn seine Mutter. „Du musst erst Poppe fragen."

Allmers schüttelte ungläubig den Kopf. „Soll ich den um Erlaubnis bitten, unser Kalb zu suchen? Das meinst du doch nicht im Ernst!"

Widerstrebend kletterte seine Mutter hinterher und wollte mit allen Mitteln ihren Sohn davon abhalten, auf der Wiese des Nachbarn mit der Suche zu beginnen.

„Natürlich ist Poppe ein Arschloch", sagte Allmers, als er in den ersten Topf sah. „Aber bis ich ihn erreicht habe, ist das Kalb vielleicht schon ersoffen. Außerdem ist er der Letzte, den ich um irgendetwas bitten würde."

Poppe nutzte jede Gelegenheit, Streit mit den Nachbarn und allen anderen Bewohnern des Dorfes vom Zaun zu brechen. So machte jeder einen möglichst großen Bogen um ihn und seine Ländereien.

Allmers beugte sich über den zweiten Drainagetopf und sah hinunter.

„Nichts."

Im dritten lag der Deckel zerbrochen im Drainageschacht. Vom Kalb auch hier keine Spur.

Der Marsch über die Wiesen schien die alte Frau Allmers erschöpft zu haben. Ihre Schritte wurden langsamer.

„Kannst du nicht mehr?“, fragte Allmers besorgt. Sie waren seit Stunden unterwegs.

„Die letzten Töpfe können wir uns sparen“, schlug seine Mutter vor.

„Bleib hier stehen“, forderte er sie voller Nachsicht auf und wollte loslaufen. Seine Mutter hielt ihn am Arm fest und sagte: „Das kannst du dir sparen! Das Kalb ist da sowieso nicht drin!“

Allmers riss sich unwirsch los und lief zum nächsten Topf.

„Der ist voller Wasser“, rief er zu seiner Mutter. „Ich klettere hinein.“

Er zog seine Stiefel und die Strümpfe aus, krempelte die Hose hoch und kletterte über den Rand des Topfes. Innen waren Eisen an der Wand eingelassen, um bequem den Boden des Entwässerungstopfes erreichen zu können. Er war einen guten Meter in die Erde eingegraben und diente als Sammelstelle für verschiedene Drainagestränge, die die Wiese des Nachbarn trocken hielten.

Allmers stand bis zu den Knien im Wasser und bückte sich, um mit der Hand auf den Grund zu fühlen. Er fand kein Kalb, nur etwas metallisch Kaltes spürte er an seiner Hand. Er griff zu und zog ein Messer aus dem Wasser. Es war ein großes, scharf geschliffenes Messer, wie es in jedem normalen Haushalt vorkam. Die Schneide war aus rostfreiem Stahl und der Griff aus Kunststoff. Man konnte auf Anhieb nicht erkennen, ob das Messer schon lange in der braunen Brühe lag, die im Drainagetopf stand. Als er es verwundert ans Licht hielt, sah er in das dunkle Gesicht seiner Mutter, das im Gegenlicht nur als Umriss zu erkennen war. Sie beugte sich über den Rand, und als Allmers nach oben geklettert war, sah er, dass seine Mutter sehr erschöpft aussah und am ganzen Leibe zitterte.

„Sieh mal“, sagte er, „was ich gefunden habe“, und drückte ihr das Messer in die Hand.

20

Die Polizei sperrte die Fundstelle der Tatwaffe ab und durchkämmte die ganze Wiese. Der Fundort des Messers lag nur ein paar hundert Meter vom Fundort der Leiche entfernt, und Allmers fragte sich, warum er sozusagen mit einem Griff das Tatwerkzeug gefunden hatte, während die Polizisten schon zweimal alles penibel durchsucht haben wollten.

Werner Allmers war mit dem Einsatzwagen der Polizei mitgekommen und beobachtete, wie eine Kette von Polizeibeamten die Wiese systematisch durchkämmte. Sie suchten Spuren, die auf den Täter hinweisen könnten. Das Messer lag in einer Plastiktüte eingepackt vor ihnen auf dem kleinen Klapptisch des VW-Busses der Kriminalpolizei.

„Vielleicht ist die Tatwaffe erst viel später nach der Tat dorthin gebracht worden", meinte der Staatsanwalt. „Das wäre immerhin eine Möglichkeit."

„Und zwischendurch?", fragte Allmers nach. „Bis dahin hat der Mörder seelenruhig sein Frühstücksbrot damit abgesäbelt?"

Sein Bruder schüttelte den Kopf: „Das ist kein Brotmesser. Es ist ein Fleischmesser, ohne Wellenschliff und sehr scharf. Höchstens also die Schnitzel. Ein Allerweltsmesser. Made in Singapore steht darauf." Der Staatsanwalt beugte sich über die Tüte und kniff die Augen zusammen. „Irgendwelche Schriftzeichen. Wahrscheinlich chinesisch oder so. Kann ich nicht erkennen."

„Wir haben auch so ein Messer", sagte Hans-Georg. „Mit den gleichen Schriftzeichen."

Sein Bruder richtete sich auf und sah Hans-Georg erstaunt an: „Tatsächlich?"

„Wir haben einen ganzen Satz davon. Die werden bei jedem Schlussverkauf verramscht. Ich habe schon oft solche Messer gesehen."

„Fehlt eines bei euch?"

„Was soll diese Frage?" Hans-Georg Allmers war nicht zu Scherzen aufgelegt. „Keine Ahnung, ich habe sie nicht gezählt."

„War nur eine Frage. Reine Routine." Werner Allmers schob seinem Bruder das Protokoll seiner Zeugenaussage hin.

„Vielleicht solltest du mal bei Ernst Poppe nachzählen", schlug Hans-Georg vor, aber sein Bruder reagierte nicht darauf.

„Unterschreib", meinte der Staatsanwalt knapp, und Hans-Georg setzte seinen Namen darunter, ohne noch einmal hinzusehen.

„Deine Leute haben beim ersten Mal nicht richtig gesucht", meinte Allmers noch, als er aufstand. „Es hatte denen wohl keinen Spaß gemacht, im Drainagetopf zu tauchen."

„Wir können nicht hundert Hektar absuchen, dafür haben wir nicht genug Beamte", rechtfertige sich sein Bruder erbost. „Fährst du jetzt nach Hause, oder musst du arbeiten?"

„Ich bin den Tag über zu Hause, wenn du mich noch brauchst. Am Abend wollte ich zu Brokelmann." Allmers sah im Augenwinkel eine Bewegung. Er drehte sich um und sah Susanne Hansen auf den VW-Bus der Polizei zulaufen. Er blinzelte ihr zu, sagte aber nichts. Sein Bruder hatte sie im gleichen Moment gesehen, holte tief Luft und stieß Allmers an:

„Da kommt sie! Was habe ich dir gesagt? Die interessiert sich für mich."

„Frau Hansen?", wandte er sich geschmeichelt an sie. „Ich bin gleich fertig, dann kann ich Ihre Fragen beantworten."

Hans-Georg Allmers wollte sich verabschieden, als sein Bruder sich wieder an ihn wandte: „Du hast es gut", stichelte er. Unvermittelt wandte er seinen Kopf und sah konzentriert in die Ferne über die Wiesen. Er schien von einem Geräusch abgelenkt zu werden.

„Hörst du?", fragte der Staatsanwalt seinen Bruder eindringlich.

Allmers schüttelte den Kopf.

„Du musst los. Die Arbeit ruft." Er lachte und klatschte sich auf die Schenkel. Seine dicken Bäckchen zitterten vor Freude, dass es ihm gelungen war, seinen Bruder lächerlich zu machen.

Hans-Georg kniff die Lippen zusammen und ärgerte sich maßlos. Susanne Hansen sah unangenehm berührt zur Seite, nur der Staatsanwalt bemerkte die Peinlichkeit der Situation nicht. Er genoss es, seinen Bruder bloßgestellt zu haben.

„Was macht ihr jetzt mit dem Messer?", fragte Allmers und versuchte ein teilnahmsloses Gesicht zu machen.

„Fingerabdrücke. Wir untersuchen es auf Fingerabdrücke. Wenn nur deine drauf sind, warst du es."

Wieder lachte er zu laut. Die Laune von Hans-Georg näherte sich dem Tiefpunkt.

„Wann wird Mutter vernommen?"

„Ich fahre nachher zu ihr hin. Ich wollte nicht, dass sie sich hier die Beine in den Bauch steht."

Wortlos drehte sich Allmers um, sah in Susannes Augen und ging über die Wiese nach Hause. Die Liebe zu dieser Frau werde sein Leben verändern, hatte er am Anfang der Beziehung geglaubt. Und nun, dachte er verärgert, benehmen wir uns genauso wie alle anderen Paare, die er in seinem Bekanntenkreis kannte. Es wird nicht über die Konflikte gesprochen, man geht sich aus dem Weg, bis die Zeit eine Decke des Vergessens über die Probleme gelegt hat. Dann tut man so, als ob nichts gewesen sei, und wartet auf den nächsten Krach.

Zu Hause angekommen, nahm er das Telefon, rief bei Brokelmann an und verschob die Milchkontrolle auf den nächsten Tag.

„Das habe ich mir schon gedacht", zeigte sich Brokelmann nicht überrascht. „Hella hat mir schon erzählt, dass du das Messer gefunden hast."

Hella! Wer sonst, dachte Allmers und legte auf.

21

Hans-Georg Allmers war siebzehn, als er sich das erste Mal zu Else Weber wagte.

Allmers wollte sich Mut antrinken, ließ es dann aber sein. Er wusste nicht, wie sie darauf reagieren würde. Man erzählte sich, dass sie sehr launisch sei und Männer, die behaupteten, dass sie sie gerne empfange, einfach nach Hause schickte.

Allmers hatte sich nie an den Prahlereien seiner Freunde beteiligt, die mit ihren Erfolgen bei den Mädchen angaben und sich immer weiter ins Vulgäre steigerten, je mehr Bier sie getrunken hatten. Am meisten beklatscht wurden die Erzählungen von Mädchenhänden, die sich in den Hosenschlitzen der Jungen fingerfertig ausgebreitet hatten. Später kamen, um die Zuhörer ausreichend zu beeindrucken, Titten so groß wie Volleybälle dazu, saftige Mösen und beeindruckende Ärsche.

Allmers hatte den Verdacht, dass vieles erfunden war, was die Freunde von sich gaben. Aber er war viel zu schüchtern und unerfahren, um dem etwas entgegensetzen zu können. Er hätte noch nicht einmal Geschichten erfinden können und hatte überhaupt keine Ahnung, wie er ein Mädchen herumkriegen sollte, mit ihm all die Sachen zu machen, von denen seine Freunde scheinbar problemlos so viel bekamen, wie sie wollten.

Else Weber empfing ihn ganz selbstverständlich, und Allmers meinte, erwartet worden zu sein. Er liebte sie vom ersten Moment und hoffte, dass sie seine Gefühle erwiderte. Else Weber wusste genau, weshalb der schlaksige Junge sich durch das Birkenwäldchen geschlichen hatte. Sie kochte Tee und setzte sich mit ihm auf ihr großes Sofa. Allmers erinnerte sich später nicht mehr, wie sie im Bett gelandet waren. Er hatte sich vorgenommen, im Falle eines Erfolges genauso schamlos anzugeben und zu übertreiben, aber es kam ganz anders. Else Weber half ihm beim Ausziehen, und als er sich auf sie legen durfte, konnte er vor Aufregung kaum atmen. Allmers strengte sich sehr an. Sie schrie laut auf. Er hielt das für einen ekstatischen Ausbruch ihrer Wollust. Er verstärkte stolz die bäuerliche Heftigkeit seiner Anstrengungen, und erst als sie ihn fast aus dem Bett warf, sah er, was er angerichtet hatte. Else Weber blutete aus einer scharfen Schnittwunde am Bein. Bei der hygienischen Vorsorge hatte er das Schneiden der Fußnägel vergessen.

Allmers' Blut verließ sein Geschlecht und schoss ihm ins Gesicht. Beschämt blickte er auf sein klägliches Glied, dessen, wie er fand, imponierende Größe er zu Beginn noch verstohlen und stolz gemustert hatte. Ihm wurde kalt, und er schämte sich so, dass er am liebsten im Erdboden versunken wäre. Das Bild der nackten Frau, die da mit leicht schmerzverzerrtem Gesicht neben ihm saß und das Blut aus der Wunde zu stillen versuchte, hatte überhaupt nichts Erotisches mehr.

„Schöner Mist", sagte sie leise und drehte sich zu Allmers um. „Ich hole ein Pflaster. Warte so lange hier."

Als sie zurückkam, musste sie lachen. Sie lachte während der ganzen Zeit, als sie sich zur Sicherheit auf ihn legte und dafür sorgte, dass das Blut wieder seinen richtigen Weg nahm. Zu seiner großen Erleichterung lachte sie ihn nicht aus. Sie schien fast gerührt zu sein von diesem Missgeschick und streichelte ihn zärtlich. Er bewegte sich nicht mehr so heftig, das Malheur hatte Allmers mutlos werden lassen. Else Weber schien es dennoch zu genießen, sie schloss die Augen und bewegte sich mit sanftem Wiegen. Als er unvermittelt aufschreien musste, weil er sich in der Mitte einer Explosion glaubte, die ihn nach den kleinen, selbstbereiteten Vergnügungen unter der Dusche in ihrer Heftigkeit verblüffte, öffnete sie die Augen und sah ihn erstaunt an. Er atmete schwer, es überkam ihn eine große Traurigkeit. Else Weber legte sich neben ihn und nahm seine Hand.

Sie führte sie in ihren Schoß und leitete ihn an. Nur kurze Zeit später erschrak Allmers, als ihn der finale Ausbruch ihrer Lust überraschte. Er fühlte große Dankbarkeit für ihre Nachsicht und ihre Liebeskunst.

22

Brokelmann mochte keine Milch. Allmers hatte ihn oft in Verdacht, dass er nur seine eigene Milch nicht trank, die Allmers aber auch immer ablehnte, wenn er sie angeboten bekam. Wenn er von Brokelmann nach der Milchkontrolle einen Kaffee eingeschenkt bekam, trank er ihn regelmäßig schwarz, obwohl Milchkaffee eine Leidenschaft von ihm war.

Fritz Brokelmann molk neununddreißig Kühe und musste während des Melkens dreimal den Filter seiner Melkanlage auswechseln, weil er so verdreckt war, dass er keine Milch mehr durchließ. Was er der Molkerei ablieferte, war ein eigentlich unverkäufliches Gemisch aus Eiter, Blut, Kuhscheiße und Milch. Die Molkerei strafte ihn des Öfteren mit Abzügen beim Milchgeld. Da er aber im Aufsichtsrat der Molkereigenossenschaft saß, hatte man sich dort noch nicht zu härteren Maßnahmen durchgerungen, sondern verschnitt seine Brühe mit guter Milch und verkaufte sie an die Dachgenossenschaft, die Milchpulver daraus machte.

Sein Stall sah genauso aus wie sein Melkstand. Aber trotzdem ging Allmers gerne zu ihm. Er kannte ihn schon seit Kindesbeinen. Zu Brokelmann hatte er eine besondere Beziehung. Sein Hof war immer das Rückzugsgebiet für Allmers gewesen, wenn er als Schuljunge Ärger mit seinen Eltern hatte. Brokelmanns Sohn Georg war in seinem Alter, und gemeinsam spielten sie oft in der alten Reetdachscheune. Allmers kannte dort jeden Winkel. Sie hatten gemeinsam in der Dämmerung beobachtet, wie die Käuzchen aus ihrem Eulenkasten kamen, und im Winter die über Kopf hängenden Fledermäuse abgenommen und sie woanders wieder aufgehängt. Den Eulenkasten hatte Brokelmann in einer waghalsigen Aktion selbst in der zwölf Meter hohen Scheune aufgehängt, die aus dem achtzehnten Jahrhundert stammte. Über dem Haupttor hatte Brokelmann die alte Inschrift gesäubert und mit einem kleinen Pinsel nachgezogen: „Jakob Nagel julmond 1721“ stand da, eingekerbt in alter Schrift. Brokelmann hatte Allmers einmal vorgerechnet, dass die langsam wachsenden Eichen mindestens dreihundert Jahre alt werden mussten, bis sie die Größe gehabt hatten, um daraus diese mächtigen Balken zu schneiden.

„Rechnet mal zurück“, hatte er damals vorgeschlagen, und Allmers und Brokelmanns Sohn Georg hatten zu rechnen begonnen. 1721 minus 300 macht: „Vierzehnhunderteinundzwanzig!“ hatten sie verblüfft ausgerufen, und Brokelmann hatte sich an ihren ungläubigen Gesichtern geweidet.

„Da war Amerika ja noch gar nicht entdeckt!“, war den Kindern aufgefallen. Brokelmann hatte befriedigt genickt: „So alt ist dieses Holz“, hatte er gesagt und liebevoll über die alten, fast weißen Eichenbalken gestrichen.

Der Scheune war später an der Giebelseite eine Garage angebaut worden, die einzige Stelle, wo Ziegel verarbeitet worden waren. Als es noch Störche gab, die immer auch auf Brokelmanns Scheune brüteten, stand Allmers oft und staunte über das Harmonievermögen der alten Baumeister: Das heruntergezogene Reetdach verjüngte sich nach oben und wurde von dem Storchennest begrenzt. Standen sich die Störche auf dem Horst gegenüber und klapperten brünstig mit den Schnäbeln, bildeten ihre Rücken manchmal die Weiterführung der Dachlinien und vollendeten damit ein Dreieck aus Boden und den beiden Dachhälften als Schenkel. Es war für Allmers eine optische Delikatesse, dies zu sehen, für ihn waren die Störche die eigentliche Krönung des Baues. Als sie ausblieben, war die Scheune letztendlich ohne den richtigen optischen Abschluss. Dieser Gleichklang zwischen Natur und Baukunst war mit Worten nicht zu beschreiben und erschloss sich nur Betrachtern mit einem Gefühl für Ästhetik.

Manchmal war Brokelmann gesprächig. Er war ein bedächtiger Mensch, der wenig über andere Leute sprach und nur ganz selten ein Urteil über seine Mitmenschen hören ließ. Allmers sprach mit ihm bei Milchkontrollen meist über das Wetter, die bevorstehende oder gewesene Ernte und über die neuesten Modelle der Schlepperfirmen, die den Bauern mit Hochglanzprospekten von ausgebufften Vertretern schmackhaft gemacht werden sollten.

Er war begeisterter Sportschütze, war schon seit langem im Vorstand des Schützenvereins und meistens für die Organisation des Schützenfestes verantwortlich. Er nahm fast jedes Jahr an einem der vielen Schießwettbewerbe teil, war schon Schützenkönig, Adjutant und Bester Mann gewesen. Schon als kleiner Junge hatte er seine Schützenkarriere mit der Vogelkönigwürde begonnen, einem harmlosen Kinderspaß, bei dem der Schützennachwuchs mit einem magnetischen Köder kleine Fische aus einem Bassin angeln musste.

Der Messerfund war Anlass für Brokelmann, lange und ausgiebig mit Allmers zu reden.

„War Voss wieder betrunken?“, fragte Allmers möglichst beiläufig in einer Gesprächspause, als Brokelmann durch den langen Gang laufen musste, um zur letzten Kuh zu gelangen. Allmers rief es fast durch den Stall.

„Du meinst auf dem Schützenfest?“ Brokelmann musste lachen. „Um halb elf konnte er sich kaum noch auf dem Stuhl halten. Wir hatten Wetten abgeschlossen, wie lange es noch dauern würde, bis er runterfällt. Ernst hat gewonnen.“

„Poppe?“

Brokelmann nickte: „Er hatte ihm noch eine halbe Stunde gegeben. Das hat genau gestimmt. Voß kippte Punkt elf um. Ernst hat ihn dann nach Hause gebracht.“

Allmers war erstaunt: „Durfte er denn noch Auto fahren? Der hatte doch sicher auch einiges getrunken.“

„Ernst war stocknüchtern.“ Brokelmann schüttelte, immer noch darüber verwundert, den Kopf. „Das kennt man sonst nicht bei ihm. Aber an diesem Abend war er nüchtern.“

„Da war er wahrscheinlich der Einzige an diesem Abend!“

„Außer mir sicher. Alle anderen, die man so kennt, waren ziemlich duhn.“

„Wer war denn alles da?“

„Du fragst wie ein Polizist beim Verhör“, meinte Brokelmann spitz, begann dann aber doch aufzuzählen: „Hella und Friedel, Ernst und Renate, selbst Erwin Röhl. Anneliese habe ich nicht gesehen. Damann kam später, er war vorher auf der Silberhochzeit seiner Eltern.“

„Das war die Goldene seiner Schwiegereltern.“

Brokelmann musste lachen: „Ist doch sowieso alles gleich bescheuert, oder? Zander war da, der Schlachter Zannmann, Hein Brandt und so weiter. Alle waren da. Wirklich alle. Da fällt mir ein: Ein anderer war auch noch nüchtern.“

Er nahm das Melkzeug der letzten Kuh ab und reichte Allmers das Röhrchen.

„Ja?“, fragte Allmers ungläubig. „Das war aber ein seltsames Schützenfest.“

„Friedel Köhler hat nur Saft oder Limo getrunken. Außerdem war er noch nervöser als sonst.“

Allmers fasste sich ein Herz: „Sag mal … ich will dich mal etwas fragen. Es ist … äh.“ Er stotterte.

Brokelmann sah ihn fragend an.

„Es ist mir unangenehm: Weißt du davon, dass Friedel ein Spanner sein soll?“

Brokelmann grinste: „Woher soll Hella denn sonst alles so genau wissen? Manche glauben sogar, dass sie ihn losschickt. Aber im Ernst: Einige vermuten es, aber genau weiß es niemand.“

„Spanner sind doch in der Regel harmlos?“

„Keine Ahnung“, sagte Brokelmann. „Ich bin kein Fachmann. Morgen um sieben?“

Allmers nickte. Brokelmann hasste genauso wie er das frühe Aufstehen.

Die morgendliche Milchkontrolle bei Brokelmann verlief meistens schweigend. Erst wenn sie in der Küche bei Kaffee saßen, um die Bürokratie zu erledigen, wurde es gesprächiger. Zum Schluss lief immer das gleiche Ritual ab. Er stand auf, ging zum Kühlschrank und holte eine Flasche Korn heraus.

„Jetzt müssen wir uns aber einen gönnen", sagte er und schenkte jedem ein Glas ein. Er hob das Glas, prostete Allmers zu und trank das Glas mit einem Zug aus. Allmers wusste, dass er ihm nachfolgen musste, um ihn nicht zu beleidigen. Während der nächsten vier Wochen, die vergingen, bis die nächste Milchkontrolle anstand, trank Brokelmann keinen Tropfen Alkohol. Nur zu dieser Gelegenheit. Morgens auf nüchternen Magen.

Brokelmann drehte sich dann um und verschwand.

Heute war es anders. Er schenkte sich ein zweites Glas ein und trank es, ohne Allmers zuzuprosten, aus. Dann blickte er Allmers ernst an und sagte: „Sie hat Buch geführt."

Allmers schluckte. Er hatte sofort verstanden, was Brokelmann gemeint hatte.

„Sie hat alles aufgeschrieben?"

Brokelmann nickte: „Ich glaube, jemand wollte das Buch haben."

„Wer das Buch hat", spann Allmers den Gedanken fort, „kann seine Spuren verwischen. Sie ist tot und kann niemandem mehr etwas erzählen."

„Wer das Buch hat", ergänzte Brokelmann, „weiß aber auch, wer alles bei ihr war."

Allmers erschrak: „Dann kann man …"

„… alle erpressen. Das ist der Grund, weshalb alle vor Angst schlottern. Nur der Mörder nicht."

23

Allmers hatte während der morgendlichen Kontrolle bei Brokelmann beschlossen, direkt danach zu Susanne Hansen zu fahren. Wenn er sich beeilte, konnte er sie noch erreichen, bevor sie in die Redaktion musste. Er stand kurz vor neun Uhr vor ihrem Haus in der Kreisstadt und fragte sich, ob er einfach mit dem Schlüssel ihre Tür aufschließen sollte. Das hätte sie ihm wahrscheinlich übel genommen, dachte er. Also klingelte er und wartete aufgeregt, bis er ihre Stimme durch die Haustelefonanlage hörte.

„Ja?“, fragte sie neugierig.

„Ich bin's“, sagte Hans-Georg Allmers und drückte die Tür auf, als der Summer ertönte.

Sie erwartete ihn am Ende der Treppe.

„Warum klingelst du?“, fragte sie scharf.

„Ich dachte …“, begann er und verfluchte seinen Entschluss.

„Sind wir uns schon so fremd geworden?“, fragte sie wütend. „Dann brauchst du gar nicht mehr zu kommen.“

Allmers versuchte, ihre Wut abzuschwächen: „Wollen wir uns im Treppenhaus streiten?“

Sie trat zur Seite und ließ ihn eintreten. „Warum hast du nichts von dir hören lassen?“ Ihre Wut war nicht weniger geworden. „Ich bekomme anonyme Drohbriefe, deine Mutter schleicht mir nachts nach, und du tust so, als ob das alles völlig normal wäre.“

„Das stimmt doch überhaupt nicht“, er redete lauter als normalerweise, „ich finde das mit den Briefen nicht normal. Aber ich habe dir schon zu Hause gesagt, dass meine Mutter auch mal nachts pinkeln darf, selbst wenn sie dich dabei erschreckt. Außerdem nervt es mich, wenn du mich so angiftest. Ich habe dir nichts getan.“

Allmers versuchte, Susanne Hansen in den Arm zu nehmen, aber sie entzog sich ihm und setzte sich auf das Sofa.

„Ich bin fix und fertig“, begann sie plötzlich zu weinen, „ich glaube, ich sehe hinter jedem Baum einen Mörder oder jemanden, der mir an den Kragen will. Komm her“, forderte sie Allmers auf.

Er setzte sich neben sie, und sie legte den Kopf an ihn. „Lass uns aufhören zu streiten“, bat sie ihn eindringlich. „Der Mörder hat sonst nicht nur die arme Frau, sondern auch unsere Liebe umgebracht.“

„Du musst vor allen Dingen aufhören, meine Mutter zu verdächtigen.“ Allmers legte bewusst Schärfe in den Ton, er war jedes Mal von neuem getroffen, wenn Susanne Hansen seine Mutter in einem Zusammenhang mit dem Mord erwähnte. „Else Weber hat auch einen Drohbrief bekommen. Es soll Poppe gewesen sein, obwohl ich mir kaum vorstellen kann, dass er Briefe schreibt. Der schlägt eher zu.“

„Dann hat er sicher auch den Brief an mich geschrieben?“

„Man könnte es annehmen. Nur muss man sich natürlich fragen, warum er so etwas macht. Er kennt dich überhaupt nicht und hat ja auch gar kein Motiv. Das wird immer undurchsichtiger.“

Susanne Hansen nickte. „Ich muss jetzt zur Redaktion“, sagte sie und ging ins Badezimmer. „Scheiße! Ich sehe total verhunzt aus. Was soll ich denn jetzt machen?“

„Ich weiß ein Mittel. Das hilft auch gegen kalte Füße“, rief Allmers und lachte.

„Nix da! Ich muss zur Arbeit. Heute Abend vielleicht.“ Sie kam aus dem Bad und schüttelte den Kopf: „Heute Abend ganz sicher.“

Der Artikel, der nach dem Messerfund in der Zeitung erschien, war von ätzendem Spott durchtränkt. Wer immer ihn geschrieben hatte – Allmers konnte sich unter dem Kürzel des Journalisten niemanden vorstellen –, meinte gute Gründe zu haben, über den unerfahrenen Staatsanwalt und die unfähige Polizei herzufallen, die erst einen Falschen verdächtigten und sich dann bis auf die Knochen blamierten, als das Messer gefunden wurde.

Der Journalist wusste viele Details aus der Arbeit der Ermittlungsbehörde, und Allmers war sofort klar, woher dieses Wissen nur stammen konnte: Werner Allmers hatte sich auf die von Susanne Hansen ausgelegte Leimrute begeben und war daran festgeklebt. Sie war wohl gerissener, als er am Anfang gedacht hatte, und hatte ihm mit ihrem naiven Getue Dinge entlockt, die er nicht hätte sagen dürfen.

Werner Allmers tobte vor Wut, als er den Artikel las.

„Sie hat Vertrauensbruch begangen!“, schrie er bei der nächsten Gelegenheit, an der er Allmers sah. „So etwas schreibt man nicht! Lies mal: Ein ‚unerfahrener Staatsanwalt, der sich mit einem komplizierten Fall erste Sporen verdienen wollte, machte alle Fehler, die man hier nur machen konnte‘. So ein falsches Machwerk! Eine Unverschämtheit. Und das geht den ganzen Artikel so weiter. Wie konnte sie das nur schreiben?“

„Sie hat das gar nicht geschrieben“, wagte Hans-Georg einzuwerfen, „sie hat ein anderes Kürzel. Außerdem ist sie Volontärin, und die lässt man nicht an solche Themen heran.“

Der Staatsanwalt begann eins und eins zusammenzuzählen: „Woher weißt du, dass sie Volontärin ist? Und welches Kürzel sie hat?“, fragte er misstrauisch, aber in seinem Inneren reimte er sich schon zusammen, wie die Antwort nur lauten konnte.

„Ich kenne sie halt“, antwortete Allmers beiläufig.

„Wie?“, fragte sein Bruder scharf. „Wie kennst du sie?“

Allmers zögerte, dann entschloss er sich, nicht länger Verstecken zu spielen: „Wir sind seid ein paar Wochen zusammen.“

Der Staatsanwalt schluckte: „Diese Ziege. Erst belügt sie mich, und dann wackelt sie bei dir mit ihrem Arsch, und du fällst drauf rein.“

Hans-Georg Allmers stand auf. „Auf Wiedersehen, Herr Staatsanwalt“, sagt er nur und ging.

24

Anneliese Röhl starb während der Heuernte. Wie jedes Jahr musste sie mit ihrem Mann die Arbeit alleine bewältigen. Nachbarschaftshilfe konnten sie nicht in Anspruch nehmen, ihre Ernte zog sich durch ihre Unentschlossenheit immer so lange hin, dass die anderen Bauern die Geduld verloren. Für einen Lohnunternehmer, der ihre wenigen Wiesen in ein paar Stunden bewältigt hätte, fehlte das Geld. So begann Erwin Röhl, wenn sich die beiden endlich entschlossen hatten, es den anderen Bauern nachzutun, morgens um vier, wenn es gerade tagte, zu mähen. Sein alter Trecker war so schwach, dass er das ebenso alte Mähwerk kaum mehr über die Grasnarbe ziehen konnte. Nach dem Melken, das sie an diesen Tagen alleine bewältigte, setzte sich seine Frau auf den zweiten Schlepper und begann das gemähte Gras auseinander zu kreiseln. So bearbeiteten sie pro Tag selten mehr als einen Hektar, immer in der Furcht, es könne ihnen das Wetter einen Streich spielen. Wenn die Nachbarn schon lange mit der Ernte fertig waren, fuhren sie immer noch pausenlos herum und kamen zu keinem Ende. Schließlich pressten sie das Heu zu kleinen Ballen und stapelten es auf dem Heuboden.

In der Hektik, die am Ende der Heuernte immer aufkam, wurde Anneliese Röhl unter herabstürzenden Heuballen begraben. Die Ballen waren von ihrem Mann auf ein Förderband gelegt worden, das das Heu vom Hänger bis in den Giebel transportierte. Dort oben fielen sie aus großer Höhe hinunter auf den Heuboden. Wer sie dort stapeln sollte, musste sehr aufpassen, nicht von ihnen getroffen zu werden. Genau das war ihr passiert: Ein Ballen traf Anneliese Röhl unglücklich am Kopf. Ihr Mann sagte später, er hätte nichts bemerkt und keine Schreie gehört. Erwin Röhl hatte ahnungslos weiter abgeladen, bis eine ganze Wagenladung Heu auf dem Boden lag und seine Frau darunter. Sie hatte sich mehrere Rippen gebrochen und war gestorben, weil sich eine Rippe in die Lunge gebohrt hatte.

Das Brot, das Allmers' Mutter auf den Tisch gestellt hatte, war wie immer altbacken. Frisches, duftendes Brot, das einem mit seinem Geruch eine ganze Backstube in die Küche zauberte, schien bei Allmers mit einem unsichtbaren Verbot belegt zu sein. Allmers hatte seine Mutter im Verdacht, dass sie frisches Brot erst ein paar Tage liegen ließ, bevor sie es auf den Tisch stellte, damit man nicht in Versuchung käme, sich daran zu erfreuen.

Er kaute lustlos daran, sehnte sich nach den frischen Brötchen, die es bei Susanne regelmäßig gab, und dachte über das Gespräch nach, das er mit Brokelmann geführt hatte.

„Hier ist eine Anzeige in der Zeitung“, unterbrach seine Mutter die Stille: „Kalb zugelaufen. Gegen Erstattung der Unkosten abzuholen. Rate mal, wessen Telefonnummer angegeben ist?“

„Wenn du so fragst, kann es nur Poppe sein!“

Seine Mutter nickte. „Ich fahre gleich hin.“

Ernst Poppe stand behäbig in der Stalltür, als Allmers in den Hof einbog. Misstrauisch sah er dem Milchkontrolleur zu, wie er aus dem Auto stieg und auf ihn zulief. Beide mochten sich nicht, und sie wussten es vom anderen.

„Moin“, sagte Allmers und tippte sich an die Mütze.

„Moin“, erwiderte Poppe gedehnt. „Willst du jetzt Milchkontrolle machen?“

Allmers schüttelte den Kopf: „Ich komme nicht deswegen. Du hast doch eine Anzeige aufgegeben?“

Poppe hob leicht den Kopf und blickt auf Allmers herunter. Er war fast zwei Meter groß und blickte mit kleinen Augen missmutig in die Welt. Allmers musste daran denken, was Zannmann ihm über die Gewalttätigkeit seines Gegenübers erzählt hatte. Er war sicher kein Schwächling, aber gegen Poppe, der Bärenkräfte hatte, hätte er im Ernstfall keine Chance gehabt. Und Else auch nicht, schoss es ihm durch den Kopf.

„Das Kalb?“ Poppe schien nicht überrascht zu sein, dass Allmers deswegen auftauchte. „Wir vermissen eines.“

„Ah ja. Ihr vermisst eines.“ Poppe blieb in der Stalltüre stehen, als er bemerkte, dass Allmers gerne einen Blick auf das Kalb geworfen hätte. „Uns ist eines zugelaufen.“

„Wie ein junger Hund?“ Allmers verbarg seinen Spott nicht. Er begann ungeduldig zu werden. Das Gespräch schien unerfreulich und unergiebig auszugehen. Sich mit Poppe einzulassen hieß, auf alle Finten, Kniffs und Tricks gefasst sein zu müssen.

Poppe lachte: „Wie ein junger Hund.“ Er bewegte sich keinen Zentimeter.

„Vorgestern hat eine Kuh bei uns gekalbt“, begann Allmers zu erklären, aber Poppe unterbrach ihn sofort: „Bei uns auch. Genau vor zwei Tagen. Deshalb hatte ich auch Biestmilch.“

„Unsere hat auf der Wiese gekalbt, aber das Kalb ist verschwunden. Meine Mutter und ich haben den ganzen Tag gesucht.“

„Ach so“, erwiderte Poppe, „und dabei habt ihr das Messer gefunden!“

Allmers nickte. Ein klein wenig Hoffnung begann in ihm zu keimen. So lange hatte er sich noch nie mit Poppe unterhalten.

„Bullen- oder Kuhkalb?“, fragte Poppe unvermittelt.

Allmers zuckte mit den Schultern: „Woher soll ich das denn wissen? Ich habe es ja noch nicht gesehen.“

„Wie sieht es aus?“

Allmers merkte, dass Poppe etwas vorhatte, dass er sich genau nach einem vorher festgelegten Plan verhielt. In seinem Bauch sammelte sich die Wut, und nur mühsam konnte er sich beherrschen.

„Ich war nicht dabei, habe ich doch gerade eben gesagt“, wiederholte er und bemühte sich, nicht noch unfreundlicher zu werden. „Woher soll ich denn wissen, wie das verdammte Vieh aussieht! Mach jetzt keine Schwierigkeiten und gib das Kalb heraus!“

Poppe schüttelte nur langsam den Kopf: „Das würde dir so passen! Da könnte jeder kommen und sagen, es sei sein Kalb. Und wenn morgen der richtige Besitzer kommt? Der, dem das blöde Vieh gehört? Denkst du, mir macht das Spaß, Kälber von Leuten aufzuziehen, die nicht auf ihr Viehzeug aufpassen können? Da hast du dich zu früh gefreut! Wenn du mir nicht beweisen kannst, dass es deines ist, rücke ich es nicht heraus. Das bin ich dem schuldig, dem es wirklich gehört."

Allmers rang um Fassung.

Poppe drehte sich um, ging in den Stall und schloss die Türe hinter sich.

Hella Köhler wusste schon Bescheid. Friedel war noch dabei, die Kühe nach Hause zu treiben, und Allmers erzählte zwischen Erdbeerkuchen und Johannisbeertorte, die Hella abwechselnd mit roten, weißen und schwarzen Beeren belegt hatte, die letzten Einzelheiten von seinem Besuch bei Poppe.

„Das wundert mich überhaupt nicht", sagte Hella und wischte sich die Krümel von den Lippen. „Das ist nicht das erste Ding, das er dreht. Neulich, das heißt ... lass mich nachdenken ... es ist wohl schon ein paar Jahre her ... brannte sein Schuppen ab, den er im Feld stehen hatte. Erst ein paar Monate vorher hatte er ihn versichert. Und wie es der Zufall so will, waren genau an diesem Tag seine ganzen alten Maschinen darin untergestellt! Alles verbrannt. Friedel kommt", sagte sie und trank den letzten Schluck Kaffee. „Noch ein Tässchen?"

Allmers winkte ab. „Ich muss zu Friedel, ich glaube, er will anfangen zu melken."

Hella lief hinter ihm her und erzählte, dass die Versicherung zuerst nicht bezahlen wollte. Jeder hatte Poppe im Verdacht: „Aber das Ding brannte am helllichten Tag ab, und er hatte ein wasserdichtes Alibi. Er war beim Arzt."

„Musste sich wohl Brandverletzungen verbinden lassen?"

Hella lachte und schüttelte den Kopf: „Nein! Blöde ist er nicht.

Es war brütend heiß an diesem Tag und er ist ja Asthmatiker. Er hatte wohl einen Anfall bekommen."

„Du musst zum Anwalt", meinte Friedel, als er endlich einmal zu Wort kam. Hella war in der Küche verschwunden, um die Thermoskanne mit heißem Kaffee zu holen.

„Meinst du, das bringt was?" Allmers war skeptisch.

„Ich würde es versuchen. Man kann sich von dem Kerl nicht alles bieten lassen."

Friedel schwieg so unvermittelt, wie er begonnen hatte zu reden. Hella schenkte heißen Kaffee ein.

Obwohl es Allmers nicht interessierte, begann sie von Neuem alles aufzuzählen, was sich Ernst Poppe hatte zuschulden kommen lassen.

Friedel trank so viel Kaffee wie bei sämtlichen anderen Kontrollen vorher nicht. Allmers versuchte herauszubekommen, ob und was er damit bezweckte, aber erst als Hella fragte: „Soll ich einen neuen kochen?" und Friedel heftig nickte, war Allmers die Absicht klar: Friedel wollte mit ihm alleine sein.

„Wusstest du", fragte Friedel Köhler, als seine Frau außer Hörweite war, „dass Poppe ein Verhältnis mit Else Weber gehabt hatte?"

Allmers nickte: „Zannmann hatte so etwas angedeutet. Außerdem: Wer hatte keines?"

„Bei ihm war es etwas anderes", meinte Friedel. „Sie war wohl ziemlich vernarrt in ihn."

„Woher weißt du das?"

„Sie hat es mir selbst erzählt. Sie hat mir manchmal ein bisschen ihr Herz ausgeschüttet." Er lief schnell wie ein Wiesel zur Stalltür und sah nach, ob seine Frau in Reichweite wäre. Friedel Köhler senkte die Stimme: „Hella darf es nicht erfahren!"

„Verstehe", sagte Allmers. „Und weiter?"

„Ihr Verhältnis war wohl etwas problematisch. Er hatte ja schon immer viel Dreck am Stecken. Ich glaube, sie wusste zu viel. Vor ein paar Wochen hat sie sogar einen Drohbrief bekommen."

Allmers widersprach: „Der schreibt doch keine Briefe!"

Friedel Köhler zuckte mit den Schultern: „Das glaube ich auch nicht. Der droht nicht schriftlich. Wenn der etwas vorhat, lässt er seine Pranken sprechen. Kraft genug hat er ja, und skrupellos ist er auch. Der würde nicht davor zurückschrecken, eine Frau zu schlagen. Und ein Motiv hätte er sicher auch."

„Jemanden zu schlagen?"

„Nein, ich meine sie umzubringen."

„Du meinst, er hat sie umgebracht? Hast du das schon der Polizei erzählt?"

„Bloß nicht! Dann erfährt doch meine Frau, dass ich auch bei Else Weber war. Ich habe mir gedacht, du erzählst das deinem Bruder. Der ist doch Staatsanwalt."

„Ob das klappt?", meinte Allmers skeptisch, und auf Friedels fragenden Blick fügte er hinzu: „Dass deine Frau nichts erfährt!"

„Der Kaffee!", rief Hella in den Stall.

„Wir sind fertig", schrie ihr Mann. „Wir trinken ihn in der Küche."

25

Allmers wunderte sich, dass der Rechtsanwalt die meiste Zeit des Gespräches dazu benutzte, ihn über die Lebensverhältnisse im Moor auszufragen. Meierhoff interessierte sich besonders für die komplizierten verwandtschaftlichen Verhältnisse des Dorfes. Jeder war mit jedem irgendwie verwandt. Früher wurden die jungen Männer, die auf Brautschau auf den Schützenfesten der Dörfer vorbeischauten, manchmal schon am Dorfeingang abgefangen, um zu verhindern, dass irgendeine Dorfschöne in fremde Hände fiele.

„Wollen Sie eine Tasse Tee?", fragte Meierhoff.

Allmers nickte. Meierhoff ließ sich einen zweiten Becher von seiner Sekretärin bringen. Er erhob sich schwerfällig und fummelte an seinem elektrischen Samowar herum. Allmers schmeckte der Tee, der durch das stundenlange Ziehen im eigenen Saft viel zu bitter geworden war, überhaupt nicht. Außerdem fehlte ihm die Milch. Später, als er Meierhoff besser kannte, schenkte er ihm zu dessen Geburtstag ein ganzes Kilo Darjeeling, er ließ sich den besten Tee geben. Enttäuscht musste er feststellen, dass sich Meierhoff zwar freute, aber dieses feine Gewächs genauso in seinem Samowar vergewaltigte wie jede billige Ostfriesenmischung.

„Sie haben keine Chance", sagte der Rechtsanwalt.

„Danke für die Auskunft", erwiderte Allmers sarkastisch und wollte aufstehen. „Auf eine klare Frage bekommt man eine klare Antwort."

„Bleiben Sie sitzen", meinte Meierhoff. Er beugte sich über den Schreibtisch und sah in die Tasse. „Ihr Tee. Ist noch nicht leer. Wenn Sie nicht eindeutig beweisen können, dass das Kalb Ihnen gehört, muss er es nicht herausgeben. Hat es eine Ohrmarke?"

Allmers war verärgert: „Wie soll ich ihm denn eine Ohrmarke verpassen, wenn ich es noch nie gesehen habe!"

„Entschuldigung. War nur so eine Frage. Man muss ja alles überlegen. Gibt es keine Methode, ein Kalb eindeutig einer Kuh zuzuordnen?"

„Doch, die gibt es. Nur ist das so teuer, dass ich mir davon drei Kälber kaufen kann. Bei teuren Zuchttieren wird manchmal zur Kontrolle ein Gentest gemacht."

„Tja, das war's wohl. Der Mann ist gerissen, das muss man neidlos anerkennen." Meierhoff lehnte sich in seinem Sessel zurück und setzte den Teebecher an den Mund. Er trank in kleinen Zügen. Als er den Becher absetzte, lief ihm der Tee aus seinem Oberlippenbart herab. Er verrenkte die Mundwinkel und lutschte erst die linken und dann die rechten Barthaare aus, die ihm bis in den Mund reichten.

„Aber erzählen Sie doch mal!" Der Rechtsanwalt hatte offensichtlich Zeit. Er hatte sich erst vor Kurzem im Dorf niedergelassen. Allmers hatte zu seiner Verwunderung noch am selben Tag einen Termin bekommen.

„Machen Sie den Hof im Hauptberuf? Oder als Nebenerwerb?", fragte Meierhoff interessiert.

„Im Nebenerwerb. Ich bin Oberkontrollassistent."

„Das stelle ich mir besonders schwer vor", Meierhoff legte echtes Bedauern in die Stimme, „wenn man in der Gastronomie tätig ist, kommt man doch abends oft nicht nach Hause. Wer versorgt dann das Vieh?"

„Sie meinen, wenn ich die Ober und Kellner kontrolliere?" Allmers konnte das Lachen kaum unterdrücken.

Meierhoff nickte. Er merkte nicht, dass er einem Irrtum aufgesessen war.

„Das macht dann meine Frau", sagte Allmers.

Als er die kleine Kreisstraße entlang fuhr, sah er zwei Polizeiwagen, die ihm entgegenkamen. Dahinter fuhr ein Zivilfahrzeug, er glaubte seinen Bruder darin erkannt zu haben. Erst ein paar Tage später, als er zufällig bei Hella Köhler war, fiel ihm der Vorfall wieder ein. Er wusste, dass sie frischen Butterkuchen im Schrank hatte, und ließ ihn sich schmecken. Erst beim letzten Stück fragte er Hella: „Weißt du, was die Polizei vor ein paar Tagen hier wollte?"

Hella Köhler war sehr verwundert, dass Hans-Georg Allmers nicht auf dem neuesten Stand der Ermittlungen zu sein schien: „Die haben doch eine Hausdurchsuchung bei Ernst gemacht."

Allmers war wirklich sehr erstaunt. „Davon habe ich nichts mitbekommen. Und? Haben sie etwas gefunden?"

„Sie haben das ganze Haus auf den Kopf gestellt, erzählte mir Renate", begann Hella, und Allmers wusste, dass er noch ein Stück Butterkuchen verzehren konnte, bis sie fertig war. „Sie hat geflucht und geschimpft. Die Polizei hat alles umgekrempelt, und sie durfte wieder aufräumen. Ernst hat noch lauter geschimpft, aber sicher aus anderen Gründen. Er hat der Polizei gedroht, wenn sie ihn nicht in Ruhe ließen, würden sie sich noch wundern. Er würde sich nicht ohne Widerstand das Leben versauen lassen. Schließlich haben sie seine Videos mitgenommen. Also wenn sie ein Messer oder sonst was beschlagnahmt hätten, das hätte ich ja noch verstanden. Aber Videos? Verstehst du das?"

Allmers schüttelte den Kopf und schluckte den restlichen Butterkuchen hinunter. Diesmal, fand er, war er Hella nicht so gut gelungen. Aber das behielt er für sich.

Erwin Röhl wurde ein paar Tage nach der Beerdigung seiner Frau zur Vernehmung vorgeladen. Sein Nachbar war zur Polizei gegangen und hatte eine Aussage gemacht, die im Dorf für Aufregung sorgte. Ernst Poppe hatte ausgesagt, er sei während des Unglücksfalles auf seinem Hof gewesen – beide Höfe liegen nur fünfzig Meter auseinander – und er hätte zum besagten Zeitpunkt laute Schreie gehört. Erwin Röhl habe – und das war das Entscheidende – plötzlich aufgehört, weitere Heuballen auf das Förderband zu legen. Er habe zum Giebel des Hauses gesehen und dann, nach kurzer Pause, weiter abgeladen. Als der Hänger leer gewesen sei, habe er das

Förderband nicht wie üblich abgestellt, sondern sich beeilt, den zweiten, vollen Hänger an das Band zu rangieren, um weiter abzuladen. Dabei habe er sich sehr beeilt, betonte Poppe bei seiner Aussage.

Erwin Röhl stritt empört alle Schuld ab. Wenn es so gewesen sei, argumentierte er, warum habe Poppe sich das alles ruhig angesehen? Er habe keine Schreie gehört, und im Übrigen solle sich Poppe um seine eigenen Probleme kümmern, die seien ja wohl groß genug.

Wie er das meine, wurde er gefragt. Das meine er so, wie er es sage, war Röhls Antwort gewesen. Das wisse doch jeder im Dorf, was er alles auf dem Kerbholz habe, und die Geschichte mit Else Weber sei ja auch noch nicht ausgestanden.

Ob er dazu eine Aussage machen wolle?

Nein, hatte er geantwortet, er wisse auch nicht mehr als alle anderen hier im Dorf. Vielleicht solle sich die Polizei mal auf dem Hof etwas näher umsehen. Der ermittelnde Beamte fragte mehrmals nach, erhielt aber immer nur ausweichende Antworten.

„Herr Röhl“, wurde er dann gefragt, „kannten Sie Else Weber?“

„Natürlich“, sagte Röhl ohne Verlegenheit in seiner Stimme. „Wer kannte sie nicht?“

„Ich meine,“ sagte der Beamte, „waren Sie auch einer der Besucher?“

Röhl schüttelte den Kopf. „Was glauben Sie“, brauste er auf, „was meine Frau mit mir gemacht hätte?“

Der Haftbefehl gegen Erwin Röhl wegen eines Tötungsdeliktes wurde vom zuständigen Richter nicht unterzeichnet. Ihm schienen die Verdachtsmomente gegen den Bauern zu vage. Außerdem könne er kein Motiv erkennen, ließ der Richter Staatsanwalt Allmers wissen. Privat meinte er später jovial, dass eine Mörderjagd Geduld erfordere, der junge Staatsanwalt müsse daran wohl noch etwas arbeiten. Ein gewisser Anfangsverdacht gegen Röhl bleibe zwar bestehen, sowohl bei seiner eigenen Frau als auch bei Else Weber, aber Allmers solle das doch bitte noch mit ein paar Indizien unterfüttern und nicht so ins Blaue hinein Haftbefehle beantragen.

26

Nach der Milchkontrolle bei Damann fuhr Hans-Georg Allmers nach Hause. Er hatte sich vorgenommen, an diesem Abend seinen Bruder anzurufen. Er ging grußlos durch die Küche, seine Mutter stand am Herd und war mit der Vorbereitung des Abendessens beschäftigt, durchquerte den kleinen Flur und nahm das Telefon mit in sein Zimmer.

„Kannst du garantieren, dass Hella Köhler nichts erfährt?", fragte Allmers seinen Bruder während des Telefonats nach einigen Begrüßungsfloskeln. Er hatte sich ein paar Tage Zeit gelassen, Werner Allmers die neuesten Geschichten aus dem Moor mitzuteilen. Er war sich nicht sicher, wie viel er weitergeben sollte. Brokelmanns Wissen über das Buch, Friedel Köhlers Mitteilung, Else Weber und Poppe hätten ein Verhältnis gehabt, und die Geschichte mit dem Brief erzählte er ihm dann doch.

„Das hat uns Zannmann auch schon erzählt. Deshalb haben wir jetzt eine Hausdurchsuchung gemacht. Im Übrigen ist es nicht die Aufgabe der Staatsanwaltschaft, untreue Ehemänner vor ihren Frauen zu schützen", sagte Werner Allmers scharf. „Das Buch", fuhr er fort, „wer weiß davon?"

„Bisher hat nur Brokelmann etwas davon erwähnt", erwiderte Hans-Georg Allmers. „Friedel Köhler sagte nichts dazu."

„Kannst du das herausbekommen?"

Allmers überlegte. „Eigentlich muss ich ihn nur fragen. Ich glaube nicht, dass er mich anlügen würde."

„Dann mach das bitte", bat ihn sein Bruder. „Wenn ich da ankomme, sagt er vielleicht nicht die Wahrheit."

„Du musst mir ein bisschen Zeit geben", meinte Hans-Georg

Allmers. „Ich will nicht als Hilfspolizist auftreten. Wenn ich jetzt hinstiefele und ihn ausquetsche, sagt er vielleicht überhaupt nichts mehr."

„Das kann ich verstehen. Frag ihn, wenn du ihn zufällig triffst. Ich lass das Haus von Else Weber ein drittes Mal auf den Kopf stellen. Vielleicht finden wir doch noch etwas Wichtiges. Weißt du, wie das Buch aussah?"

„Nein. Ich glaube, noch niemand hat das Buch gesehen. Aber anscheinend wissen einige davon."

Er wollte auflegen. „Halt", rief er noch ins Telefon, „da ist noch etwas, ich hätte es fast vergessen. Beim Schützenfest waren alle im Festzelt versammelt. Aber Voß ist von Poppe nach Hause gebracht worden."

„Na und?", wunderte sich sein Bruder. „Ist das was Schlimmes?"

„Verstehst du nicht? Voß war stockbesoffen und Ernst war stocknüchtern. Er hat nüchtern das Fest verlassen!"

Sein Bruder schwieg verblüfft. Dann sagte er nach einer kurzen Denkpause: „Wie hast du das denn herausbekommen?"

„Das hat mir Brokelmann erzählt." Allmers war stolz, er merkte, dass die Verblüffung seines Bruders echt und nicht gespielt war. Das bedeutete für ihn so viel wie ein Lob. „Er hat sich gewundert, dass Poppe nüchtern war. Außerdem ist da noch etwas, was mich wundert. Auch Friedel war nüchtern an dem Abend. Sonst hängt er meistens schon nach einer Stunde über dem nächsten Zaun."

„Na ja", sagte sein Bruder kühl, „man kann schließlich nicht jeden verdächtigen, der nicht besoffen war."

„Das sehe ich anders", erwiderte Allmers, obwohl er von der Unschuld Friedel Köhlers überzeugt war. „Nur die, die nicht betrunken waren, kommen als Mörder infrage. Du weißt, wie besoffen die meisten auf dem Schützenfest sind. Da schneiden die keiner mehr den Hals durch."

„Das kann schon sein. Aber ich wollte dir noch etwas erzählen. Wir haben uns ein wenig über deine kleine Journalistin erkundigt."

„Über Susanne? Wie kommt ihr denn darauf?"

„Reine Routine. Wir ermitteln schließlich in alle Richtungen. Das wird dir nicht gefallen. Susanne Hansens Mutter hatte Verwandte in unserer Gegend. Wusstest du das?"

Allmers schüttelte den Kopf: „Ich habe sie nie danach gefragt."

„Genauer gesagt, hat sie mehrere Cousinen. Hatte muss man sagen, eine ist nämlich tot."

„Na und?"

„Es war Else Weber."

Allmers schwieg verblüfft.

Sein Bruder fuhr fort, ohne auf Allmers einzugehen: „Else Weber hatte früher guten Kontakt zu ihrer Cousine. Irgendwann ist der abgebrochen. Es scheint wohl so zu sein, dass sich Else Weber mit dem Vater von Susanne Hansen eingelassen hat und deshalb die Ehe kaputt ging."

„Das glaube ich nicht", stammelte Allmers, fassungslos über das, was er eben gehört hatte. Er dachte an den Brief, den sie ihm geschrieben hatte.

„Wir haben auch nachgeprüft", fuhr sein Bruder fort, „seit wann die Hansen hier ist. Vier Wochen vor dem Mord hat sie bei der Zeitung angefangen."

„Du spinnst!", schrie Allmers aufgebracht ins Telefon, „Jetzt bist du völlig übergeschnappt. Du bist doch bloß sauer, weil du bei ihr abgeblitzt bist."

„Wir ermitteln doch bloß in alle Richtungen", sagte der Staatsanwalt.

„Dieses Schwein!", stieß Susanne Hansen empört hervor. „Wieso spioniert er hinter mir her?"

„Stimmt das?" Allmers' Stimme wurde scharf. Susanne Hansen stand aufgeregt auf und lief ins Badezimmer ihrer Wohnung. Sie sagte nichts, sondern ließ das Wasser in die Badewanne einlaufen. „Stimmte es, dass Else Weber die Cousine deiner Mutter war?"

„Wollen wir in die Wanne?“, rief sie durch die Wohnung. Allmers fühlte sich provoziert und wurde wütend.

„Was ist los?“, fragte er. Er packte sie im Badezimmer am Arm. „Was verschweigst du mir?“

„Du hast mich nicht danach gefragt!“, erwiderte sie trotzig.

Allmers wurde wütend: „Wenn sie wirklich die Cousine deiner Mutter war, bist du in einen Mordfall verwickelt, begreifst du das nicht?“

Susanne riss sich los: „Ja!“, schrie sie. „Sie war ihre Cousine. Und mir ist es scheißegal, ob ihr einer die Kehle durchgeschnitten hat. Im Gegenteil: Ich freue mich darüber. Es war gute Arbeit!“

Allmers war fassungslos, und als sie in Tränen ausbrach, wusste er nicht, was er tun sollte. Er wagte nicht, sie in den Arm zu nehmen, und ging in das Wohnzimmer zurück.

Weinend kam Susanne hinter ihm her. „Sie hat die Ehe meiner Eltern kaputt gemacht, und dafür habe ich sie von Anfang an gehasst.“

„Aber du hast mir doch geschrieben, es wäre eine Sprechstundenhilfe deines Vaters gewesen?“, fragte Allmers ratlos.

Susanne schüttelte den Kopf: „Das habe ich erfunden.“ Sie schluchzte so laut, dass Allmers sie kaum verstand. „Alles Lüge. Journalisten müssen ja auch ab und zu etwas erfinden, oder?“

Allmers konnte kaum glauben, was sie eben gesagt hatte. Schließlich sagte er: „Damit hast du ein Motiv.“

„Aber auch ein Alibi“, sagte sie und wischte sich die Tränen aus dem Gesicht. „Ich habe an diesem Abend für die Zeitung über das Schützenfest berichtet und Bilder gemacht.“

„Du warst an diesem Abend bei uns im Dorf?“, fragte Allmers ungläubig.

„Ja. Ist das was Schlimmes?“

„Das verdächtigt dich doch nur noch mehr.“

„Glaubst du etwa auch, ich hätte sie umgebracht?“, fragte sie und begann wieder zu weinen. „Dann hätte ich mir den Drohbrief ja auch selbst geschrieben!“

„Das hat dir keiner vorgeworfen.“ Allmers schüttelte den Kopf. „Deine Reaktion wird immer verwirrender. Aber ich würde gerne wissen, warum du hier bei der Zeitung angefangen hast?“

„Weißt du, wie schwer es ist, eine Stelle als Volontärin zu bekommen? Ich habe mich bei über zwanzig Zeitungen beworben, und hier hat es eben geklappt. Und zu deiner Beruhigung: Nach dem Mord an Tante Else habe ich nicht gewagt, zu gestehen, dass ich mit ihr verwandt bin. Bei der Zeitung hätten sie mich nicht recherchieren lassen. Und dann hätte ich dich nicht kennengelernt!“

Sie nahm seine Hand und legt sie unter ihr Hemd auf ihre Brust. „Fühlt sich das wie das Herz einer Mörderin an?“, fragte sie eindringlich.

Allmers war sprachlos. Diese Mischung aus Pathos und Kitsch hätte er ihr nicht zugetraut. Er zog seine Hand zurück, schüttelte den Kopf und sagte nur: „Das Badewasser ist fertig.“

27

Grete Corleis war zwanzig, als sie heiratete. Jede junge Frau war in ihrem Dorf mit Anfang zwanzig verheiratet und hatte ein oder zwei Kinder. Sie war fast zehn Jahre jünger als ihr Mann, den sie nur flüchtig kannte. Sie hatten sich auf einem Volkstanzabend im Gemeindesaal ihres Dorfes kennengelernt, bei dem sie als Zuschauerin den tanzenden Georg Allmers auf der Bühne sah. Ihm gefiel die junge Frau mit dem energischen Gesicht, die ihn, wie er meinte, die ganze Zeit beobachtete. Noch während des Tanzes beschloss er, sie anzusprechen.

Viele seiner Berufskollegen suchten vergeblich eine Frau, die es auf sich nehmen wollte, auf einen Hof zu ziehen. Die Landwirtschaft war in den Sechzigerjahren noch nicht so mechanisiert wie nur zwei Jahrzehnte später, und die Aussicht, ihr ganzes Leben hart schuften zu müssen, hielt manche junge Frau davon ab, einen Bauern zu heiraten. Deshalb waren Frauen auf den Dörfern umschwärmt, und die jungen Mädchen konnten es sich leisten, ihre Bewerber schmoren zu lassen. Georg Allmers wusste nicht, dass es aus dem Dorf noch kein junger Mann gewagt hatte, um Grete Corleis zu werben, sie galt als hochmütig und herrschsüchtig. Außerdem stieß viele ihre frömmelnde Art ab. So war Georg Allmers sehr überrascht, dass sie gleich damit einverstanden war, ihn wiederzusehen. Und als sie nach ein paar unverbindlichen Spaziergängen an Sonntagnachmittagen gewillt war, ihn zu heiraten, konnte er sein Glück kaum fassen. Er war sich noch nicht einmal sicher, ob er sie wirklich mochte, aber die Aussicht, am Ende ohne Frau dazustehen, schien ihm so abschreckend, dass er schließlich dankbar das Aufgebot bestellte.

Sie übernahm vom ersten Tag an die Herrschaft auf dem Hof, selbst ihre Schwiegermutter, die ihr ganzes Leben dort verbracht hatte, war ohne Chance gegen ihre Durchsetzungskraft. Georg Allmers begann schon bald nach der Hochzeit seine schnelle Werbung um sie zu bereuen, aber er wagte nicht, sich gegen seine Frau zu stellen. Ein Jahr nach ihrer Hochzeit brachte sie ihr erstes Kind zur Welt.

Nur sehr selten ließ sie so etwas wie Wärme oder Zuneigung für ihren Mann spüren. Jemanden zu loben galt ihr als verdächtig, und so arbeiteten sie verbissen nebeneinander her, ohne sich gegenseitig zu stützen, was Georg Allmers bei der Härte der Arbeit sehr vermisste. Es gab nur einen Bereich, in dem Grete Allmers ihren Mann gelegentlich unter die Arme griff. Als junges Mädchen hatte sie sehnsüchtig hinter jedem Auto hergesehen, sich um alles in der Welt gewünscht, diese Wunderwerke selbst reparieren zu können. Aber sie hatte noch nicht einmal gewagt, diesen Wunsch auch nur zu äußern. Sie wusste sehr viel, hatte alles ihren Brüdern, die meistens unter den Treckern lagen und sie reparierten, abgeschaut und sich im Laufe der Zeit so viel Wissen und technisches Verständnis angeeignet, dass sie bei den meisten Problemen der Trecker und Autos mühelos die richtigen Tipps geben konnte. Sie hatte sogar gelegentlich selbst einen Schraubenschlüssel in die Hand genommen, wenn ihr Mann aufgegeben hatte.

Er bekam ihre Verachtung nach solchen Momenten besonders zu spüren. Nur in der Schützenuniform schien Georg Allmers ihr zu gefallen. Er war seit seiner Jugend im örtlichen Schützenverein so wie alle Bauern, und er fieberte jedes Jahr dem Schützenfest entgegen. Grete Allmers lehnte jedes Fest außer den christlichen als Machwerke des Teufels ab. Nur beim Schützenfest schien sie eine Ausnahme zu machen, denn zu diesem Fest ließ sie ihren Mann alleine gehen und säuberte ihm liebevoll die Uniform. Es war ihm von ihr allerdings verboten worden, Schützenkönig zu werden. Die Kosten, die solch eine Würde mit sich brachte, waren für einen kleinen Bauern zu hoch. So kämpfte er jedes Jahr um die untergeordneten Würden und schaffte es auch ein paar Mal zum Adjutanten oder Besten Mann. Grete Allmers ging nie auf das Schützenfest.

Hans-Georg Allmers überlegte oft, warum sie dieses eine Fest so hochhielt. Ihm fiel keine Antwort ein, er vermutete vage, es könnte etwas mit ihrem alttestamentarischen Glaubensverständnis zu tun haben: Auge um Auge, Zahn um Zahn …

Der Hof lag im Dunkeln, als Allmers in die Hofeinfahrt einbog. Er stieg aus dem Auto, schloss die Tür des Wagens leise und schlich sich in das Haus. Selbst an hellen Sommertagen konnte man tagsüber nur durch den Flur gehen, wenn man Licht anmachte, die Fenster des alten Bauernhauses waren klein, und rings um das Haus standen hohe Bäume.

Er schlich sich im Halbdunkel auf Zehenspitzen durch das Haus, sah erleichtert, dass seine Mutter das Haus wohl verlassen hatte, und ging in die Küche. Die Türe ließ er offen, damit er jedes Geräusch und jeden Schritt würde hören können.

Er ging an den Küchenschrank, zog vorsichtig die Besteckschublade auf und betrachtete aufmerksam die Messer. Er nahm ein Brotmesser mit Wellenschliff heraus und legte es auf die Anrichte. Danach überlegte er, wozu das nächste Messer gebraucht würde, und ihm fiel ein, dass es ein Gemüsemesser war. Es war sehr groß, und seine Mutter schnitt damit die Weißkohlköpfe von ihrem holzigen Strunk, wenn sie im Garten erntete.

Zwei kleine Schälmesser für Obst und ein weiteres kleines Wellenschliffmesser lagen zum Schluss einträchtig nebeneinander, erinnerten nicht daran, dass sie, wenn jemand es wollte, tödliche Waffen sein konnten.

Eines fehlte, dessen war er sich plötzlich sicher. Ein großes Fleischmesser ohne Wellenschliff. Es war ihm schon vor einiger Zeit aufgefallen, dass die Schublade leerer war als früher, aber er hatte sich keine Gedanken gemacht. Jetzt war es klar: Ein Messer fehlte. Er hatte manchmal damit die Kaninchen abgehäutet, aber weil er schon lange keine Tiere mehr geschlachtet hatte, war er nicht auf die Suche nach dem Messer gegangen. Schweigend betrachtete er die Messer und hing seinen Gedanken nach.

„Suchst du etwas?“, fragte seine Mutter in die dunkle Stille. Allmers erschrak zu Tode.

„Mach doch das Licht an“, sagte Frau Allmers ruhig.

„Das geht auch so“, sagte Allmers, als ob es das Normalste der Welt wäre, im Halbdunkel auf Messer zu starren. „Ich will morgen zwei Kaninchen schlachten.“ Er raffte die Messer zusammen und warf sie in die Schublade.

28

Es dauerte lange, bis Allmers wieder mit Hella Köhler sprechen konnte. Er hatte ein oder zwei Versuche unternommen, aber sie nie alleine erreicht. Schließlich erwischte er sie, als sie Wäsche aufhängte. Als sie ihn kommen sah, ging sie in die Küche und öffnete den Schrank.

„Kein Motiv! Erwin soll kein Motiv haben?“, lachte sie und bot Allmers ein Stück Sachertorte an. „Ich musste die alte Aprikosenmarmelade loswerden“, entschuldigte sie sich.

„Wenn das, was sie sich geleistet hat, kein Motiv war, dann frage ich mich …“, sagte sie und schenkte sich und Allmers eine Tasse Kaffee ein. „Anneliese Röhl hätte man früher als Hexe verbrannt.“

Allmers hob fragend die Augenbrauen: „So schlimm?“

„Allerdings!“ Hella Köhler kam in Fahrt. „Du kennst doch Stefan, den Sohn von Erwin und Anneliese. Er ist jetzt, warte mal“, sie rechnete nach, „sechsundzwanzig, glaube ich.“

Sie schnitt noch ein Stück Kuchen ab und legte es sich auf den Teller.

„Hast du Schlagsahne?“, fragte Allmers dazwischen.

„Sachertorte isst man ohne Schlagsahne!“, erwiderte Hella empört. Dann fuhr sie fort: „Ist dir schon mal etwas aufgefallen bei Röhls?“

Allmers schüttelte den Kopf: „Was soll mir an denen schon auffallen?“

„Erwin ist klein und dunkel, und Stefan ist groß und blond. Und Anneliese war auch nicht besonders groß. Kapierst du jetzt?“

„Du meinst …“ Allmers war ehrlich verblüfft, „Stefan ist nicht von Erwin?“

„Ich wundere mich, dass du die Geschichte nicht kennst. Jeder hier kennt sie. Du kennst doch den Klempner Schildt aus dem Dorf? Bevor Anneliese Erwin heiratete, war sie lange mit ihm zusammen, aber er wollte sich nicht scheiden lassen. Schließlich heiratete sie Erwin, aber die andere Sache war nicht vorbei. Es ging wohl noch Jahre so weiter, bis sie eines Tages erwischt wurden. Bei Röhls musste das Reetdach repariert werden. Und gleichzeitig war irgendetwas an der Heizung kaputt. Schildt kam und reparierte. Zum Lohn ging Anneliese mit ihm auf den Heuboden. Erwin war auf dem Feld. Sie hatten nur vergessen, dass der Reetdachdecker auf dem Dach saß. Er hat sie gewähren lassen und Erwin bei der nächsten Gelegenheit alles erzählt. Röhl schaltete sofort und sagte Schildt auf den Kopf zu, dass ihr Sohn Stefan von ihm sei. Röhl ist durchtriebener, als manche annehmen."

Hella trank einen Schluck Kaffee und beobachtete die Wirkung ihrer Erzählung bei ihrem Zuhörer. Allmers war fassungslos. Sowohl über die Geschichte als auch darüber, dass er sie noch nie gehört hatte.

„Und wie ging es weiter? Hat er Anneliese rausgeworfen?"

Hella schüttelte den Kopf: „Er hat Schildt ein Angebot gemacht. Er nannte ihm einen Preis, für den er das Kind weiterhin als sein eigenes anerkennen würde."

Wieder machte sie eine Pause. Hella liebte es wie Allmers, bei Geschichten die Pointe in kleinen Dosen zu servieren. Allmers hielt dagegen:

„Hast du noch ein Stück Kuchen?", fragte er betont gelangweilt, obwohl er wusste, wie gespannt Hella darauf wartete, die Geschichte zu Ende erzählen zu können. Er aß ein Stück Torte, trank einen Schluck Kaffee, aß ein weiteres Stück und beobachtete Hella verstohlen, die es kaum noch aushielt. Es ging ihm ähnlich, auch er wartete gespannt auf die Pointe, aber so einfach wollte er es Hella nicht machen.

„Und dann?", fragte er schließlich beiläufig.

Heute jedoch hatte er Hella unterschätzt. Sie schlug zurück. Es war wie ein Match im Tennis, wenn ein Spieler meint, den entscheidenden Punkt gemacht zu haben, der Gegner aber immer wieder ausgleichen kann.

„Was meinst du?", erwiderte sie ohne Regung. Aber am leichten Zittern ihrer Stimme merkte Allmers, dass er heute gewonnen hatte.

„Der Preis? Für das Kind?"

„Er verlangte", sprudelte es aus Hella heraus, „einen neuen Trecker, ein Mähwerk, eine komplette Heizung und ein neues Wohnzimmer."

„Clever!" Mehr konnte Allmers nicht sagen. Röhl war schlagartig in seiner Achtung gestiegen.

„Schildt blieb nichts anderes übrig als einzuschlagen. Das Wohnzimmer haben sie heute noch."

Hella lehnte sich zurück und genoss die Wirkung.

„Damit hätte er natürlich ein Motiv", überlegte Allmers laut. „Erst betrügt sie ihn, und zum Dank lässt er sich dreißig Jahre drangsalieren."

Hella nickte: „Aber trotzdem glaube ich nicht, dass er sie umgebracht hat. Er hatte sich so an sie gewöhnt, und den Jungen zog er tatsächlich auf wie sein eigenes Kind. Beide, Schildt wie Röhl, haben sich an die Abmachung gehalten."

29

Allmers hatte niemanden, nicht einmal Susanne, in sein Vorhaben eingeweiht. Er zog Gummistiefel an, streifte die Regenjacke über und machte sich auf den Weg zu dem kleinen See, der ihm in den ganzen Jahren sehr ans Herz gewachsen war. Er ließ ihn links liegen, kletterte über mehrere Zäune und stand schließlich in Sichtweite vom Haus von Else Weber. Allmers sah sich um, stellte fest, dass er mutterseelenallein war, und ging durch das Birkenwäldchen auf das Haus zu.

Die Türen waren versiegelt, die Fenster verschlossen. Allmers ging um das Haus, betrachtete an jeder Tür das Siegel der Polizei, aber keines ließ sich ohne Probleme ablösen. Die Gitterroste an den Kellerfenstern ließen sich hochnehmen. Er probierte ein Kellerfenster nach dem anderen aus und hatte schließlich Glück. Ein Fenster war leicht zu öffnen, es war wohl über die Jahre so verzogen, dass es schon lange nicht mehr ganz geschlossen werden konnte. Allmers kletterte hinein, freute sich dabei über seine schlanke Figur und seine Gelenkigkeit. Er legte die Gitterabdeckung so hin, dass er das Haus auch wieder ungesehen verlassen konnte. Das Gitter fiel genau in die Vertiefung, als er das Fenster schloss. Allmers fluchte. Jetzt war ein Hinausklettern nicht mehr möglich. Die Fenster gingen nach außen auf, und davor lag nun das Gitter.

Allmers zog die kleine Taschenlampe aus seiner Regenjacke und leuchtete ins Dunkel. Regale standen an der Wand, vollgepackt mit Marmeladengläsern, Gerümpel und Kartons, die alle sorgfältig verschnürt oder mit Klebestreifen verschlossen waren.

Allmers horchte, aber die unbekannten Geräusche, die er wahrnahm, gehörten zum Haus. Alte Häuser geben manchmal Töne von sich, die von ihrer Geschichte zu erzählen scheinen. Allmers hatte das Gefühl, als ob die alten Balken klagen würden. Er ging die Kellertreppe hinauf und löschte das Licht der Taschenlampe. Es war Mittagszeit, die Sonne verschwand ab und zu hinter Regenwolken, aber es war so hell, dass er kein Licht brauchte. Er hatte diese Zeit extra gewählt, jetzt saßen alle um die Mittagstische versammelt, kaum jemand war auf den Straßen geschweige denn auf den Wiesen und Äckern.

Mit klopfendem Herzen öffnete er die Tür zum Schlafzimmer von Else Weber, sah auf ihr Bett. In ihm stieg Wut hoch. Wut auf den Mörder. Auch wenn er sie schon lange nicht mehr besucht hatte, war er ihr immer noch dankbar für die Nachsicht und die Zuneigung dem Jungen gegenüber, der er damals war.

Die Schränke waren alle durchsucht worden, das sah er auf den ersten Blick. Die Verkleidungen der Wände waren heruntergerissen worden, die Polizei hatte selbst die Fußbodendielen auf der Suche nach dem Buch nicht verschont.

Ärgerlich schüttelte er den Kopf. Es war wohl doch keine gute Idee gewesen, dachte er, hierher zu kommen, aber die Idee, selbst nach dem Buch zu suchen, war ihm seit Tagen nicht aus dem Kopf gegangen.

Er drehte sich um, sah mit Entsetzen den großen roten Fleck an der Tür zur Diele und erschrak. Auf dem Kiesweg vor dem Haus bog ein Auto von der Straße ab. Er starrte durch das Fenster, konnte aber niemanden erkennen und floh in Panik in den Keller. Keine Minute später wurde die Eingangstür des Hauses geöffnet.

Die Polizei, dachte Allmers. Wenn die mich hier finden, bin ich dran.

An den Schritten, die über ihm über den Holzfußboden hallten, glaubte er erkennen zu können, dass es zwei Personen waren.

Plötzlich waren die Schritte nicht mehr zu hören, unsicher versuchte Allmers die Lage einzuschätzen, als das Licht im Keller anging. Der Keller bestand aus zwei Räumen und der Treppe, an deren Fußende die beiden Räume abgingen.

Die Treppenstufen waren aus Stein, sodass Allmers nicht beurteilen konnte, ob jemand die Treppe hinunterging. Er schaute sich voller Angst in dem Raum um, in dem er sich befand, entdeckte einen offenen Verschlag, in dem Äpfel oder Kartoffeln gelagert werden konnten und ein paar Jutesäcke. Er kletterte in den Verschlag und versteckte sich unter einem Haufen kratzender Säcke.

Als die Tür des Kellerraumes geöffnet wurde, glaubte er vor Angst zu zerspringen. Ein vermummter Mann trat ein und begann den Kellerraum zu durchsuchen. Allmers versuchte durch die Säcke hindurch zu erkennen, um wen es sich handeln könnte. Poppe ist größer, ging ihm durch den Kopf, als er den Mann betrachtete, der mit dem Rücken zu ihm ein Regal durchwühlte. Auch die Kleidung kam ihm nicht bekannt vor, nur in den Bewegungen des Mannes war etwas, was ihm nicht gänzlich fremd schien. Der Mann drehte sich langsam um und kam auf sein Versteck zu, so, als ob er etwas gemerkt hätte.

Wenn ich hier hocke, dachte Allmers, habe ich keine Chance. Er zog die Säcke weg und entschloss sich zum Angriff. Mit einem Schrei sprang er aus seinem Versteck und stürzte sich auf den Mann, der sofort und ohne Verzögerung erbitterten Widerstand leistete. Allmers versuchte ihm die Vermummung herunterzureißen, aber sein Gegner hatte anscheinend Bärenkräfte, obwohl er viel schmächtiger schien als Allmers. Allmers flog durch den halben Raum, richtete sich auf, aber er hatte keine Gelegenheit mehr zuzuschlagen. Ein Holzscheit traf ihn so am Kopf, dass er zurück auf den Boden taumelte und fast bewusstlos liegen blieb.

Er bekam panische Angst vor dem nächsten, tödlichen Schlag, versuchte sich noch zur Seite zu rollen, aber der Mann schlug nicht zu. Der Mann rannte aus dem Kellerraum, und bevor Allmers das Bewusstsein verlor, hatte er ihn erkannt.

Es war Friedel Köhler.

Als Allmers wieder erwachte, beugte sich ein Polizist über ihn.

„Er ist aufgewacht, Herr Staatsanwalt“, sagte er, und Hans-Georg hörte die Stimme seines Bruders: „Danke, Möller. Trotzdem muss er ins Krankenhaus."

Man legte ihn auf eine Trage und schob ihn in einen Krankenwagen, der vor dem Haus stand.

„Was ist denn in dich gefahren", fuhr ihn sein Bruder an, als der Wagen losgefahren war, „hier einzubrechen? Das war ein versiegeltes Objekt. Weißt du überhaupt, was das heißt?"

„Bitte schonen Sie ihn", sagte der Arzt, „er hat wahrscheinlich eine Gehirnerschütterung."

„Die hatte mein Bruder schon vorher", tobte der Staatsanwalt, „die hat er immer!!"

„Wie habt ihr mich gefunden?", fragte Allmers kleinlaut.

„Es gab einen anonymen Anruf. Daraufhin sind wir hergefahren. Er rief sogar ein zweites Mal an. Darauf waren wir aber nicht vorbereitet, sonst hätten wir eine Fangschaltung machen können. Beim zweiten Mal sagte er, es gäbe im Haus etwas sehr Interessantes zu finden." Werner Allmers seufzte. „Irgendwie sind hier alle durchgeknallt."

„Wisst ihr nicht, wer es war?"

Werner Allmers schüttelte den Kopf: „Er hat beim ersten Mal gesagt, der Mörder hätte dem Haus wieder einen Besuch abgestattet. Wenn wir ihn kriegen wollten, sollten wir uns beeilen."

„Du meinst doch nicht, dass ich …?", fragte Allmers entgeistert.

„Mittlerweile glaube ich gar nichts mehr", wich sein Bruder aus. „Eigentlich müsste ich Haftbefehl gegen dich beantragen. Zumindest wegen Einbruchs. Ich kann es gerade noch abbiegen, wenn ich Fluchtgefahr verneine. Aber du bekommst Auflagen. Vielleicht kannst du mir aber noch verraten, warum du bei Else eingebrochen bist?"

Allmers zuckte mit den Schultern: „Neugierde."

Sein Bruder gab sich mit der Antwort zufrieden, was Allmers erstaunte.

„Hast du erkannt, wer dich niedergeschlagen hat?", fragte Werner Allmers, bevor sie beim Krankenhaus ausstiegen. Hans-Georg versuchte den Kopf zu schütteln, aber die Kopfschmerzen wurden sofort rasend. „Nein“, log er.

„Lass deine Finger aus meinen Ermittlungen“, fauchte der Staatsanwalt zum Schluss. „Das ist nichts für Hobbydetektive.“

30

Die dritte Tote fand man fast auf den Tag drei Monate später. Das Opfer war wieder eine alleinstehende Frau. Ilse Wessel war achtundfünfzig Jahre alt, und niemand im Dorf schien sie näher gekannt zu haben. Sie lebte zurückgezogen in einem kleinen Fachwerkhaus am Ortsrand. Bevor sie dort eingezogen war, hatte sie das Haus aufwendig renovieren lassen. Die Handwerker staunten, als der Architekt mit der Ausschreibung der Bauarbeiten begonnen hatte. Es sollten nur die besten Materialien verwendet werden, Geld schien keine Rolle zu spielen. Sie hatte einen hervorragenden Ruf, war nicht kleinlich mit dem Trinkgeld, wenn der Briefträger ein Paket ans Haus schleppen musste, zahlte ihre Rechnungen pünktlich und spendete der Feuerwehr regelmäßig eine kleine Summe. Man sah sie oft im Garten arbeiten, und entsprechend gepflegt war der kleine Park rund um ihr Haus. Sie war verwitwet und hatte einen Sohn, der in Hamburg lebte und arbeitete.

Niemand hatte bemerkt, dass am Mordtag ein Mann spät abends an ihrer Tür klingelte. Ilse Wessel öffnete die Tür nur einen Spalt, sie hatte den Besucher nicht herankommen sehen.

„Du?“, fragte sie misstrauisch. Sie war gerade dabei gewesen, ins Bett zu gehen, und hatte sich einen leichten Morgenmantel übergestreift. Ansonsten war sie nur mit einem Nachthemd und Hausschuhen bekleidet.

„Lass mich rein“, sagte der Mann und drückte gegen die Tür. Der Hund knurrte.

„Ruhig, Anka“, sagte der Mann, betrat das Haus und beugte sich zu dem Tier. Er kraulte ihn hinter den Ohren. Der Hund fiepte und begann, an seinem Bein zu schnüffeln.

„Ich dachte, du kommst nicht mehr …“, begann Ilse Wessel, nachdem der Mann die Tür hinter sich geschlossen hatte.

Der Besucher ging nicht auf ihre Worte ein. „Bin ich nicht mehr willkommen?“, fragte er fast beiläufig, ohne seine Stimme laut werden zu lassen, aber genau das war es, was Ilse Wessel als große Bedrohung empfand. Es lag etwas Gewalttätiges in der Luft, was sie nicht genau fassen konnte. Sie wollte sich wehren und schüttelte wütend den Kopf.

„Du willst doch nur …“, schrie sie ihn an. „ Erst bist du dauernd gekommen, dann nicht mehr und nun …“ Der Hund begann erneut zu bellen, und der Lärm, der sich in dem großen Flur noch verstärkte, war so groß, dass der Mann die letzten Worte nicht verstand. Der Besucher trat nach dem Tier, aber er machte es dadurch noch nervöser. Unvermittelt riss er eine kleinkalibrige Pistole aus seiner Hosentasche und feuerte auf den Hund. Der Schuss traf den Hund aus kurzer Entfernung und mit solcher Wucht, dass er in die Luft gewirbelt wurde und tot auf die hölzernen Dielen fiel.

Ilse Wessel starrte entsetzt auf den Mann und schlug sich die Hand vor den Mund. Sie war so fassungslos über das, was sie eben gesehen hatte, dass ihr der Mut zum Schreien fehlte. Sie stürzte sich auf den Eindringling, entschlossen, sich zu wehren und den Tod ihres Hundes zu rächen. Sie kam nur einen Schritt an den Mann heran. Der Schlag, der sie dann im Gesicht traf, war kurz. Im Inneren ihres Kopfes explodierte ein ungeahnter Schmerz, das Geräusch der splitternden Knochen jagte ihr durch die Sinne. Das Blut, das ihr durch die Augen lief, ließ sie blind werden, sodass sie den zweiten, heftigeren Schlag nicht herankommen sah und keine Chance hatte, ihm zu entkommen. Er traf sie im Fallen, wurde mit großer Wucht von unten geführt und riss ihren Kopf nach hinten. Ilse Wessel taumelte, versuchte zu schreien, aber aus ihrem aufgerissenen Mund quoll nur noch mit Speichel vermischtes Blut. Ihr Gesicht war eine breiige Masse geworden, Blut, Hautfetzen und Knochenstücke waren vermengt. Sie drehte sich noch einmal um die eigene Achse und fiel auf ihr Gesicht. Sie zitterte vor Schmerz, es schien, als ob sich ihr Körper gegen die Bewusstlosigkeit wehren wollte in der sicheren Annahme, dann zu sterben. Vor ihrem inneren Auge rasten unablässig Bilder vorbei, in Zehntelsekunden erkannte sie noch einmal ihr ganzes Leben.

Der Mann feuerte einen einzigen Schuss in den Kopf der auf dem Boden liegenden Frau. Sie zuckte kurz und lag dann regungslos auf den Fliesen der Diele.

Er war nur einen flüchtigen Moment erstaunt darüber, dass er ohne große Gemütsbewegung zu solcher Brutalität fähig war. Dann handelte er so, wie er es sich vorgenommen hatte. Kühl und überlegt. Alles sollte wie vorgesehen ablaufen. Er hatte sich einen genauen Zeitplan aufgestellt. Wenn es ihm gelang, ihn einzuhalten, würde diese Tat nie aufgeklärt werden, dessen war er sich sicher.

Zuerst löschte er das Licht im Haus und setzte sich auf einen Sessel, den er an das große Wohnzimmerfenster stellte. Aufmerksam und ruhig beobachtete der Mann über zwei Stunden die Umgebung, bis er sich schließlich absolut sicher war, dass niemand aus dem Dorf etwas von den Vorgängen im Haus bemerkt hatte. Schließlich erhob er sich, ging in die Diele und riss den Morgenmantel und das Nachthemd vom erkaltenden Körper der Frau. Er war zwar nicht besonders groß, einige meinten sogar, er sei schmächtig, aber er war gut trainiert, und es machte ihm keine besonderen Schwierigkeiten, sich die Frau über die Schulter zu legen. Er öffnete leise die Haustür, blickte noch einmal zur Sicherheit um sich und lief unter den Bäumen durch den großen Garten, bis er zu dem Graben kam, der das Grundstück begrenzte. Dahinter begannen die Wiesen und Äcker. Er ließ die Tote vorsichtig in den Graben rutschen, um keinen unnötigen Lärm zu machen.

Dreißig Minuten später war der Mann verschwunden.

Die Polizei fand die Tote erst Tage, nachdem der Mord geschehen war. Der Briefträger war stutzig geworden und hatte die Beamten benachrichtigt, als ihm auffiel, dass der Briefkasten tagelang nicht geleert worden war.

Als die Polizisten die Leiche aus dem Graben gehievt und auf den Rücken gedreht hatten, waren sie zusammengezuckt. Das Gesicht war so zerschlagen, dass es nicht mehr zu erkennen war. Die Schläge mussten mit großer Wucht ausgeführt worden sein, so, als ob jemand nicht nur das Opfer töten, sondern auch sein Gesicht aus der Welt schaffen wollte.

Der Sohn der Toten war nicht zu erreichen. Niemand wusste, wo er arbeitete, die ermittelnden Beamten wurden aber schnell fündig. Sie sahen die Post durch und stellten fest, dass er im Urlaub war, sie fanden zwei Briefe und eine Postkarte aus Mallorca.

Der Polizei fielen sofort die Parallelen zu dem Mord an Else Weber auf. Aber auch einen Raubmord schlossen sie nicht aus. Die Schränke und Kommoden waren aufgerissen und der Inhalt auf dem Fußboden verstreut. Der oder die Mörder schienen es auf ihren Schmuck und ihr Bargeld abgesehen zu haben.

31

In den Tagen im Krankenhaus grübelte Allmers immer über dieselben Fragen. Warum hat Friedel Köhler das Haus durchsucht? Warum hat er zweimal bei der Polizei angerufen und ihn als Mörder bezeichnet?

Allmers vermutete, dass Friedel Köhler auch nach dem Buch gesucht hatte. Und plötzlich schienen ihm die Zusammenhänge klar zu sein: Es gab zwei Anrufer. Friedel war derjenige gewesen, der das zweite Mal angerufen und kurz gemeldet hatte, im Haus gäbe es etwas Interessantes für die Polizei. Der erste Anruf musste von jemand gekommen sein, der gesehen hatte, wie Friedel ins Haus gestiegen war. Dann hatte derjenige bei der Polizei angerufen und gemeldet, der Mörder sei zurück.

Friedel Köhler! Es schauderte Allmers so, dass er zu frieren begann. Wenn der Anrufer recht gehabt hatte, musste Friedel Köhler der Mörder von Else Weber sein!

Ganz logisch schien ihm die Sache nicht: Wenn jemand wusste, dass Friedel Köhler der Mörder war, warum hat er es nicht schon längst der Polizei erzählt?

Nun stand er selbst unter Tatverdacht, überlegte Allmers. Er konnte von Glück sagen, dass sein Bruder die Ermittlungen leitete.

Mit einem Stoßseufzer leistete er im Geiste Abbitte bei seinem ungeliebten Bruder.

Am dritten Tag klopfte es an der Tür, und Axel Meierhoff, der Rechtsanwalt, trat ein. Allmers freute sich ehrlich, diesen Besuch hatte er nicht erwartet. Vielleicht, dachte er im ersten Moment, hatte er in der Stadt etwas zu tun und kam mehr zufällig vorbei.

Es kam anders. Meierhoff erzählte Allmers, dass Werner Allmers ihn angerufen hatte. Er sei sehr besorgt über die Meinungsbildung bei der Polizei, wie er sich ausdrückte. Es sei nämlich so, dass einige der ermittelnden Beamten Hans-Georg in den engsten Verdächtigenkreis einbeziehen würden, und er, Meierhoff, soll ihm, wenn nötig, Rechtsberatung geben.

„Wollen die mich verhaften?“, fragte Allmers entsetzt.

„Nein“, meinte Meierhoff, „aber sie haben Sie auf der Liste der Verdächtigen. Wenn Sie verhört werden, sagen Sie nichts, ohne mich vorher angerufen zu haben.“

Das Gespräch war schnell zu Ende, Allmers fehlten die Worte. Er war so durcheinander, dass er den Rechtsanwalt nicht verabschiedete, als der aus der Tür trat.

„Dass sie den Hund erschossen haben!“ Hella Köhler schüttelte den Kopf. „Die schrecken doch vor nichts zurück! Ein Deutscher Schäferhund! So ein gutes Tier!“

„Mir tut die Frau eigentlich mehr leid“, wagte Allmers einzuwenden und biss in ein Stück Johannisbeertorte. „Ist Friedel schon da?“ Als er den Namen aussprach, zitterte seine Stimme leicht. Er wollte bei Friedel auf keinen Fall zeigen, dass er wusste, wer ihn im Haus niedergeschlagen hatte. Deshalb war er nach dem Krankenhausaufenthalt sofort zu seiner nächsten Milchkontrolle zu Köhlers gefahren.

„Er kommt gleich. Der arme Sohn! Als sie ihn endlich gefunden hatten, stell dir vor, er lag am Swimmingpool im Hotel, ist er zusammengebrochen.“

„War er alleine?“ Allmers wunderte sich nicht darüber, dass Hella schon alles wusste.

„Woher soll ich das denn wissen?“

„Du wusstest ja auch, dass er am Swimmingpool lag.“

„Das hat mir mein Neffe erzählt, der ist bei der Polizei. Aber sag es bitte nicht weiter, er kriegt sonst vielleicht Schwierigkeiten.“

„Ist er schon hier?“

„Der Sohn?“

Allmers nickte.

„Er ist natürlich sofort zurückgeflogen, er hat kaum einen Platz im Flugzeug bekommen. Ende September sind die Flüge eigentlich immer ausgebucht. Friedel ist da."

Während der Milchkontrolle erzählte Hella alles, was sie wusste: Der Sohn war auch auf dem Flug von Weinkrämpfen geschüttelt worden (eine Tochter einer angeheirateten Cousine von Hella arbeitete bei der Fluglinie). Er war am Flughafen sofort von der Polizei in Empfang genommen und zur Identifizierung seiner Mutter gebracht worden.

„Der Hund?", fragte Allmers, während Hella eine Verschnaufpause einlegte. „War der Hund auch dabei?"

„In Mallorca?" Hella war verwirrt. „Aber der Hund ist doch tot!"

„Ich meine, ob der Hund auch im Leichenschauhaus dabei war? Ob er ihn auch identifizieren musste?"

Hella zuckte unsicher mit den Schultern. Sie wusste nicht, ob Allmers sie auf den Arm nehmen wollte.

„Ich weiß nicht", antwortete sie zögernd. „Ich kann es aber herausbekommen. Soll ich?"

Allmers nickte. „Das würde mich brennend interessieren."

Der Sohn habe sich an dem übel zugerichteten Körper seiner Mutter übergeben müssen, so schlimm sei der Anblick gewesen. Woher Hella diese Information hatte, verriet sie nicht.

Außerdem war sie der Meinung, es sei der gleiche Täter gewesen.

„Wie geht's deinem Kopf?", fragte sie noch mitfühlend, als er in den Stall wollte.

„Geht so", erwiderte Allmers so beiläufig wie möglich. „Wird schon werden."

„Wer das wohl war?", fragte Hella und Allmers merkte an ihrer Stimme, dass sie es tatsächlich nicht wusste.

„Was hast du überhaupt in dem Haus gewollt?" Jetzt war ihre Neugierde wieder da.

Allmers zuckte mit den Schultern: „Ostereier suchen!", sagte er nur und ging in den Stall.

Abends kam sein Bruder. Allmers hatte in den Tagen nach dem Krankenhausaufenthalt nicht gewagt, ihn anzurufen. Er wollte sich nicht telefonisch dafür bedanken, dass sich sein Bruder um ihn sorgte.

Sein Bruder ließ sich nichts anmerken, er begann sofort ein Gespräch.

„Was ist bei euch da draußen eigentlich los?" Werner Allmers sah seinen Bruder so böse an, als sei er wirklich für die Morde verantwortlich, die inzwischen das Dorf in hellen Aufruhr versetzt hatten.

Es war das erste private Zusammentreffen nach dem Zwischenfall in Else Webers Haus. Hans-Georg Allmers erwartete täglich, verhört zu werden, aber nichts geschah. Er wusste nur, dass die Polizei wegen des Einbruchs gegen ihn ermittelte, von dem vagen Mordverdacht war nie die Rede.

„Jahrzehntelang passiert nichts ..."

„Es werden nur Kälber geklaut", unterbrach ihn Hans-Georg Allmers.

„Na und? Du und deine Scheißkälber! Jetzt sind es zwei Morde. Und ein Totschlag."

„Totschlag?", fragte Allmers verblüfft. „Wer hat denn wen totgeschlagen?"

Sein Bruder sah ihn ohne Humor an. „Ich rede von Röhl. Man könnte es so nennen. Außerdem glaube ich, dass ich dir den juristischen Begriff des Totschlages nicht näher zu erklären brauche. Das gehört zur Allgemeinbildung. Falls du eine hast."

„Wie weit seid ihr in den Ermittlungen?" Allmers beschloss, seinen Bruder nicht mehr mit seinen Spitzfindigkeiten zu nerven.

„Wir ermitteln in alle Richtungen. Aber es scheint möglich, dass es der gleiche Täter war."

„Also noch keinen konkreten Verdacht!", stellte Allmers fest.

Sein Bruder nickte: „Es kommen mehrere Personen in Betracht", sagte er doppeldeutig.

Sie saßen in der Küche, Allmers' Mutter hatte gerade begonnen, die Teller für den Abendbrottisch zu decken.

„Wenn der Tag anbricht, stehet auf der Mörder, und des Nachts ist er wie ein Dieb", sagte sie und sah ihren ältesten Sohn an. „Du bleibst doch zum Essen?"

Werner Allmers nickte: „Gerne. Hiob 24, Vers 19?"

Frau Allmers schüttelte den Kopf: „Vers 14!"

„Wo habt ihr denn eure Messer?", fragte er plötzlich. Frau Allmers sah erschrocken auf.

„Wieso fragst du? In der Schublade, wie immer." Sie zog die Schublade auf, und Hans-Georg bemerkte verwundert, dass sie dabei leicht zitterte.

Die Erinnerung an die gefundene Tatwaffe, dachte er, und seine Mutter tat ihm leid.

„Hattet ihr nicht auch ein großes?", fragte der Staatsanwalt betont unbeteiligt. Hans-Georg holte tief Luft und wollte lospoltern, beherrschte sich aber doch.

Frau Allmers durchsuchte die Schublade: „Wir hatten auch mal ein größeres", sagte sie, „Aber das ist schon längere Zeit verschwunden."

„Na, ist auch egal", sagte Werner Allmers und sah seinen Bruder scharf an. „Dann gib mir eben ein kleineres ..." Er nahm das Messer, beäugte es sorgfältig und sagte: „Made in Singapore." Dann legte er es wieder in die Schublade zurück.

„Ich persönlich bin überzeugt, dass wir es mit demselben Mörder zu tun haben", wandte sich Werner Allmers ohne sichtbare Reaktion an Hans-Georg. „So brutal, wie hier vorgegangen wurde ..."

„Aber das Motiv?", wagte Hans-Georg einzuwerfen.

„Man muss nicht immer nur auf das Motiv starren", wischte der Staatsanwalt den Einwand beiseite. „Es waren beide Male alleinstehende Frauen, beide Male kam der Mörder in der Dunkelheit, und beide Male hat er für die gleiche spektakuläre Entsorgung gesorgt."

„Und was ist mit Erwin?", fragte Allmers. „Anneliese war schließlich nicht alleinstehend. Und der Rest passt auch nicht."

„So abwegig ist das nicht", meinte der Staatsanwalt. „Wenn Röhl

Ilse Wessel umgebracht hat, haben wir einen schweren Fehler begangen. Es kommt vor, dass ein Täter, wenn er schon einmal einen Mord begangen hat, eine viel niedrigere Hemmschwelle hat, weitere zu begehen. Es könnte also sein, dass er Else Weber umgebracht hat, dann seine Frau und, um alles von sich abzulenken, schließlich noch Ilse Wessel.“ Der Staatsanwalt war sichtlich angetan von seiner Theorie.

„Das halte ich für sehr weit hergeholt“, erwiderte Allmers. „Dass es beide Male alleinstehende Frauen sind, ist doch eher Zufall. Die beiden hatten so unterschiedliche Leben, sie hatten überhaupt nichts miteinander zu tun. Sie kannten sich wahrscheinlich noch nicht einmal. Außerdem wurden sie nicht vergewaltigt oder sonst irgendwie missbraucht. Die eine wurde erschossen und der anderen der Hals durchgeschnitten. Und die, wie du sie nennst, ‚Entsorgung' könnte auch ein Trittbrettfahrer gemacht haben, um dich auf die falsche Spur zu locken. Drei Tote, drei Täter, denke ich.“

„Führst du die Ermittlungen oder ich?“ Werner Allmers wurde gereizter. „Ich habe dir schon einmal gesagt, dass das nichts für Hobbydetektive ist.“

„Nun hör mal. Du hast mich doch gebeten, die Augen und Ohren offen zu halten. Du hast mich doch fast zum Hilfspolizisten gemacht, oder?“, erwiderte Allmers und fragte: „Habt ihr bei dem Mordfall Wessel das Alibi von Ernst schon geprüft?“

„Von Ernst Poppe? Was soll der denn damit zu tun haben?“

Allmers zuckte hilflos mit den Schultern. „Wahrscheinlich hast du recht. Vielleicht war es diesmal wirklich ein Einbrecher, der überrascht wurde.“

„Das glaube ich nicht. Obwohl der Sohn sagt, dass der gesamte Schmuck und ein bisschen Bargeld fehlen.“

„Viel?“ Allmers stand auf und öffnete das Fenster ganz.

„Etwas über zehntausend Euro.“

Allmers bekam große Augen: „Ein bisschen Bargeld nennt der Mann das? Dafür muss ich monatelang arbeiten.“

Der Staatsanwalt zuckte mit den Schultern: „Bei deiner Arbeit sicher. Manche haben gerne etwas Klimpergeld zu Hause. Sie hatte wohl nicht allzu viel Vertrauen in die Dorfbank. Sie hat sich immer Geld von ihrem Sohn aus Hamburg bringen lassen."

„Und woher hat der das viele Geld?" Allmers begann sich viel mehr für den neuen Mordfall zu interessieren, als er gedacht hatte.

„Er scheint selbst ordentlich zu verdienen. Seine Kleider waren jedenfalls nicht aus dem Billigladen."

„Und wer profitiert noch von ihrem Tod? Gibt es weitere Erben?"

„So weit sind wir noch nicht. Die Frau ist noch nicht einmal unter der Erde. Wir sind gerade dabei, alles zu ermitteln."

„Ich bringe dich hinaus", sagte Hans-Georg Allmers, als Werner Allmers aufstand. Vor der Tür stellte er ihn zur Rede:

„Was sollte die blöde Frage nach dem Messer?", fragte er empört.

„Die Frage ist doch berechtigt, oder?", reagierte sein Bruder. „Ich habe doch gesagt, wir ermitteln in alle Richtungen. Denk an den Vorfall in Else Webers Haus."

Hans-Georg wurde wütend: „Und da fängst du bei deinem eigenen Bruder an? Poppe läuft immer noch frei herum!", schrie er. „Genauso gut könntest du Mutter verdächtigen. Hier hat fast jeder Hof solche Messer."

„Nun rege dich nicht so auf", versuchte Werner Allmers seinen Bruder zu beruhigen. „Das ist sicher kein überzeugendes Indiz, aber wir müssen jedem Hinweis nachgehen. Du weißt doch, dass einige bei der Kripo auch auf dich und auf deine Freundin ein Auge geworfen haben. Ich kann es mir nicht leisten, dich von vornherein auszuschließen, bloß weil du mein Bruder bist."

„Nun sag schon", Allmers war außer sich, „hältst du mich für den Mörder oder nicht?"

Der Staatsanwalt schüttelte den Kopf: „Nein. Du bist viel zu feige zu einer solchen Tat."

„Danke für die Blumen. Und was ist mit Susanne?"

Der Staatsanwalt zögerte. Dann sagte er: „Sie kann es natürlich auch gewesen sein. Schließlich ist ein Opfer mit ihr verwandt, und sie ist ein paar Wochen vor der Tat hier aufgetaucht. Da drängt sich schnell ein Motiv auf. Wer einen Drohbrief bekommt, kann auch der Täter sein. Nach dem Motto: Ein weiterer Drohbrief lässt mich als potenzielles Opfer und nicht als Täter erscheinen."

„Deine Phantasie möchte ich haben."

„Das wäre nicht das erste Mal in der Kriminalgeschichte, dass Täter von sich ablenken wollen, indem sie sich zum potenziellen Opfer machen. Ich kann dich aber trösten: Ich glaube nicht, dass sie es war. Obwohl sie ein Motiv haben könnte und eines der Opfer kannte."

32

Seit kurzem weigerte sich Allmers' Mutter, die Hasen zu schlachten. Sie hatte diese Arbeit noch nie gerne getan. Die Hasenzucht war ein Bereich auf dem Hof, der ihrem Mann und ihrem jüngsten Sohn gehörte. Allmers wusste, dass dies der alleinige Grund war, weshalb sie immer wieder versuchte, die Hasen abzuschaffen. Sie konnte es nicht verstehen, dass es Arbeitsbereiche gab, die nur dazu da waren, jemandem eine Freude zu bereiten. Die Arbeit war für sie gottgegeben und kein Freudenquell. Nach dem Tod ihres Mannes hatte sie eine Zeit lang widerwillig die überzähligen Tiere geschlachtet. Erstaunlicherweise konnte sie sie sehr gut zubereiten, und Allmers freute sich jedes Mal, wenn der Duft eines Hasenbratens durch das Haus zog.

Susanne kam nur noch selten auf den Hof. Ihr Verhältnis zu Allmers' Mutter war sehr gespannt. Hans-Georg Allmers hatte sie bekniet, ihm beim Schlachten der Mastkaninchen zu helfen, er wollte seinen Bestand stark verringern. Seit er die Abende und Nächte fast nur noch bei ihr verbrachte, hatte er keine Zeit mehr, sich um die Tiere zu kümmern.

Das Töten der Hasen machte Allmers nichts aus. Schon als Kind hatte er interessiert zugesehen, wenn sein Vater die Tiere tötete. Er hatte seine eigene, sehr unfachmännische Methode, von der er behauptete, sie würde die Tiere am wenigsten schmerzen. Er betäubte sie mit einem Kantholzschlag auf die Nase und schnitt ihnen mit einem scharfen Messer die Kehle durch. Meist schnitt er tief, dass es nur eines kleinen weiteren Schnittes bedurfte, den Kopf vollständig abzutrennen. Nachdem das Fell an den Läufen eingeschnitten worden war, nagelte er die Tiere an den Hinterbeinen an ein Scheunentor. Einige wenige Schnitte genügten, und er konnte den Hasen das Fell abziehen, als ob sie einen Pyjama anhätten. Das endgültige Ausnehmen erledigte er in der Küche.

Erst als Allmers nach dem Tod seines Vaters die Zucht der Blauen Wiener übernommen hatte, schlachtete er manchmal selbst. Die Methode seines Vaters behielt er bei. Die Hasen wanderten in die Tiefkühltruhe oder wurden ausgenommen verkauft, die Felle eingesalzen und zum Gerber gebracht.

„Bisher scheinen das hier perfekte Morde gewesen zu sein", begann Susanne Hansen laut zu überlegen, als Allmers den dritten Rammler an die Scheunentür nagelte. „Es gibt keine Spuren, alle haben ein Motiv, und die Polizei ist ratlos. Wenn du einen perfekten Mord begehen wolltest, wie würdest du das anfangen?"

Allmers lachte: „Hat dich das detektivische Fieber gepackt?"

Susanne nickte: „Wundert dich das? Ich bin ja schließlich darin verwickelt, wie du gesagt hast. Ich würde gerne herausbekommen, wer es war. Genau wie du. Warum bist du eigentlich in das Haus eingestiegen?"

„Else Weber hat über ihre Besucher genau Buch geführt. Ich glaube, dass das Buch entweder noch im Haus ist oder der Mörder es hat. Deshalb wollte ich nachsehen, ob ich es finde."

„Du meinst also", erwiderte Susanne Hansen mit spöttischem Unterton, „dass du besser suchen kannst als die Polizei?"

„Solange mein Bruder dabei ist, allerdings!"

Ilse Voß wusste viel mehr über Ilse Wessel, als Allmers vermutet hatte. Kaum jemandem im Dorf hatte sie erzählt, dass sie sich ein paar Euro dazuverdiente, indem sie Frau Wessel ab und zu half, das Haus vom Keller bis unter das Dach sauber zu machen.

„Du glaubst nicht", erzählte sie aufgeregt, während sie die Melkzeuge vorbereitete, „wie penibel diese Frau war. Und wie sauber. Sie lag genau auf meiner Wellenlänge. Deshalb klappte das Putzen mit ihr auch so gut. Und sie war sich nicht zu schade, mir zu helfen, wenn ich dort sauber gemacht habe. Sie stammte aus kleinen Verhältnissen, erzählte sie mir einmal, ihr Mann hat wohl das viele Geld verdient. Er hat irgendwas in Öl gemacht."

„Kunstmaler?", fragte Allmers dazwischen.

„Nein! Mit Öl gehandelt oder so. Jedenfalls: schwerreich. Und der Sohn ist genauso erfolgreich. Fährt ein dickes Auto. Obwohl sie mir mal erzählt hat, dass sie sich Sorgen um ihn macht. Ich weiß aber nicht warum. Sie hat sich nicht weiter darüber ausgelassen."

Ilse Voß nahm in jede Hand ein Melkzeug, trug es in den Stall und hängte es zwischen die angebundenen Kühe.

„Es ist schon ein komischer Zufall", begann sie einen neuen Satz und verschwand wieder in der Melkkammer, um die restlichen beiden Melkzeuge zu holen.

„Was ist ein Zufall?", fragte Allmers nach, als sie wieder erschienen war.

„Na, dass beide umgebracht wurden."

„Frau Wessel und Else Weber?"

„Ja, sie kannten sich doch so gut."

Allmers fiel fast der Stift aus der Hand.

„Sie kannten sich?", fragte er verblüfft.

„Die beiden hatten wohl einen Narren aneinander gefressen. Frau Wessel lobte die Freundlichkeit von Else Weber über den grünen Klee. – Brigitte." Damit gab sie das Proberöhrchen an Allmers.

Allmers ging zu seinem Platz, und als er über diese Wendung der Dinge nachdachte, konnte er es kaum glauben. Er hatte seinem Bruder eingeredet, die beiden Frauen hätten sich nicht gekannt. Nun war es vielleicht doch kein Zufall, wie Ilse Voß meinte, dass die beiden Frauen innerhalb so kurzer Zeit ermordet wurden? Es gab viele Zufälle im Leben, auch solche, die man sich niemals ausdenken würde, weil sie unglaubwürdig wären.

Er trug das Melkergebnis in die Liste ein: „12,8 Liter", nahm die paar Kubikzentimeter Milch ab, die auf ihre Inhaltsstoffe untersucht werden sollten, und schüttete den Rest in einen Eimer.

„Kannten sie sich schon lange?", fragte er.

„Das weiß ich nicht", antwortete sie ihm und drehte sich halb um, um ihn sehen zu können. Sie kniete zwischen zwei Kühen und zog am Melkgeschirr, um die letzten Tropfen nicht zu verschenken. „Fragen kann man sie ja beide nicht mehr. Ilse Wessel war sehr schockiert gewesen über den Tod ihrer Freundin. Sie trafen sich ein- oder zweimal in der Woche und tranken Kaffee."

„Wusste sie, dass Else Weber einen schlechten Ruf hatte?"

„Ach, weißt du", erwiderte Ilse Voß, „das mit dem schlechten Ruf! Den haben doch die in die Welt gesetzt, die sich Hoffnungen gemacht haben, mal mit ihr ins Bett zu steigen, und es nicht durften. Ilse Wessel war es egal. Sie hatte in ihr, glaube ich, eine Freundin gefunden."

33

Mein Bruder verdächtigt mittlerweile das halbe Dorf, an den Morden beteiligt zu sein", sagte Allmers und setzte Teewasser auf. „Poppe, Röhl und auch mich. Manchmal denke ich, er hält uns hier im Dorf für eine kriminelle Vereinigung."

„Mich auch?", fragte Susanne Hansen. „Oder komme ich nicht infrage, weil ich nicht aus dem Dorf stamme?"

„Irgendwie schon. Schließlich hättest du ein Motiv, meint er."

„Das beste Motiv für einen Mord", entgegnete Susanne sarkastisch. „Die Rächerin der Familienehre. Wie war der Name des Zweiten, den du eben erwähnt hast? Ich kann mir die vielen Namen nicht merken."

„Röhl. Erwin Röhl."

„Hast du ihn in Verdacht?"

Allmers schüttelte den Kopf: „Anneliese war so herrschsüchtig, da hätte es Erwin nie gewagt, zu Else Weber zu gehen."

„Aber das wäre es doch: Das wäre zwar nicht der perfekte Mord, aber die perfekte Tarnung. Solch einen Biedermann verdächtigt doch niemand."

Allmers trank seinen Tee aus und grinste.

Susanne sah ihn verunsichert an: „Habe ich etwas Falsches gesagt?"

„Du hast einen Mann verdächtigt. Bisher bist du immer davon ausgegangen, es hätte eine Frau sein müssen."

„Advantage Allmers. Aber ich krieg dich!", lachte sie. Sie ging in ihr Badezimmer und begann die Zähne zu putzen. Mit der Zahnbürste im Mund rief sie: „Wenn du brav bist, verrate ich dir das Rezept für den wirklich perfekten Mord."

„Hast du dich mit Werner getroffen?", fragte er unwillig.

„Nein", rief sie und spuckte aus. „Mir ist eine alte Geschichte eingefallen."

„Vor ein paar Jahren starb im Krankenhaus ein alter Mann", begann sie. Sie waren ins Bett gegangen. Der Tag war brüllend heiß gewesen, eins der vielen Male in diesem Sommer, dass man es vor Hitze nicht auszuhalten glaubte. Sie verzichteten schon den ganzen Sommer auf Schlafanzüge, und als Susanne sich neben Hans-Georg legte, freute er sich auf das Ende der Geschichte und den Beginn einer neuen.

Susanne legte sich auf den Rücken und Allmers seinen Kopf auf ihren Bauch. Während sie erzählte, massierte er ihr die Knie.

„Er war ein Ekelpaket, keiner mochte ihn. Kurz vor seinem Tod schien ihn aber das schlechte Gewissen zu packen, und er erleichterte sein Herz bei einer Freundin von mir, die dort als Krankenschwester arbeitete. Er hatte den perfekten Mord begangen. Niemand hat es gewusst, und wenn er es nicht gebeichtet hätte, wäre es niemals herausgekommen. Ende der Fünfzigerjahre war seine Schwiegermutter gestorben, und er wollte unbedingt an das Geld des Schwiegervaters heran. Der Schwiegervater war leicht zuckerkrank gewesen, aber sonst bei bester Gesundheit. Hörst du mal auf?"

„Ich?", fragte Allmers verwirrt.

„Das kitzelt. Das am Knie."

Allmers nickte nur und legte sich neben Susanne. „Fahren Sie fort!"

„Der Mann lebte in Hamburg, und seine Tochter und der Schwiegersohn holten ihn zu sich nach Hause. Nach außen schien es ein sehr herzliches Verhältnis gewesen zu sein. Nur bekam dem alten Mann der Umzug anscheinend nicht. Er wurde immer kränker, seine Zuckerkrankheit immer schlimmer. Schließlich starb er – nur ein Jahr, nachdem er umgezogen war."

„Und?", fragte Allmers. „Was ist daran so schlimm?"

„Er wurde umgebracht. Ermordet!“, erwiderte sie. „Und der Mörder war sein Schwiegersohn. Der alte Mann bekam immer schlimmere Zuckerwerte, obwohl seine Tochter tausend Eide schwor, dass sie seine Insulinspritzen und seine Diät genau nach Anweisung verabreichen würde. Nur [illegible], ihr Mann nutzte die Gier des Alten auf Schokolade aus. Er gaukelte ihm vor, all die Süßigkeiten, die er mitbrachte, seien für Diabetiker geeignet, er würde sie extra aus einem Spezialgeschäft besorgen. Er verwöhnte seinen Schwiegervater mit allem, was ihm der Arzt verboten hatte. Jeden Tag brachte er ihm Süßigkeiten und Lakritze in allen Variationen, die er unter seiner Aufsicht in sich hineinschaufeln durfte. Niemand hat davon etwas mitbekommen. Der Alte hat eisern geschwiegen, er war richtig süchtig nach dem Zeug. Das Perfide an der Sache ist, dass es gar keine Diabetikerschokolade war. Sein Schwiegersohn hat normale Pralinen in die Diabetikerpackung umgepackt. Die Insulinwerte wurden immer haarsträubender, und der Arzt schüttelte den Kopf über den ungewöhnlichen Krankheitsverlauf. Die tägliche Dosis wurde erhöht, aber der Zustand des Alten verbesserte sich nicht. Schließlich starb er ziemlich jämmerlich. Innerhalb eines Jahres hatte sein Schwiegersohn ihn umgebracht. Ohne dass überhaupt jemand erkannte, dass es Mord war.“ Sie hielt kurz inne und sagte dann: „Spannend so eine Geschichte, nicht?“

Allmers war eingeschlafen.

34

Hella strahlte. Sie war Allmers auf dem Hof entgegengekommen, und er bemerkte erschrocken, wie unsicher sie sich außerhalb des Hauses bewegte. Ihre Naschsucht forderte immer heftiger ihren Tribut. Ihr Augenlicht wurde von Jahr zu Jahr schwächer, sie war mittlerweile fast blind. In der Küche und im Stall war es kaum zu bemerken, sie bewegte sich zielstrebig und sicher durch ihr Haus.

„Was hast du gebacken?", fragte Allmers schnell. Der unbekannte Duft, der ihm aus der Küche entgegenkam, machte ihn neugierig.

„Petits Fours", sagte Hella stolz und schob ihn in die Küche. Allmers konnte kaum glauben, dass sie in der Lage war, diese Kunstwerke herzustellen, obwohl er ihre Backkünste über alles schätzte. Sie erzählte ihm, dass sie fast zwei Tage daran gearbeitet hätte.

„Was ist passiert?" Allmers konnte seine Neugier kaum bremsen.

Hella lachte: „Zwischendurch habe ich noch eine Johannisbeertorte gebacken."

Allmers nickte: „Und? Weiter?"

„Du kannst dich doch an die Geschichte mit der Kuh erinnern?"

„Ich weiß nicht, wovon du redest." Allmers hatte eine leise Ahnung von der Geschichte, war sich aber über die Details nicht mehr im Klaren.

„Poppe hat doch vor ein paar Jahren eine ausgebüxte Kuh von uns eingefangen, bei sich in den Stall gestellt und seelenruhig ein paar Tage gemolken."

Allmers nickt: „Und Friedel hat sie nach ein paar Tagen Suchen zufällig bei ihm im Stall gefunden!"

„Gestern war das Bauamt bei Poppe!" Hella Köhler platzte fast vor Stolz.

Allmers verstand nichts: „So?“

„Du weißt doch, dass er den halben Stall ohne Baugenehmigung erweitert hat?“

„Das machen doch fast alle hier“, sagte Allmers.

„Bei den anderen wissen sie es aber nicht.“

„Und bei Poppe wissen sie es demnach?“

„Ja“, sagte Hella und feixte. „Friedel hat sich extra eine Kamera gekauft und ist nachts auf den Hof geschlichen. Er musste ganz vorsichtig sein, hatte Rex extra eine Wurst mitgebracht. Der Hund kennt Friedel ja, mit der Wurst im Maul war er ganz brav. Friedel hat alles fotografiert und ans Bauamt geschickt.“

„Anonym?“, fragte Allmers fassungslos. So viel gerissene Rachsucht hatte er Friedel Köhler nicht zugetraut. Hella beantwortete die Frage nicht.

„Gestern waren sie da“, fuhr sie fort. „Poppe war völlig überrascht. Der Kälberstall wurde erst einmal versiegelt, die Kälber musste er in den Boxen im Kuhstall unterbringen. Renate hat mir erzählt, das werde eine saftige Strafe kosten.“

„Jetzt lass mich mal probieren“, sagte Allmers.

„Die Johannisbeertorte oder die Petits Fours?“

„Zuerst die Johannisbeertorte“, entschied Allmers bei bester Laune. „Die Petits Fours hebe ich mir für den Schluss auf.“

Hella biss zuerst in ein mit rosa Zuckerguss überzogenes und mit grün-weißen Ornamenten geschmücktes Petit Four.

Es lebe deine Zuckerkrankheit, dachte Allmers.

„Du hast doch erst vor Kurzem Milchkontrolle bei uns gemacht“, bemerkte Hella mit vollem Mund. „Sind wir schon wieder dran?“

Allmers schüttelte den Kopf: „Ich bin auf dem Weg zu Poppe. Ich wollte mir nur eine kleine Stärkung mit auf den Weg nehmen.“

„Vernünftig!“, freute sich Hella. „Nimm ein paar Petits Fours mit. Für Renate. Sie kann Trost gebrauchen.“

Allmers stand schon in der Tür, als Hella ihn fragte: „Und wie willst du dich rächen?“

Er zuckte nur mit den Schultern: „Mal sehen.“

Ernst Poppe versuchte Allmers bei jeder Milchkontrolle zu betrügen. Für die Bauern war neben der reinen Milchmenge auch der Prozentsatz Fett, der in der Milch gemessen wurde, wichtig. Die Qualität der Kuhherde wurde daran gemessen, und man konnte einen schönen Preis auf den Viehauktionen erzielen, wenn der Betrieb im Durchschnitt der Tiere hohe Fettgehalte aufweisen konnte.

Ernst Poppe wusste wie alle Bauern, dass die letzten Strahlen Milch, die die Kuh gab, so fettreich waren wie Kaffeesahne. Kaum hatte Allmers ihm bei der Milchkontrolle das volle Proberöhrchen abgenommen und durch ein leeres ersetzt, versuchte er, bei der letzten, eben zu Ende gemolkenen Kuh ein paar Milchstrahlen mit der Hand hineinzumelken. Allmers passte auf wie ein Luchs, aber Ernst Poppe war so gerissen, dass es ihm immer wieder glückte.

Kurz vor dem Mord an Else Weber war er von der Molkerei dabei ertappt worden, die Milch mit Wasser verdünnt zu haben. Er stand immer am Milchtank, wenn der Milchwagen kam, um den Tank zu leeren. Er unterhielt sich mit dem Fahrer und wusste so, an welchen Tagen die Molkerei ihre vier monatlichen Milchproben nahm. Er wusste auch, dass die Molkerei niemals an zwei Tagen hintereinander diese Proben zog. Das Labor hätte sonst die Menge an Arbeit nicht bewältigen können.

Jahrelang stand er am Milchtank, es war für die Fahrer eine liebe Gewohnheit geworden, und am Tag, an dem die Molkerei das Milchgeld auszahlte, gab es einen Korn.

Bis eines Tages dem Fahrer die Proben aus dem fahrenden Wagen fielen. Die Molkerei wiederholte am nächsten Tag die Probenahme, und man wunderte sich über den niedrigen Fettwert von Poppes Milch. Ein findiger Kopf in der Molkerei hatte sich daraufhin die Ablieferungsmengen von Ernst Poppe der letzten Jahre genauer angesehen und festgestellt, dass er immer am Tag nach der regulären Probenahme sechzig Liter mehr Milch als am Vortage abgegeben hatte. Über Jahre, regelmäßig viermal im Monat. Er musste einen Kredit aufnehmen, um die Strafe für die Panscherei der Milch zu bezahlen. Er hatte einfach sechzig Liter Wasser in die Milch laufen lassen.

Seine Frau Renate tat nicht nur Hella, sondern auch Allmers leid. Er verstand sich gut mit ihr, sie war ganz anders als ihr Mann. Abends molk Poppe, wortlos und missgelaunt reichte er Allmers die Proberöhrchen. Er sagte an manchen Abenden kein einziges Wort, die Kuhnamen musste sich Allmers erschließen. Die Stalltafeln waren gut geführt, sodass er sich selten vertat.

„Na, wie geht's meinem Kalb?", fragte Allmers gut gelaunt gleich zu Beginn der abendlichen Milchkontrolle, aber er bekam keine Antwort. Poppe bückte sich neben die erste Kuh und setzte das Melkzeug an.

„Warum hast du denn deine Kälber in den Kuhboxen?", fragte Allmers am Ende der Kontrolle scheinheilig. Poppes Kopf schwoll bedrohlich an, es dauerte eine Weile, bis er sich gefangen hatte. Allmers befürchtete, er würde auf ihn losgehen.

„Frag mal Friedel. Das scheinheilige Arschloch. Dieser alte Spanner. Weißt du, was er früher gemacht hat? Da ist er bei den Ferienkaten der Hamburger rumgeschlichen und hat geglotzt, ob er durch die Fenster zusehen kann, wie die vögeln, die alte Sau. Einmal wollte er sogar, dass ich mitgehe. Jetzt tut er immer so harmlos, aber es würde mich nicht wundern, wenn er bei Else seine dreckigen Finger im Spiel gehabt hätte."

Verblüfft blieb Allmers im Stall zurück. Poppe!, dachte er. Poppe hat bei der Polizei angerufen. Wer sonst als Poppe? Er ärgerte sich, dass er nicht schon vorher draufgekommen war. Wenn er der Mörder war, brauchte er nur bei der Polizei anzurufen, als er Köhler in das Haus einsteigen sah, um ihn anzuschwärzen. Er konnte nicht ahnen, dass es im Haus zu einem Kampf kommen würde und Friedel Köhler fluchtartig davonrennen würde. So hätte er, wenn alles geklappt hätte, seinem Lieblingsfeind gewaltige Schwierigkeiten bereitet. Allmers war heilfroh, dass er seinem Bruder nichts davon erzählt hatte, dass er Friedel Köhler bei dem kurzen Kampf erkannt hatte. Sonst säße der wahrscheinlich schon im Gefängnis, ohne große Chance, je wieder herauszukommen. Schließlich faltete Allmers seine Listen zusammen und fuhr nach Hause.

An nächsten Morgen molk Renate. Ernst Poppe war schon im Morgengrauen mit seinem Trecker und dem Mähwerk losgefahren, um für die nächste Silageernte das Gras zu mähen. Seine Frau schickte an Tagen, an denen er morgens nicht melken konnte, erst die Kinder zum Schulbus und begann dann mit der Stallarbeit. Allmers war dafür dankbar, er genoss es, spät zur Milchkontrolle erscheinen zu können. Vor sieben Uhr konnte sie nicht mit dem Melken beginnen.

Als Renate sich bückte, um das erste Melkzeug abzunehmen, fiel Allmers wieder ihr kugelrunder Hintern auf. Er hatte ihn schon oft gesehen, manchmal sogar bewundert, aber jedes Mal war er aufs Neue erstaunt über dessen Ausmaße. Alle Nachbarn spotteten heimlich über dieses Gesäß. Es war so rund, so groß und so prall wie ein Vollmond in heller Sommernacht. Allmers fühlte sich von diesem Anblick wie von einem Magnet angezogen. Zögernd trat er einen Schritt nach vorne. Renate schien es nicht zu bemerken und hielt ihm weiter ihren Vollmondhintern vor das Gesicht. Allmers' Herz klopfte, als er allen Mut zusammennahm und einen weiteren Schritt nach vorne trat.

Allmers streckte die Hand aus und begann vorsichtig über den kugelrunden, vollmondigen Hintern zu streicheln. Er musste die Luft anhalten, als Renate sich leicht bewegte. Seine Hand lag wie festgewachsen. Es war ihm unmöglich, sich von diesem Köder, der ihm wie die fleischgewordene Versuchung entgegenleuchtete, zu lösen. Renates Fleisch hielt ihn fest. Sie molk die Kuh ruhig aus, nahm das Melkzeug ab – Allmers stockte der Atem – und erhob sich. Sie hängte das Melkzeug an den Haken, drehte sich langsam um und sagte: „Er mäht."

35

Die Beerdigung von Georg Allmers war das letzte Mal gewesen, dass Else Weber in der Öffentlichkeit gesehen worden war. Sie saß unter den Trauergästen in der letzten Stuhlreihe der Friedhofskapelle. Rechts und links neben ihr waren die Stühle unbesetzt. Als sich der Trauerzug in Richtung Grab in Bewegung setzte, ging sie als Letzte hinter dem Sarg her. Niemand lief neben ihr.

Der Wind war an diesem Tag so stark, dass der Regen fast waagerecht durch die Luft gepeitscht wurde. Die Trauergäste hatten Mühe, ihre Schirme festzuhalten. Der Pastor sprach die segnenden Worte in unheiliger Eile. Kaum waren die Angehörigen noch einmal am Grab gewesen, um eine Schaufel Sand darauf zu werfen, begannen die Friedhofsarbeiter, das Grab zuzuschaufeln. Der Sarg hatte schon im Wasser gestanden.

In der Friedhofskapelle hatte es erstaunte Gesichter gegeben, als anstelle von „Jesus, meine Zuversicht" oder ähnlichem „Geh aus, mein Herz, und suche Freud" gesungen wurde. Allmers hatte sich gegen seine Mutter durchgesetzt, die das Lied unbedingt verhindern wollte. Als der Vers „Der Weizen steht in voller Pracht" ertönte, dachte Allmers an die schönen Sommertage, die er mit seinem Vater auf dem kleinen Trecker mit angehängtem Mähdrescher verbracht hatte, wenn sie gegen ein anziehendes Gewitter den Weizen gedroschen hatten.

Else Weber schien auf jemanden zu warten, als sich die Trauergemeinde auflöste. Sie war nicht zum Kaffee eingeladen worden, sah Hans-Georg Allmers nur teilnahmslos in die Augen, als er an ihr vorbeiging. Dann drehte sie sich um und ging.

Es war das letzte Mal, dass Allmers sie lebend gesehen hatte. Es war schon sehr lange her gewesen, dass sie ihm das letzte Mal ihre Gunst geschenkt hatte.

„Hella hat angerufen", sagte Allmers' Mutter, als er die Haustür öffnete.

Allmers schluckte.

Oh Gott, dachte er. Ihr Informationssinn.

„An der Elbweide ist der Zaun kaputt." Seine Mutter hatte seinen Schrecken nicht bemerkt und erzählte ihm ohne Hintergedanken, dass Hella angerufen habe, weil Friedel den zerrissenen Zaun bemerkt hatte. Alle Bauern informierten ihre Kollegen sofort, wenn die Gefahr drohte, dass Vieh auf den Weiden ausbrechen könnte.

„Gott sei Dank!", brachte Allmers noch heraus. Er drehte sich um, sagte: „Ich fahr mal eben hin", und setzte sich wieder ins Auto.

Die Weiden an der Elbe waren nur an der Straße mit einem Zaun gesichert. Das Ufer des Flusses musste nicht eingezäunt werden, und ein Zaun wäre durch Ebbe und Flut schnell weggespült worden. Der Fluss war eine natürliche Grenze für die Rinder, sie wagten sich nur bis zu den halben Beinen ins Wasser. War dagegen der Zaun an der Straße beschädigt oder heruntergerissen, musste er so schnell wie möglich repariert werden.

Allmers' Ochsen, die auf dieser Weide standen, waren mächtige Tiere. Wenn sie mit drei Jahren ausgewachsen waren, wogen sie oft mehr als dreizehn Zentner.

Da Allmers seine Tiere nicht enthornte, wie das eigentlich üblich war, fielen bei einer Schlachtung immer zwei große Ochsenhörner ab. Als Kind hatte er sie manchmal abgesägt und in eine Plastiktüte gestopft. Nach drei bis vier Wochen hatten die Fliegenmaden die Fleischreste beseitigt. Wenn er die Hörner dann mit großer Wucht auf den Stallboden warf, lösten sich die Knochenzapfen vom Horn. Den Zapfen hatte er dem Hund gegeben, das Horn ausgekocht. Allerdings hatte seine Mutter das nicht erfahren dürfen, er hatte dazu den Kartoffelkochtopf aus der Küche benutzt. Die Spitze des Hornes wurde dann angesägt und mit einem kleinen Korken, das obere Ende mit einem großen Korken verschlossen. Mit diesem Trinkgefäß war es ihm gelungen, in der Schule großes Aufsehen zu erregen.

Die Ochsen waren nicht wild, wenn sie auf die Weide gebracht wurden, sie waren zahm und manchmal sogar zutraulich. Längst nicht so gefährlich wie Bullen im gleichen Alter. Durch das Anbinden der Tiere in den Ställen waren sie an Menschen gewöhnt. Diese Vertrautheit verlor sich aber im Laufe des Sommers, und so konnte es an manchen Tagen nicht ungefährlich sein, zu den Tieren auf die Weide zu gehen, besonders wenn die Kastration nicht gut geklappt hatte. Die Ochsen wurden dann manchmal unberechenbar und aggressiv. Man erkannte diese Bullochsen an den krausen Haaren zwischen den Hörnern.

Allmers besah sich den Zaun, reparierte ihn mit ein paar Handgriffen und entschloss sich, nach den Tieren, die weit hinten am Ende der Weide standen, zu sehen.

Er überquerte die Weide, und ungefähr auf halber Strecke zwischen Straße und Fluss hatten ihn die Tiere bemerkt und kamen auf ihn zu. Ein großer Ochse baute sich vor ihm auf und begann mit dem linken Vorderbein zu scharren. Allmers erkannte sofort die Gefahr, sah, dass es einer dieser gefährlichen, schlecht kastrierten Ochsen war und bemerkte mit klopfendem Herzen, dass er mutterseelenallein auf einer riesigen Weide stand, mehrere hundert Meter von der Straße entfernt. Niemand schien in der Nähe zu sein, der ihm hätte helfen können. Auf der anderen Uferseite der Süderelbe mähte ein Bauer seine Wiese.

Der Ochse schien seine Angst zu spüren. Er senkte den Kopf und scharrte heftiger. Allmers ging einen Schritt rückwärts. Der Ochse ging einen Schritt vorwärts.

Allmers versuchte zwei Schritte, der Ochse blieb stehen und begann drohend zu schnauben. Allmers trat einen, dann noch einen und dann zwei vorsichtige Schritte zurück. Der Ochse setzte nach und kam näher. Er brüllte, senkte den Kopf und rieb mit der Stirn über die Grasnarbe, dass die Grasbüschel flogen.

Allmers sah hinter sich das Ufer der Süderelbe, eines kleinen Nebenflusses der Elbe, näher kommen.

Ihm stand der Angstschweiß auf der Stirn, als der Ochse den Kopf hob und schnaubte. Die Muskeln des Tieres zitterten unter großer Anspannung. Es war nur eine Frage von Sekunden, wann es angreifen würde.

Die Situation war so gefährlich, dass sich Allmers zum Angriff entschloss: Er erschreckte den Ochsen plötzlich mit einem lauten Schrei, nützte seine Schrecksekunde aus, drehte sich um und sprang kopfüber in die Süderelbe.

Als er wieder auftauchte, stand das Tier drohend am Ufer, mit den Vorderbeinen im Wasser, und brüllte drohend.

Erleichtert schwamm Allmers an das gegenüberliegende Ufer.

Ernst Poppe war von seinem Trecker, mit dem er eine Wiese mähte, gestiegen und erwartete ihn schon.

„So viel Zeit möchte ich auch haben", sagte er hämisch. „Vormittags baden. Oder suchst du immer noch dein Kalb?"

„Ist Werner da?"

„Ja!", antwortete Allmers' Mutter. „Er ist im Badezimmer."

Hans-Georg Allmers ging in sein Zimmer, zog seine nassen Kleider aus und trocknete sich ab. Er hätte gerne geduscht, aber sein Bruder besetzte das Bad.

„Brauchst du noch lange?", fragte er ihn durch die Badezimmertür.

„Mein Gott!" Werner Allmers' wütende Antwort überraschte seinen Bruder nicht. „Kann man nicht einmal in Ruhe seiner Verdauung nachgehen?"

Seit der Kindheit beanspruchte der ältere der Allmers-Brüder die absolute Vorherrschaft über das Bad und die Toilette. Als kleiner Junge war Hans-Georg manchmal gezwungen, sich am Misthaufen zu erleichtern, weil sein Bruder die Toilette nicht räumte.

Resigniert wandte sich Allmers um und schenkte sich in der Küche einen Kaffee ein.

„Woher wusstest du, dass ich da bin?“, wurde er gefragt, als der Staatsanwalt schließlich das Bad verlassen hatte.

„Ich habe es gerochen“, antwortete Hans-Georg Allmers.

Sein Bruder schwieg beleidigt.

„Schon im 17. Jahrhundert“, begann Werner Allmers unvermittelt zu erzählen, „wurden wissenschaftliche Studien über das Thema verfasst!“

Hans-Georg Allmers hörte nicht zu. Er verließ die Küche, ging ins Bad, duschte und kam nach einer halben Stunde mit trockenen Kleidern in die Küche zurück. Er schenkte sich einen weiteren Kaffee ein und sah desinteressiert aus dem Fenster. Er überlegte sich, ob und wann er den gefährlichen Ochsen vom Tierarzt mit dem Narkosegewehr abschießen lassen sollte. Er wollte ihn nach diesem Zwischenfall so schnell wie möglich schlachten lassen.

„Du hast mir überhaupt nicht zugehört!“, beschwerte sich sein Bruder. „Gib mir auch einen Kaffee!“

„Wobei?“, fragte Allmers.

„Schon im 17. Jahrhundert wurden darüber Studien verfasst, hatte ich gesagt.“

„Worüber?“

„Über den Furz und seine gesellschaftliche Bedeutung.“

Allmers winkte ab: „Ich kenne interessantere Themen.“

„Vielleicht täuschst du dich“, erwiderte sein Bruder. „Irgendein Wissenschaftler hatte damals herausgefunden, dass es 62 Arten davon gibt. Er hat sie nach der Intensität, der Lautstärke, dem Geruch und der Länge katalogisiert. Kennst du nicht die Geschichte von Katharina der Großen?“

Allmers schüttelte gelangweilt den Kopf: „Womit beschäftigst du dich eigentlich?“

Aber sein Bruder ließ sich nicht aufhalten: „Bei einem Bankett ließ sie wohl einen heftigen Furz fahren. Alle Bankettteilnehmer waren entsetzt, weil sie nicht wussten, was sie jetzt machen sollten. Es war sehr verpönt damals.“

„Damals auch?“, unterbrach ihn Allmers.

Der Staatsanwalt fuhr ungerührt fort: „Keiner wusste, was er tun sollte, bis ein junger Seeleutnant die rettende Idee hatte: Er sprang auf, hielt sich mit einer Hand den Hintern zu und rannte mit rotem Kopf aus dem Saal."

„Und am nächsten Tag war der Kopf ab?"

„Nein. Im Gegenteil. Katharina die Große ließ ihn zu sich rufen und sagte: Wer sich fremden Wind so zunutze machen kann, wird wohl ein guter Kapitän! Und beförderte ihn."

„Und du hoffst, so Oberstaatsanwalt zu werden?"

„Sehr witzig. Es gab sogar Kunstfurzer!" Werner Allmers war bei seinem Lieblingsthema angekommen. „Ende des 19. Jahrhunderts gab es einen Joseph Pujol oder so ähnlich aus Frankreich, der furzte die Marseillaise vor großem Publikum."

„Hör endlich auf!", forderte Hans-Georg Allmers seinen Bruder auf. „Meiner Meinung nach sollte so etwas unter Strafe gestellt werden."

„Wieso denn? Ist doch was Natürliches."

„Bist du gekommen, um dich mit mir über dieses Thema zu unterhalten?"

„Natürlich nicht. Ich wollte Mutter kurz besuchen und mit dir noch einmal über die beiden Morde sprechen."

„Seid ihr immer noch nicht weiter?"

„Es scheint sich der Verdacht gegen eine bestimmte Person zu verdichten", erwiderte der Staatsanwalt ausweichend.

„Gegen mich oder Susanne oder Erwin Röhl?" Allmers lachte hektisch, obwohl ihm überhaupt nicht dazu zumute war. „Oder vielleicht doch gegen Ernst Poppe? Ihr habt doch eine Hausdurchsuchung bei ihm gemacht. Habt ihr was gefunden?"

Der Staatsanwalt bejahte: „Wir haben uns mal seine Videosammlung angesehen. Sehr interessant."

„Und? Ich vermute Actionfilme und Pornos. Das würde ich ihm zutrauen."

„Schlimmer", sagte Werner Allmers dunkel. Er stand auf und kontrollierte, ob ihre Mutter in Hörweite wäre. Als er sie über den

Hof laufen sah, fuhr er fort: „Gewaltvideos. Bei einem vermuten wir, dass er sie selbst gemacht hat."

Allmers holte tief Luft. „Das kann ich kaum glauben."

„Wir sind uns auch nicht sicher. Auf dem Streifen ist eine nackte Frau zu sehen, die mit einer Kapuze vermummt ist. Die Aufnahmen sind meistens von hinten gemacht, man sieht entweder den Rücken oder das Gesäß oder, wenn sie von vorne gefilmt wurde, den Unterleib. Perfekt getarnt. Man kann sie praktisch nicht identifizieren, aber wir vermuten, dass es Else Weber war. Sie hatte schwere Blutergüsse am Unterleib."

Allmers musste gegen einen Brechreiz ankämpfen. „So was Widerliches", brachte er nur heraus. Zannmanns Schilderung fiel ihm ein: „Zannmann hat mir erzählt, das Poppe Else einmal verprügelt hat. Mit Blutergüssen am Unterleib!"

„Das ist ja interessant", pflichtete ihm sein Bruder bei. „Ein weiterer Mosaikstein."

„Und warum verhaftet ihr das Schwein nicht? Ihr habt ihn doch sicher mit seinem Verhalten auf dem Schützenball konfrontiert?", fragte Allmers empört und dachte daran, dass diese Aussage Zannmanns sicher in den Vernehmungsprotokollen stand.

„Er hat uns ausgelacht. Er fragte, ob es heutzutage schon verboten wäre, an einem Schützenfest nüchtern zu bleiben und gute Freunde nach Hause zu fahren. Das sei doch das, was einem immer gepredigt werde. Und außerdem, behauptete er steif und fest, habe er den Streifen in Hamburg gekauft." Der Staatsanwalt wirkte ratlos. „Und der bloße Besitz ist nicht strafbar. Poppe ist gerissen. Er hat noch keinen Fehler gemacht. Wenn ich noch mal jemanden verhafte, und ich muss ihn ein paar Tage später wieder gehen lassen, bin ich meinen Job los. Dann kann ich als Rechtspfleger nach Neukaledonien gehen. Außerdem haben wir keine Videokamera gefunden. Das Video wurde unter Scheinwerferlicht gedreht. Also müsste er die Sachen irgendwo haben. Die suchen wir noch."

„Habt ihr das Buch gefunden?"

„Nein. Obwohl wir sein Haus von oben bis unten durchsucht

haben. Wenn wir das Buch bei ihm finden, ist er dran. Aber vielleicht kannst du ja mal bei ihm einbrechen. Vielleicht findest du es ja."

Allmers fand den Spott seines Bruders unpassend.

Als Allmers am nächsten Abend bei Renate Poppe die Milkoskope abholte, trug sie eine Sonnenbrille. Es war ein sonniger Tag, deshalb fiel es Allmers nicht auf. Erst als sie in der Milchkammer für ein paar Minuten alleine waren und sie die Brille nicht abnahm, schöpfte er Verdacht.

„Nimm mal die Brille ab", sagte er leise.

Renate schüttelte den Kopf.

„Komm!", drängte er, und als er das blaugeschlagene Auge sah, fielen ihm sofort die vielen blauen Flecken auf ihrem Körper ein. Er hatte sie tatsächlich für die Folgen ihrer harten Arbeit gehalten!

„Wegen …?", fragte er fassungslos.

Renate setzte die Brille wieder auf und schüttelte den Kopf: „Er weiß von nichts. Das ist nicht mein erstes blaues Auge."

„Widerlich!" war das einzige, was Allmers dazu einfiel. Es traf ihn härter, die Folgen von Poppes Gewalttätigkeit zu sehen, als von ihnen zu hören. Gerne hätte er Renate in den Arm genommen und getröstet, aber diese Geste schien ihm von so großer Intimität, dass er sie nicht wagte.

36

Es war ein kleines Detail in ihrer Beziehung, dachte Hans-Georg Allmers, das ihn unter anderen dazu gebracht hatte, sich das erste Mal in seinem Leben einer Liebe ganz sicher zu sein. Wenn sie miteinander schliefen, stellte Allmers fest, dass es in einem bestimmten Moment einen immer und regelmäßig wiederkehrenden Ausdruck in Susanne Hansens Gesicht gab, der für ihn einer der vielen Gründe war, sie zu lieben. Sie genoss die Lust oft mit geschlossenen Augen, sie ließ sich vollkommen fallen, wenn er sie liebkoste. Wenn er aber in sie eindrang, öffnete sie immer für einen Moment die Augen, und der Ausdruck ihres Gesichtes veränderte sich. Sie sah ihn einen kurzen Moment mit erstauntem Blick an, und dieser Blick berührte ihn jedes Mal tief, weil die Verwunderung darin immer wieder neu war. Er spürte diesen Blick durch sich hindurchgehen, bis in die Tiefe seiner Seele.

Er wagte nicht, sie darauf anzusprechen, vielleicht, dachte er, zerstöre er damit für immer den Zauber, den sie über diesen Augenblick legte.

Die Frage, ob er ebenfalls so aussähe, bewegte ihn. Schließlich versuchte er sie zu beantworten, indem er heimlich einen kleinen Taschenspiegel unter das Kopfkissen legte, bevor sie ins Bett gingen. Es gelang ihm, als er auf sie kletterte, den Spiegel so hinzulegen, dass er genau neben Susannes Kopf zu liegen kam.

„Was ist denn das?“, fragte Susanne überrascht, als sie den Spiegel bemerkte.

„Ein Spiegel“, sagte Allmers verlegen.

„Hast du den da hingelegt?“, fragte sie verblüfft.

Allmers nickte und fasste sich ein Herz. Er erzählte ihr, was er damit vorhatte, und fragte sie schließlich, ob sie dieselbe Beobachtung gemacht hätte.

Susanne schüttelte den Kopf: „Dämlich. Du siehst dabei eher dämlich aus."

Seltsamerweise musste er lachen, und seine Liebe zu ihr wurde nicht weniger.

Susanne Hansen schwärmte für bizarre Morde. Sie beteuerte, noch nie einen begangen zu haben, sie genoss sie literarisch. Ihre Leidenschaft war das Lesen, und so kam es gelegentlich zu Konflikten mit Hans-Georg Allmers. Ärgerlich wurde er, wenn er sah, wie sie nach langem Zögern vor ihrem Bücherregal mit entschlossenem Griff einen dicken Schmöker herauszog. Meist war es ein Kriminalroman, mit dem sie sich in ihren Sessel zurückzog. Sie tauchte schon bei der ersten Seite so tief in die Geschichte ein, dass kein Gespräch mehr möglich war. Sie ließ sich nicht unterbrechen. Selbst wenn sich ihre Blase meldete, ging sie mit dem Buch vor der Nase durch die ganze Wohnung auf die Toilette und las dort weiter. Heftiges Gähnen von Allmers ignorierte sie, auch sein leicht dahingesagtes: „Ich gehe jetzt ins Bett" interessierte sie nicht. Manchmal nahm er allen Mut zusammen, nahm ihr das Buch weg und sagte laut und deutlich, dass er heute Abend gerne mit ihr schlafen wolle, was sie denn von der Idee halte?

„Ja, gerne!", erwiderte sie dann meistens, „ich muss nur noch das Kapitel zu Ende lesen."

Allmers lernte sie immer besser kennen und wusste schließlich, dass ihre Zustimmung nur deshalb so schnell kam, um seine lästigen Unterbrechungen loszuwerden. Das leichte, ungeduldige Zittern in ihrer Stimme, ihre Unterstimme sozusagen, verriet ihm, nachdem die erste, naive Zeit vorbei war, dass sie heute nicht ihn, sondern das Buch begehrte.

Er zog sich dann unter resigniertem Schulterzucken ins Bett zurück, wartete noch anstandshalber eine halbe Stunde und löschte dann das Licht.

„Entschuldige“, begrüßte sie ihn nach solchen Nächten unausgeschlafen morgens, „es war gerade so spannend. Und als ich kam, schliefst du schon.“

„Wann war das denn?“

„Keine Ahnung, ich habe nicht auf die Uhr gesehen. Vielleicht halb zwei?“

Ihre Leidenschaft füreinander wurde durch diese bibliophilen Seitensprünge aber nicht weniger. Schließlich mussten sie sich entschließen, ein neues Bett zu kaufen. In der Wohnung, die unter ihrem Schlafzimmer lag, lebte ein älteres Ehepaar, das Susanne Hansen bei einem zufälligen Treffen im Treppenhaus mitfühlend gefragt hatte, wieso sie immer mitten in der Nacht ihre Möbel umstellen müsse.

In einer Nacht ohne Buch brach der Bettrost, und sie fielen mit der Matratze auf den Boden. Susanne Hansen musste so lachen, dass sie sich verschluckte. Erst nach einer halben Stunde und aufwendigem Umräumen konnten sie ihre Lust zu Ende bringen.

Am nächsten Tag kauften sie ein neues Bett.

„Als ich dich kennengelernt habe“, sagte Susanne Hansen, als sie gegen Abend auf die Lieferung warteten, „habe ich gedacht, ich verliebe mich nicht nur in dich, sondern auch in die Idylle, in der du wohnst.“ Man merkte ihrer Stimme die Enttäuschung an. „Wenn man aus der Stadt zu euch hinausfährt, die lange Allee entlang, rechts und links die Höfe wie Perlen an der Schnur, alle schön voneinander entfernt, aber doch nicht so weit auseinander, denkt man: Hier draußen ist das Leben noch friedlich.“

Allmers trank seinen Kaffee aus und sah seine Freundin über den Rand des Bechers an. Er sagte nichts, schüttelte nur langsam den Kopf. Nachdenklich wickelte er eine Tafel Schokolade aus, die Susanne Hansen in der Stadt gekauft hatte.

„Mittlerweile denke ich anders“, fuhr sie fort, brach sich ein Stück Schokolade ab und steckte es in den Mund. „An deinem Dorf kann man sehen, dass sich der Mensch die Zivilisation nicht erschaffen hat, um sie anzuwenden. Er hat sie nur als Alibi aufgebaut. Unter diesem dünnen Firnis herrscht tiefstes Mittelalter."

„Steinzeit", verbesserte Allmers.

„Ich hoffe nicht, aber wahrscheinlich hast du Recht. Es wird betrogen und getötet, gehurt und geschlagen. Auf dem Dorf genauso wie im schlimmsten Stadtteil von Hamburg. Als ob es nicht anders ginge."

„Wahrscheinlich geht es wirklich nicht anders. Wenn der Mensch nicht mehr weiter weiß, muss er den Knüppel holen. Oder das Messer."

„Das klingt wie eine Rechtfertigung."

Allmers schüttelte den Kopf: „So meine ich das nicht. Außerdem hat Rumhuren nichts mit Mittelalter oder Steinzeit zu tun."

Susanne wurde hellhörig. Das Gespräch, das bisher einen ironischen Unterton hatte, wurde plötzlich ernst. „Womit hat es denn zu tun?", fragte sie. Allmers spürte die Schärfe in ihrem Ton.

„Sieh dir doch die Ehen an, die hier geschlossen werden. Da gehen zwei beim Schützenfest miteinander ins Heu, manchmal voll bis unter die Haarspitzen. Wenn das Mädchen schwanger wird, muss geheiratet werden. Egal, ob oder wie die beiden sich verstehen. Alleine in meinem Bezirk gibt es zwei oder drei Paare, die so zusammengekommen sind."

„Trotzdem ist das noch lange kein Grund rumzuhuren. Das machen sowieso meist die Männer."

Allmers musste schlucken. „Das glaube ich nicht. Und bei einigen kann ich es tatsächlich auch verstehen. Außerdem gibt es eine über das sexuelle Besitzdenken hinausgehende Treue."

Susanne wurde wütend: „Ich hoffe, das ist nicht dein Erklärungsmuster für den Fall der Fälle. Das Scheitern der Ehe meiner Eltern und Tante Elses tatkräftige Unterstützung dabei haben in mir eine sehr konservative Meinung dazu wachsen lassen."

Allmers versuchte sie zu beruhigen: „Da brauchst du keine Angst zu haben. Die Bäuerinnen sind nicht mein Fall."

„Jetzt kommen sie", sagte Susanne und öffnete die Tür.

37

Allmers stieg am nächsten Abend nach der Milchkontrolle bei einem Betrieb, den er normalerweise nicht betreute, in sein Auto. Eine Kollegin war krank geworden und hatte ihn gebeten, für sie einzuspringen. Er dachte plötzlich an Erwin Röhl. Er hatte ihn unterschätzt. So zu reagieren erforderte eine große Souveränität, die er ihm nicht zugetraut hätte. Während der Fahrt fragte er sich, warum Erwin Röhl diese Stärke nie in die Beziehung zu seiner Frau hatte einbringen können. Er war von ihr herumkommandiert worden wie ein Knecht und hatte sich klaglos gefügt. Er dachte an die Ehe seiner Eltern, die in vielen Dingen ähnlich war. Außerhalb des Hofes, wenn er unter Kollegen war, konnte man meinen, sein Vater sei ein in sich ruhender, souveräner Mann, der sich über die Macken seiner Frau amüsiere. In Wirklichkeit war sein Leben so kläglich wie seine Ausbruchsversuche daraus. Die Vorstellung, dass er und sein Vater gleichzeitig zu Else Weber gegangen waren, beide aus unterschiedlichen Motiven, aber mit dem gleichen Ergebnis, ließ es ihm kalt den Rücken herunterlaufen. Was hatte sie damit bezwecken wollen?, fragte er sich, als er heftig auf die Bremse treten musste.

Er war schon in der Kreisstadt, war den ganzen Weg gefahren, ohne es richtig bemerkt zu haben, und hätte um ein Haar eine rote Ampel überfahren.

Während er auf Grün wartete, grübelte er darüber nach, was für eine Frau Else Weber gewesen war. Eine Hure? Oder war sie auf der Suche nach einem Mann, dem Mann ihres Lebens, gewesen und hatte ihn nur noch nicht gefunden? Schlief sie einfach gerne mit Männern und tat das auch, ohne dass sie Liebe dafür erwartete?

Hatte sie vielleicht auch mit Röhl geschlafen? Schließlich hätte er alle Gründe dafür gehabt, ab und an zu ihr zu gehen.

Er gab Gas, als die Ampel Grün zeigte, und fuhr zu Susanne Hansens Wohnung. Gut gelaunt sprang er die Treppen hoch und freute sich, dass sich ihre Beziehung so entwickelt hat, wie er es sich gewünscht hatte.

„Spät kommt er", rief Susanne Hansen aus dem Badezimmer, als sie Allmers im Flur hörte.

„Aber er kommt", erwiderte Allmers. Sie lag in der Badewanne. Auf ihren aufmunternden Blick zog er sich aus und kletterte zu ihr ins Wasser. Er schob seine Füße unter ihren Hintern und hob sie leicht hoch. „Gibt's was Neues?"

Susanne zuckte mit den Schultern: „Nichts Besonderes."

Er nahm ein Stück Seife und wusch ihr die Beine. Sie schloss die Augen und genoss es. Plötzlich schob sie seine Füße weg, drehte sich um und beugte sich zurück. Sie legte sich mit dem Rücken auf seinen Bauch. Er legte seine Hand auf ihre linke Brust, die in seiner großen Hand fast verschwand. „Zu klein?", fragte Susanne leise.

Allmers schüttelte den Kopf und knabberte an ihrem Ohr: „Eine Handvoll genügt."

„Kleiner Busen und fetter Arsch. Ich kann nichts dagegen machen. Nahrung ist einfach meine Lieblingsspeise", meinte sie traurig. „Ich weiß gar nicht, was du an mir findest."

„Alles", tröstete er sie. „Ich finde an dir alles, was ich suche. Außerdem schwärme ich für dicke Ärsche. Meine Kühe haben auch alle welche."

Susanne spritzte ihm Wasser ins Gesicht: „Du Arsch!" Aber sie lachte dabei.

„Ich weiß eine gute Geschichte", sagte er plötzlich und begann die Geschichte von der Entstehung von Anneliese Röhls Sohn zu erzählen. Sie war ihm über den Aufregungen der letzten Wochen entfallen, und er hatte sie ihr noch nicht erzählt. Susanne Hansen musste laut lachen, als er zu den Bedingungen gekommen war.

„Meinst du", fragte er ernst, „Röhl war auch bei Else Weber?"

„Du musst das Buch finden, dann weißt du es“, sagte sie. „Streng dich an, vielleicht gelingt dir das ja. Du musst nur überall danach suchen. Fang doch in meinem Schrank an.“ Sie lachte gekünstelt.

„Was ist Röhl denn für ein Typ?“

„Er ist so langweilig, dass man es kaum beschreiben kann.“

„Ich habe übrigens vor“, sie ging nicht weiter auf seine Frage ein, „einen Artikel über die Morde zu schreiben. Man sollte einmal die Parallelen aufzeigen und nachfragen, warum die Polizei nicht weiterkommt.“

Allmers schüttelte den Kopf und streichelte ihren Bauch. „Ich glaube, das bringt nichts. Mein Bruder meint, sie wären in ihren Ermittlungen schon sehr weit.“

Sie zuckte mit den Schultern. „Vielleicht hast du Recht. Ich habe auch sonst genug zu tun. Die Artikel über die interessanten Feuerwehrversammlungen und Taubenzüchtertreffen erfordern mein ganzes Können.“

„Schreib doch mal was über die nächste Bundesrammlerschau.“

Sie ignorierte seinen Spott und erzählte, sie sei bei Frau Siedermann gewesen.

„Muss ich die kennen?“

„Sie ist seit einem Jahr Pastorin in einem kleinen Dorf an der Elbmündung. Sie kommt aus Bayern. Ich schreibe was über sie.“

„Na siehst du. Da kommt doch dein erster großer Artikel. Die Bergpfarrerin erklimmt den Deich. Oder so ähnlich.“

„Das ist eine unheimlich nette Frau“, sprudelte es aus Susanne heraus. „Sie hat sich gut eingelebt, sagt sie, es gefällt ihr gut, und die Berge vermisst sie überhaupt nicht. Morgen fange ich an, alles zusammenzuschreiben. Samstag erscheint der Artikel. Ich bin jetzt schon aufgeregt. Ich werde ihn ausschneiden und aufheben.“

„Ich gehe jetzt raus“, sagte Allmers und stand auf. „Das Wasser ist kalt. Außerdem sollten wir das Bett einweihen.“

Am Samstag erschien Susanne Hansens Artikel. Noch am selben Tag wurde der Gemeinderat des Ortes zu einer Dringlichkeitssitzung einberufen. Man traf sich im einzigen Gasthof und hatte auch die Pastorin gebeten, Stellung zu nehmen zu den Zitaten in der Zeitung.

Susanne wurde mit sofortiger Wirkung vom Chefredakteur beurlaubt, ihr wurde nahegelegt, für ein paar Tage zu verschwinden.

„Dieser Scheißkerl", schluchzte sie ins Telefon, als sie Allmers endlich erreicht hatte. „Dieser Scheißkerl!"

„Susanne!" Allmers hatte ihren Anruf schon erwartet. Nachdem er den Artikel gelesen hatte, hatte er mit dem Schlimmsten gerechnet. Seine Mutter hatte ihm wortlos die Zeitung überreicht.

„Wo bist du? Bist du zu Hause?"

„Kann ich zu dir kommen?" Der Ton ihrer Stimme war die pure Verzweiflung. „Hier wird dauernd angerufen."

„Setz dich ins Auto und komm her. Oder soll ich lieber zu dir kommen?"

„Ich weiß nicht", weinte sie weiter. „Ist deine Mutter da?"

„Das kann dir wirklich egal sein", versuchte er sie zu trösten, aber er konnte seine Gereiztheit nicht verbergen, die immer wieder kam, wenn sie auf die Nacht anspielte, in der sie sich hysterisch im Klo eingesperrt hatte, wie er fand. „Ich habe dir schon tausendmal erklärt, dass meine Mutter nichts gegen dich hat. Sie ist schließlich nicht die letzte Instanz des Moralgerichtes! Komm her! Zum Trost gibt's rote Grütze. Meine Mutter hat welche gemacht. Vielleicht versöhnt euch das miteinander."

„Nein! Keine rote Grütze", schluchzte sie noch lauter. Allmers meinte, die Tränen zu sehen, die ihr die Wangen hinunterliefen. „Es ist … Ich erkläre dir das später."

Sie hatte mit ihrem Artikel einen großen Skandal entfacht. Frau Siedermann und sie hatten sich von der ersten Minute des Interviews an glänzend verstanden. Die Pastorin hatte erzählt, wie es ihr so ergangen war in den letzten Monaten, wie ihr das flache Land guttäte und wie nett die Menschen seien. Das Einzige, womit sie nicht klarkäme, hatte sie noch gesagt, seien die regelmäßigen Besäufnisse zu allen Gelegenheiten. Sie ginge mittlerweile davon aus, dass die Hälfte der Männer in ihrer Gemeinde Quartalssäufer seien. Susanne hatte alles mitgeschrieben und es fast wörtlich in ihrem Artikel zitiert.

Der Sturm der Entrüstung, der über die Zeitung hereinbrach, war ohne Beispiel. Stundenlang wurde die Redaktion mit Telefonanrufen überschüttet, der Chefredakteur beschimpft und der Volontärin, die andauernd zu Hause angerufen wurde, Prügel angedroht.

Am Nachmittag tagte der Kirchengemeinderat, und erst als die Pastorin hoch und heilig versicherte, niemals in ihrem Leben solch eine unverständliche und diskriminierende Äußerung gemacht zu haben, beruhigte sich die Stimmung.

Am Abend wagte sich der Chefredakteur zur Gemeinderatssitzung und musste sich minutenlang auspfeifen lassen. Auch hier wies die Pastorin eine solche Äußerung von sich. Wohl wissend, gegen welches Gebot sie verstoßen musste, wollte sie ihre Haut retten.

Am Schluss der Sitzung beschloss der Gemeinderat ohne Gegenstimme, dass ihre Pastorin eine solche Äußerung niemals gemacht hatte.

Susanne stieg aufgelöst aus dem Auto und verschwand mit Allmers im Haus. Seine Mutter war nicht zu sehen und zeigte sich während des ganzen Tages nicht.

„Das hat sie gesagt!“ Susanne hatte sich immer noch nicht beruhigt. „Ich schwöre dir, das waren ihre Worte: Genau so hat sie es formuliert: Alles Quartalssäufer. Und dabei hat sie empört mit dem Kopf geschüttelt.“

„Und die Redaktion? Was machst du jetzt?“

„Der Chef, dieser Scheißkerl, hat mich quasi rausgeschmissen. Ich soll ein paar Tage verschwinden. Dabei habe ich nur die Wahrheit geschrieben. Weißt du, was er gesagt hat? Wenn wir immer nur die Wahrheit schreiben würden, würde uns kein Mensch mehr irgendetwas erzählen. Ein Journalist müsse die Wahrheit ausdrücken und nicht einfach die Wirklichkeit abschreiben. Das wäre die Kunst."

Allmers schwieg betroffen. So empört und wütend hatte er Susanne noch nie gesehen.

„Und dieses Miststück!"

„Wen meinst du jetzt?"

„Diese Siedermann. Anstatt zuzugeben, dass alles stimmt, liefert sie mich ans Messer."

„Aber", wagte Allmers einzuwerfen, „wenn sie alles zugeben würde, wäre sie ihre Stelle los."

„Das stimmt! Aber jetzt bin ich meine los. Und weißt du, warum?" Sie begann laut zu schreien: „Weil ich die Wahrheit geschrieben habe und sie gelogen hat. Sie verstößt eben mal gegen irgendein Gebot und bekommt ihre Absolution."

„Protestanten bekommen keine Absolution", wagte Allmers zu widersprechen. „Übrigens ist es das neunte."

„Warum warst du am Telefon so komisch?", fragte er mit vollem Mund. Susanne Hansen stocherte lustlos im Essen herum. Die Auseinandersetzung in der Redaktion war ihr sehr nahe gegangen und hatte ihr jeden Appetit genommen.

„Wieso komisch?", fragte sie.

„Als ich dir rote Grütze zum Trost versprochen hatte."

Susanne Hansen wurde rot, und plötzlich begann sie wieder zu weinen.

Allmers wurde verlegen: „Habe ich da etwas Falsches gesagt?"

Sie schüttelte den Kopf: „Dafür kannst du nichts. Es ist so eine Erinnerung, die mit meiner Kindheit zu tun hat. Als ich zwölf war, bin ich mit meiner Mutter und meinem Bruder in Dänemark in den Ferien gewesen. Wir hatten ein Ferienhaus gemietet, und als besondere Überraschung war mein Vater mitgekommen. Meine Eltern haben wahrscheinlich einen letzten Versuch gemacht, ihre Ehe noch einmal zu beleben, obwohl sie schon lange getrennt lebten. Genützt hat es nichts." Sie holte tief Luft. „Einmal sind wir in eine

Dorfkneipe gegangen, Krog heißt das dort. Zum Nachtisch gab es rote Grütze. Die Bedienung war ein Mädchen aus dem Dorf, das vom Bedienen keinen Schimmer hatte. Sie war so ungeschickt!"

Susanne nahm ein Papiertaschentuch und schnäuzte sich die Nase.

„So ungeschickt!", wiederholte sie. „Als sie den Nachtisch servieren wollte, stolperte sie und kippte die Schüssel mit der Grütze über das Tischtuch!"

Allmers musste grinsen: „Das kann doch jedem passieren."

„Das wäre auch nicht so schlimm gewesen, aber das Tischtuch war vorher schon dreckig", ekelte sich Susanne Hansen, obwohl die Geschichte schon lange zurücklag, „Die Grütze floss wie Blut über das weiße Tuch. Wir saßen stumm dabei und sahen fassungslos zu, wie sie seelenruhig einen Löffel nahm, die Rote Grütze in die Schüssel zurückschaufelte. Ich höre noch heute den Löffel über das nasse, blutrote Tischtuch kratzen. Danach stellte sie uns wie selbstverständlich die Schüssel hin, wünschte guten Appetit und ging. Mir wurde schlecht genauso wie meiner Mutter. Nur mein Bruder blieb ungerührt und verspeiste die rote Pampe. Drei Tage später saß ich am Strand auf einem weißen Laken und bekam das erste Mal meine Regel. Erst dachte ich, ich säße in roter Grütze!"

38

Als der Herbst kam, hatten viele Nachbarn die Morde verdrängt. Die Polizei war in ihren Ermittlungen nicht weitergekommen, und langsam schien man im Dorf an andere, naheliegendere Dinge zu denken. Man bemühte sich um ein halbwegs normales Leben, nahm die gegenseitigen Besuche wieder auf, die eine Zeit lang völlig eingeschlafen waren. In der Hysterie nach den Mordfällen misstraute jeder jedem, und niemand wagte es, Einladungen auszusprechen. Die Gespräche drehten sich um vieles, Else Webers Tod allerdings blieb genauso tabu wie der Tod von Ilse Wessel.

Die Tage wurden kürzer, die Arbeit der Bauern nicht weniger. Es geschah häufiger, dass die Bauern ein paar Stunden vor der Milchkontrolle absagten, weil sie ein kalbendes Rind von der Weide holen oder den letzten Silageschnitt beginnen mussten. Allmers freute sich über diese unverhofften freien Stunden, auch wenn er die Arbeit natürlich an einem anderen Tag nachholen musste. In dieser Zeit wollten manche Bauern auch an Wochenenden Milchkontrolle machen, aber Allmers war das egal. Er genoss es, wenn er sonntags frühmorgens durch die holprigen Auffahrten zu den Bauernhöfen fuhr, gerade wenn es noch Nacht war und rechts und links vom Fahrbahndamm die Wiesen im nachtdunklen Nebel versunken waren. Ab und zu sah er eine Kuh mit dem Kopf aus dem Nebel emporragen, vom gelben Licht des Autoscheinwerfers bestrichen. Wenn sie sich hinlegte, sah es aus, als tauche sie in ein Nebelmeer und würde auf Nimmerwiedersehen verschwinden. Unter der Oberfläche hatten sich noch mehr Tiere versteckt, und Allmers fragte sich dann, ob sie vielleicht unter dem Nebel davonlaufen und sich in eine geheime, unsichtbare Welt aufmachen würden.

Ende September pflückte Allmers die Apfelbäume ab und ließ aus den Äpfeln Saft pressen. Im Dorf gab es eine große Mosterei, die für eine bestimmte Menge gelieferter Äpfel entsprechend Saft ausgab.

Die Apfelernte zog sich bei Allmers über zwei Wochen hin, er pflückte die Bäume ab, wenn er Zeit hatte, und warf die Früchte auf einen Hänger. Wenn es regnete, stellte er diesen in den Schuppen. Es war nicht einfach, Mosttermine zu bekommen, und so konnte es vorkommen, dass die Äpfel ein paar Wochen auf dem Hänger zwischengelagert werden mussten, bevor er ihn zur Mosterei fahren konnte.

Dort kippte er die Ladung, es waren meist mehrere Zentner, auf eine schiefe Ebene. Schon beim Kippen sprang er erschrocken zur Seite. Ein paar Ratten hatten es sich unter den Äpfeln bequem gemacht und stürzten mit den Früchten vom Hänger auf die mit fließendem Wasser überspülte Edelstahlrutsche. Die Äpfel polterten durch das Wasser über die Schräge, wurden dabei gewaschen und versperrten den um ihr Leben rennenden Ratten den Weg. Schon ohne Äpfel wäre es für die panisch gewordenen Tiere fast unmöglich gewesen, die glitschige, schiefe Ebene hoch zu rennen, mit den entgegenkommenden Früchten war es völlig unmöglich. Fassungslos sah Allmers, wie die nassen, quiekenden Tiere von den Früchten in den Schlund mitgerissen wurden, aus dem es kein Entkommen mehr gab. Am Ende des Ganges wartete die Schnetzelmaschine, die alles in kleine Stücke zerhackte.

Allmers wurde schlecht. Er sah, immer noch um Fassung ringend, zu dem Arbeiter der Mosterei, der ohne Regung das widerliche Schauspiel beobachtet hatte. Nichts deutete bei ihm darauf, dass er überrascht oder vielleicht ebenso angeekelt gewesen wäre. Seelenruhig gab er Allmers das Zeichen zur Abfahrt.

„Hast du die Ratten nicht gesehen?“, fragte Allmers zaghaft, immer noch in der Hoffnung, einem Trugbild aufgesessen zu sein.

Der Mann zuckte mit den Schultern: „Ich trinke keinen Apfelsaft.“

39

Liebe Susanne, ich habe endlich die Hochzeitsfeier meiner alten Freundin Wiebke hinter mir. Ich weiß nicht, wie man in Berlin Hochzeiten feiert, hier auf dem Dorf ist es jedenfalls eine schweißtreibende Angelegenheit. Seit Du abgefahren bist (sind es wirklich schon drei Wochen her?), ist hier viel passiert.

Wenn hier jemand heiratet, wird es ein paar Wochen vorher in der Zeitung bekannt gegeben. Ungefähr zwei Wochen vorher treffen sich die Nachbarn an einem Sonntag und beginnen mit den Vorbereitungen. Die Männer fahren mit einem Trecker und einem Anhänger in den Wald und schneiden „Grün". Im Sommer sind es meist Birkenzweige, im Winter Tannengrün. Die Frauen treffen sich in einer Küche und stellen scheußliche Blumen aus Plastik und bunten Schleifen her.

Die Männer winden die Birkenzweige oder die Tannen zu einem großen Kranz, der dann im Triumphzug zu dem Haus getragen wird, in dem die Hochzeiter künftig wohnen werden. Über dem Eingang wird eine Ehrenpforte aus Holz aufgestellt, der Kranz daran befestigt und mit den Blumenscheußlichkeiten bestückt. Dazu fließt Korn, Korn, Korn …

Frau Siedermann hatte doch recht …

Das eigentliche Hochzeitsfest findet nach der Trauung auf dem Saal statt. So sagt man hier, wenn man in einer Gastwirtschaft feiert. Es gibt hier Kneipen, die öffnen nur für solche Gelegenheiten wie Trauungen, silberne Hochzeiten und Beerdigungen. Vielleicht noch mal zwischendurch für eine Molkereiversammlung.

Das Brautpaar steht mit seinen Eltern eine geschlagene Stunde in der Saalmitte und empfängt die Gäste. Wiebke Voß, deren schöne Figur ich früher bewundert habe, hat, wenn sie so weitermacht, bald die Kör-

perfülle ihres Vaters erreicht. Und ihr Liebster ist auch nicht schlanker. Alle drei standen in einer Reihe und sahen aus wie fette Würste. Dem Bräutigam wurde es mit der Zeit langweilig, und so legte er seine Hand auf Wiebkes prachtvolle Hinterbacke. Er knetete und knetete daran herum, zog dabei das Hochzeitskleid hoch, bis Wiebke ihm ins Ohr zischte, er solle das endlich sein lassen. Ich habe alles mitbekommen, weil mein Platz nur drei Meter neben dem Brautpaar war. Es dauerte keine zehn Minuten, da fing das Spiel wieder von vorne an. Er wurde noch dreister und bohrte sich immer tiefer in ihren Hintern. Schließlich haute sie ihm fast eine runter, worauf er beleidigt war. Ein schönes Brautpaar!

Es waren alle versammelt, die Du in den letzten Monaten hier kennengelernt hast.

Sehr gespannt war ich auf meinen Bruder. Er war natürlich auch dabei und beobachtete die Festgäste mit Argusaugen. Es hätte nur noch gefehlt, dass er Poppe hier gleich verhaftet hätte (aber auf dem Dorf darf der Mörder noch einmal ordentlich feiern, bevor er eingebuchtet wird). Damann, Brokelmann, Hella und Friedel Köhler, selbst Patjens war da.

Es fehlten leider Fräulein Eckhoff und natürlich Erwin Röhl. Der Tod seiner Frau schien ihm näher zu gehen, als die meisten gedacht haben.

Wiebkes Vater hat sich so volllaufen lassen, dass wir ihn morgens um fünf in ein Taxi stecken mussten, seine Frau war schon lange vorher mit dem Auto nach Hause gefahren. Der Taxifahrer war sprachlos, weil seine Stoßdämpfer laut knackten, als Voß endlich auf dem Rücksitz lag. Er hatte die meiste Zeit vorher schon nichts mehr mitbekommen, vor allem nicht Hellas Zusammenbruch. Hier ist es üblich, dass um Mitternacht noch einmal Kaffee und Kuchen serviert wird, damit auch alle bis zum Morgen durchhalten. Wiebke wollte Hella einen Gefallen tun und hatte sie gebeten, für den Mitternachtskuchen zu sorgen. Dafür musste sie sich mit dem Wirt anlegen, der sich das Geschäft natürlich nicht entgehen lassen wollte, aber sie hat sich schließlich durchgesetzt.

Hella hatte eines ihrer üblichen Meisterwerke gebacken, diesmal hatte ihr Sohn noch mitgeholfen und einen kleinen Motor eingebaut, der das Hochzeitspaar auf der Spitze des Kuchens im Kreis tanzen ließ.

Als es noch hell war, tanzten die beiden Marzipanfiguren den ganzen Abend unermüdlich, später stellte ein Gast eine Lampe an das kleine Solarmodul, das den Motor antrieb. Die Buttercreme begann in der Hitze schnell zu schmelzen, und die ganze Pracht sah nach kurzer Zeit jämmerlich aus. Hella bemerkte es erst beim Anschneiden, da sie in fremder Umgebung nicht wagte, viel herumzulaufen.

„Jetzt sollen sie die Hochzeitstorte anschneiden", schrie jemand in den Saal, als die Bescherung bemerkt wurde. Sie bot ein Bild des Jammers. Hella schluckte, als sie es erkannte. Die beiden Figuren waren zu hellbraunen Klümpchen geschmolzen, die sich unverdrossen im Kreis drehten. Die aufwendige Verzierung aus Buttercreme, die hellblauen, roten und gelben Girlanden, flossen in ungeordneten Bahnen an der Seite der Torte herunter und tropften auf die Papierdecke, auf der sie stand. Wiebkes Mann, ein Referendar für Deutsch und Erdkunde, nahm ein Messer und versuchte die Torte in Stücke zu schneiden. Hella begann zu weinen, als sie sah, wie ihr Kunstwerk wie ein weicher Schwamm unter dem Messer zusammenfiel.

Aber es kam noch dicker für Hella. Eine Freundin von Wiebke hatte ein besonderes Hochzeitsgeschenk mitgebracht. Eine Buttercremetorte, bei der der Biskuitboden und die Schichten knallgelb und die Creme abwechselnd grün und rot eingefärbt waren. Überzogen war das Kunstwerk mit stahlblau leuchtender Creme, auf der bunte Lutschbonbons klebten. Kaum jemand konnte den Kuchen essen, das meiste wurde in der Nacht an die Hunde verfüttert. Seltsamerweise fraß Hellas Hund am meisten davon, was sie schon sehr ärgerte. Aber auf die Spitze wurde es getrieben, als er ihr am nächsten Tag türkisfarben vor die Küche schiss. Das alles verletzte sie tief, Wiebke konnte sie nur beruhigen, indem sie ihr versprach, sie vor dem Umzug noch einmal zum Kuchenessen zu besuchen.

Ich hoffe, ich langweile Dich nicht mit diesem Brief. Zum Schluss noch eine kleine Anekdote von Wiebke und ihrem Mann. Er ist, wie gesagt, Referendar und stinkfaul. Sie hat mir eine Geschichte erzählt, die ich Dir so wiedergeben möchte.

„Bei Jochen läuft alles nicht so temperamentvoll ab", begann sie. „Er ist eher ein Bequemer. Das merkt man auch bei seinem Engagement in der Schule. Er unterrichtet gerade in der fünften und sechsten Klasse. In diesem Alter sind die Eltern noch sehr interessiert und rufen dauernd zu Hause an. Wenn sich Jochen abends gemütlich aufs Sofa setzen, eine Dose Bier aufmachen und die Tagesschau ansehen will, klingelt unweigerlich das Telefon. Ich muss dann immer die Anrufer abwimmeln. Aber manchmal erwischen sie ihn doch. Weißt du, was er dann macht, um seinen bequemen Abend zu retten?"

Ich habe stumm den Kopf geschüttelt.

„Er heuchelt großes Interesse an den Problemen der Kinder und unterhält sich freundlich mit den Eltern. Dann nimmt er plötzlich das Telefon, klopft ein paar Mal darauf herum, ruft ‚Hallo, hören Sie mich?', klopft wieder aufs Telefon, ruft noch einmal und tut so, als ob er die Antworten der Eltern am anderen Ende der Leitung nicht hören könne. Dann sagt er zum Schluss ‚Komisch!' und legt auf."

„So viel Phantasie hätte ich ihm gar nicht zugetraut", habe ich entgegnet.

„Wenn er so viel Phantasie im Unterricht hätte, wäre er wahrscheinlich ein besserer Lehrer", antwortete Wiebke leise.

Übrigens hat mir mein Bruder im Vertrauen erzählt, dass die Verhaftung von Poppe kurz bevorsteht. Abgesehen davon, dass er das vor ein paar Monaten auch schon gesagt hat, scheint es langsam spannend zu werden. Köhler war ja auch verdächtig. Aber ich denke auch, dass Poppe der Täter war. Ich hatte Dir ja erzählt, was der Schlachter mir geschildert hatte. Ich frage mich, warum Poppe so lange auf freiem Fuß war.

Mein Bruder hat mir auf der Hochzeitsfeier zugeflüstert, dass die Frau auf dem Video tatsächlich Else Weber war. Sie haben wohl eine kleine Narbe auf der Bauchdecke der Toten und auf dem Film verglichen. Vielleicht wollten sie ihn einfach in Sicherheit wiegen. Hoffentlich dreht er nicht durch, wenn er verhaftet wird. Der würde sogar seine Frau als Geisel nehmen, wenn's drauf ankäme.

Diese Verhaftung habe ich herbeigesehnt. Damit endlich der Verdacht gegen Dich (und mich natürlich) aus der Welt ist.

Wie geht es Deiner Mutter überhaupt? Meniskusoperationen sind ja heute nichts Weltbewegendes mehr. Wenn sie wieder einigermaßen laufen kann, lass sie humpeln und komm zu mir. Ich vermisse Dich. Ich küsse Dich heftig dahin, wo Du es haben willst …

Alles Liebe
Hans-Georg

40

Susanne Hansens Unfall geschah nur wenige hundert Meter hinter der Hofausfahrt von Allmers.

Sie hatte sich morgens verschlafen von Hans-Georg Allmers verabschiedet, der schon um sechs Uhr zur Milchkontrolle bei Damanns aufgebrochen war. Ihr Dienst in der Redaktion begann um neun Uhr morgens, und da sie nicht gerne mit Grete Allmers frühstückte, war sie bis kurz nach acht im Bett geblieben. Nachdem sie aufgestanden war, öffnete sie leise die Tür des Zimmers, vergewisserte sich, dass sie alleine war, lief nackt unter die Dusche und genauso nackt wieder zurück. Als sie sich angezogen hatte, war es kurz vor halb neun. Sie wartete noch ein paar Minuten, vielleicht könnte sie Allmers noch sehen, dachte sie und entschloss sich dann loszufahren.

Die kleine Lache unter dem Auto registrierte sie nicht. Susanne Hansen setzte sich in den Wagen, startete und fuhr los. Die Einfahrt war so gebaut, dass man, wenn kein Verkehr war, ohne anzuhalten oder zu bremsen einfach auf die Straße biegen konnte. Als sie auf der Kreisstraße war, schaltete sie das Radio ein. Zu ihrer Freude hörte sie die letzten Takte von „Loosing my religion". Sie dachte an Frau Allmers und gab Gas.

Allmers kam ihr entgegengefahren und sah sie aus seinem Hof biegen. Sie konnte ihn wohl nicht sehen, dachte er, weil die Sonne so tief stand.

Er sah das Unheil kommen, als sie mit großem Tempo in die erste Kurve fuhr.

Sie hat es eilig, in ein paar Minuten beginnt ihr Dienst, dachte er, besorgt über ihre Fahrweise.

Allmers riss entsetzt die Augen auf, als ihr Wagen ungebremst aus der Kurve getragen wurde, über die Fahrbahn schoss und an einer dicken Esche zerschellte.

Susanne Hansen hing bewusstlos in ihrem Gurt, als Allmers das Auto erreicht hatte.

Das Bett, in dem Allmers erwachte, war weich. Über seinem Kopf leuchtete eine unfreundliche Neonröhre, deren weißes Licht ihm in den Augen schmerzte. Es dauerte eine Weile, bis er die Zusammenhänge begriff. Die Bilder des Unfalls tauchten vor ihm auf, und er begann zu weinen.

Er war alleine in einem kahlen Zimmer eines Krankenhauses. Er wusste nicht, wie lange er schon dort war, an seinem Handgelenk war keine Uhr, und im Raum war niemand, den er fragen konnte. Schließlich richtete er sich auf, wischte sich die Tränen vom Gesicht und suchte die Klingel, die die Schwester herbeirufen sollte.

Er hatte noch nicht richtig auf den Knopf gedrückt, als die Tür aufging. Sein Bruder kam herein, hatte eine, wie Allmers fand, völlig unpassende Leidensmiene aufgesetzt und begann sofort einen Redeschwall, dem Hans-Georg nichts entgegensetzen wollte.

Er ließ ihn reden, hörte nicht zu und unterbrach ihn erst nach einigen Minuten.

„Was ist mit Susanne?“, fragte er.

„Gott sei Dank!“, erwiderte Werner Allmers erleichtert, „ich dachte schon, dir hätte es die Sprache verschlagen. Gestern Morgen.“

„Was ist mit Susanne?“, fragte Allmers ein zweites Mal, sehr ungeduldig.

„Mutter hat dich am Auto von Susanne Hansen gefunden. Du hattest einen schweren Schock, sagen die Ärzte. Susanne Hansen ist über den Berg. Sie hatte einen Milzriss, sie ist schon operiert worden. Sie liegt aber noch im Koma.“

Allmers sagte nichts. Er versuchte vor seinem Bruder die Tränen zu unterdrücken, aber es gelang ihm nicht.

„Habt ihr schon die Unfallursache herausgefunden?“, fragte er weinend.

Werner Allmers nickte: „Die Bremsen haben versagt. Das hätte sie sich denken können“, fügte er vorwurfsvoll hinzu. „An der Kiste war schon lange der TÜV abgelaufen.“

„Wisst ihr schon, warum sie versagt haben? Das ist doch nicht normal.“

„Es gibt eigentlich nur zwei Möglichkeiten.“ Werner Allmers begann zu dozieren. „Entweder war eine Leitung undicht, und die Bremsflüssigkeit ist ausgelaufen, oder jemand hat daran herumgemacht.“

„Wie meinst du das?“ Allmers setzte sich erschrocken im Bett auf.

„Na ja“, meinte der Staatsanwalt, „vielleicht wollte ihr jemand etwas Böses.“

Sofort fiel Allmers der Drohbrief ein, den Susanne vor ein paar Monaten erhalten hatte. Sie sei die nächste, die dran wäre, hatte darin gestanden. Der Spanner im Moor, der sie beobachtet hatte, die wütenden Bauern, die sie in der Zeitung als Quartalssäufer beschrieben hatte, Poppes Brutalität … Alles ging ihm durch den Kopf. Schließlich sagte er: „Schwachkopf! Wer soll ihr denn was Böses wollen? Und dann auf so eine Idee kommen?“

„Motive gibt es bei jungen Frauen immer. Und bei der doppelt. Schließlich hat sie sich mit ihrem Artikel nicht nur Freunde gemacht.“

„Jetzt bist du völlig übergeschnappt!“ Allmers war wütend. „Wegen so eines Scheißartikels bringt man doch keinen um. Und der Rest ist sowieso abwegig.“

Werner Allmers nickte und versuchte ein ironisches Lächeln: „Der einzige Tatverdächtige wärst dann auch du: Du hast sie schließlich gevögelt.“

Jetzt verlor Hans-Georg Allmers die Beherrschung: „Halt dein blödes Maul!“, schrie er so laut, dass kurze Zeit später eine Krankenschwester ins Zimmer sah. „Du bist dermaßen widerlich!“ Er richtete sich auf, warf die Bettdecke zur Seite und sprang aus dem Bett.

Werner Allmers wurde kleinlaut: „War doch nur ein hypothetischer Gedanke. Es werden keine Ermittlungen in die Richtung geführt, dafür sorge ich."

Hans-Georg zog sich an, band sich seine Schuhe zu und rannte aus dem Zimmer.

„Du kannst nicht einfach weg!", rief ihm sein Bruder hinterher.

Tatsächlich kam Hans-Georg Allmers ein paar Minuten später wieder ins Zimmer zurückgerannt.

„Du kannst nicht weg", wiederholte Werner Allmers.

„Ich gehe, wann ich will! Ich habe nur meine Sachen liegen lassen." Hans-Georg Allmers tobte. „Kümmere dich um deine eigenen Sachen. Du könntest zum Beispiel", Allmers beugte sich vor und hielt sein Gesicht nur ein paar Zentimeter vor das seines Bruders, „einen frei herumlaufenden Mörder verhaften, anstelle solchen Mist abzusondern!"

„Nächste Woche geht es los", versuchte der Staatsanwalt die Situation zu beruhigen. „Ernst wiegt sich in Sicherheit. Wir haben dann erst genügend Leute. Es sind einige abgezogen worden zu einer Fortbildung."

„Wenn Fortbildung ist, werden keine Mörder verhaftet?", fragte Allmers ungläubig.

41

Zwei Tage später wurde Allmers verhaftet. Die Polizei holte ihn morgens aus dem Bett, kurz bevor er aufstehen und zu Damann zur Milchkontrolle gehen konnte. Er versuchte bei Meierhoff anzurufen, aber das Büro war noch nicht besetzt, und die Privatnummer konnte er in der Aufregung nicht herausfinden. Grete Allmers war weiß wie eine Kalkwand, als ihr Sohn in Handschellen abgeführt wurde. Fassungslos murmelte sie: „Ich will ein Bürge für ihn sein …“ Mehr verstand Allmers nicht, aber er wusste, dass es sich um ein Bibelzitat handelte.

Als er dem Haftrichter vorgeführt wurde, hörte er kaum zu. Der Mann, dessen Namen sich Allmers nicht merken konnte, nuschelte und Allmers fehlte die Kraft, dagegen zu protestieren. Mittags kam Meierhoff ins Gefängnis.

„So sehen wir uns wieder“, sagte er und stellte seine Aktentasche auf den Tisch im Besuchszimmer. „Das hätte ich nicht gedacht.“

Allmers interessierte sich nur für eines: „Wie geht es Susanne?“, fragte er eindringlich und sah den Rechtsanwalt erwartend an.

„Sie wird wieder gesund, Herr Allmers“, beruhigte er Hans-Georg.

„Vorab die Frage.“ Meierhoff machte ein besonders ernstes Gesicht. „Waren Sie es oder nicht?“

„Herr Meierhoff“, sagte Allmers. „Glauben Sie, ich bringe jemanden um? Dazu bin ich viel zu feige, wie mein Bruder meint.“

„Die Anschuldigungen sind schwer: Haben Sie überhaupt alles mitbekommen?“

Allmers schüttelte den Kopf. „Ich konnte gar nicht hinhören, so betäubt war ich.“

„Dann will ich Ihnen mal erzählen, was da alles so drinsteht: Sie werden verdächtigt, für den Tod von Else Weber und Ilse Wessel verantwortlich zu sein. Außerdem beschuldigt man Sie noch des Mordversuchs an Susanne Hansen."

Ungläubig starrte Allmers den Rechtsanwalt an: „Mordversuch?"

„Die Bremsen an Frau Hansens Wagen funktionierten überhaupt nicht. Man hat festgestellt, dass der Bremsflüssigkeitsbehälter völlig leer war. Die Kripo vermutet, dass die Flüssigkeit abgelassen worden war. Und es gibt einige Indizien, die gegen Sie sprechen, Herr Allmers: Sie kannten Else Weber gut, waren als Jugendlicher öfter bei ihr. Sie sind in ihr Haus eingebrochen und haben das Buch gesucht. Jemand hat sie erkannt und als Mörder bezeichnet. An dem Tatmesser, das von Ihnen gefunden wurde, waren nur Ihre Fingerabdrücke und die Ihrer Mutter. Messer dieser Bauart werden bei Ihnen zu Hause verwendet, und das Messer, das bei Ihnen fehlt, hat genau die Größe der Tatwaffe. Sie hatten öfter Streit mit Ihrer Freundin Susanne Hansen. Sie haben in vielen Gesprächen mit den Bauern den Verdacht auf Ernst Poppe zu lenken versucht. Bei den Zeugenvernehmungen kam gerade dies immer wieder zur Sprache."

Allmers versuchte sich zaghaft zu verteidigen: „Mein Bruder hat mich gebeten, unverfänglich mit den Bauern über den Mord zu reden. Er hoffte, dass dabei etwas herauskommen könnte."

„Ihr Bruder?", fragte der Rechtsanwalt sehr skeptisch. Er schien Allmers nicht zu glauben, dass der Staatsanwalt Allmers ausgerechnet seinen Bruder vorgeschickt haben könnte, verdeckte Ermittlungen durchzuführen.

„Haben Sie ein Alibi für die Nacht, in der Else Weber getötet worden war?", fragte Meierhoff weiter. „Und für die Nacht von Ilse Wessels Tod?"

„Ich habe ein Alibi für die Mordnacht", fuhr Allmers mechanisch fort. „Ich war zu Hause im Bett und habe geschlafen. Ich hasse Schützenfeste."

„Kann das jemand bezeugen?"

Allmers nickte: „Meine Mutter. Sie hat auch geschlafen."

„Das ist nicht sehr hilfreich", meinte Meierhoff. „Theoretisch könnten Sie das Haus verlassen und die Frau ermordet haben, ohne dass Ihre Mutter es gemerkt haben muss. Kannten Sie Ilse Wessel?"

„Ich habe mal vor ein paar Jahren ein paar Besorgungen für sie gemacht, als sie hierhergezogen war."

„Also kannten Sie sie. Alibi?"

Allmers zuckte mit den Schultern: „Entweder war ich zu Hause oder bei Susanne. Ich habe nicht Buch darüber geführt."

„Es kommt übrigens noch ein weiteres, sehr schwerwiegendes Indiz hinzu. Man hat bei Ihnen eine Hausdurchsuchung gemacht. Es wurde ein Buch gefunden mit Reparaturanleitungen für den Golf des gleichen Typs, mit dem Susanne Hansen ihren Unfall hatte."

„Das gehört meiner Mutter!", schrie Allmers und schluchzte. „Wir hatten früher so einen Wagen, und sie hat ihn manchmal repariert." Für die Polizei schienen alle Indizien wie ein Puzzle zusammenzupassen. Für sie schien der Fall klar zu sein: Nur er konnte der Mörder sein.

„Ein Mörder hat doch immer ein Motiv", überlegte Allmers plötzlich laut und war hellwach. Sein Kampfgeist schien zu erwachen. „Welches Motiv soll ich gehabt haben zu versuchen, meine Freundin umzubringen?"

„In persönlichen Beziehungen lässt sich fast immer ein Motiv finden. Wenn die Polizei nicht gleich drauf stößt, findet sich immer jemand, der eines liefert. Eifersucht zum Beispiel. Oder Fremdgehen. Vielleicht sind Sie in der letzten Zeit fremdgegangen, oder sie ist es, was weiß ich. Bei der Untersuchung von Frau Hansen wurde festgestellt, dass sie schwanger ist. Das kann ein Motiv sein: Es gibt Paare, bei denen der Mann den Verdacht hat, dass er nicht der Vater ist. Das ist ein Mordmotiv."

„Susanne ist schwanger?", fragte Allmers und konnte es nicht glauben. „Davon hat sie mir nichts gesagt."

„Sie wussten es nicht?" Meierhoff wollte es genau wissen. „Sehen Sie: Dann fällt dieses Motiv schon weg. Sie ist in der siebten Woche."

„Wir hatten tatsächlich die eine oder andere Auseinandersetzung", gab Allmers kleinlaut zu. „Aber das ist doch kein Grund, jemanden umzubringen." Meierhoff zuckte nur mit den Schultern.

„Wo ist mein Bruder?", fragte er verstört. „Warum ist er nicht hier?"

„Ihr Bruder beschäftigt sich nicht mehr mit den Mordfällen. Da Sie der Beschuldigte sind, kann er als enger Verwandter natürlich keine Ermittlungen mehr führen. Er hat die Leitung abgeben müssen."

„Was geschieht jetzt?", fragte Allmers mutlos.

„Sie werden verhört. Bleiben Sie bei der Wahrheit, mehr kann ich Ihnen nicht raten."

Meierhoff drückte Allmers zum Abschied die Hand und klopfte an die Tür, um herausgelassen zu werden.

Die ersten Nächte im Gefängnis schlief Allmers kaum. Er träumte jede Nacht von Susanne. Es war eine Qual ohnegleichen für ihn, im Schlaf ihren Körper zu sehen. Noch nie hat er sich so verzweifelt und verlassen gefühlt. Seine tiefe Trauer verstärkte sich durch die Nachricht von Susannes Schwangerschaft. Er konnte nicht verstehen, dass sie ihm nichts davon gesagt hatte.

Allmers fieberte den Besuchsterminen seines Anwaltes entgegen und fürchtete sich vor den Verhören durch die Kriminalpolizei. Er konnte sich immer noch nicht vorstellen, dass die wenigen Indizien, die dazu noch so wenig aussagekräftig waren, dass man damit fast jeden Mann im Dorf hätte verhaften können, ausreichen konnten, ihn weiter festzuhalten. Schließlich kam ihm der Gedanke, dass er nur ein Bauernopfer im justizinternen Machtkampf sein könnte. Sein Bruder hatte sich mit seiner unangenehmen Art in ganz kurzer Zeit viele Feinde unter seinen Kollegen und der Kripo gemacht. Vielleicht, überlegte Allmers, wenn er abends auf dem schmalen Bett lag, benutzten die Beamten ihn, um seinem Bruder eins auszuwischen. Je länger er in Untersuchungshaft saß, umso peinlicher wurde die Situation für den aufstrebenden jungen Staatsanwalt.

Nach einer Woche ließ er sich eine Bibel kommen, was für Aufsehen unter den Wärtern sorgte. Allmers ging der Spruch seiner Mutter nicht aus dem Kopf, und nach zweitägigem Suchen hatte er die Stelle herausgefunden. „Ich will Bürge für dich sein", stand im 43. Kapitel des 1. Buch Mose im Vers 9. „Von meinen Händen sollst du ihn fordern. Wenn ich dir ihn nicht wiederbringe und vor deine Augen stelle, so will ich mein Leben lang die Schuld tragen."

Allmers überlegte, was seine Mutter damit gemeint haben könnte. Er grübelte lange, aber kam zu keinem Ergebnis. Schließlich las er noch ein wenig in den Sprüchen Salomos, legte die Bibel aber sofort beiseite, als sich die zweitausend Jahre alten erotischen Texte mit Bildern von Susannes Körper vermischten. Dazu fehlte ihm die Kraft.

Werner Allmers kam nie ins Gefängnis. Allmers hatte dafür Verständnis.

Die Verhöre, die ein Kriminalbeamter führte, den Allmers noch nie gesehen hatte, setzten ihm sehr zu. Wäre er ein Beobachter gewesen, der das Geschehen durch eine Glasscheibe hätte sehen können, wäre er sicher sehr beeindruckt gewesen von dem Geschick, mit dem dieser Beamte ihn in die Enge trieb. Allmers widersprach sich oft, wie jeder, der eine lang zurückliegende Erinnerung plötzlich präsent haben muss. Die Frage nach seinem Alibi für die beiden Morde an Else Weber und Ilse Wessel wurde immer wieder gestellt. Verzweifelt versuchte er sich zu erinnern, wo er in jener Nacht, als Ilse Wessel starb, gewesen war. Nachdem er sich mehrmals korrigiert hatte, legte er sich am Ende darauf fest, bei Susanne Hansen gewesen zu sein. Der Beamte kommentierte das mit der Bemerkung, das habe er sich denken können, schließlich liege die Zeugin im Koma.

Allmers erwiderte wütend, ob er, der Beamte, denn auch so genau wisse, was er an diesem Abend gemacht habe.

„Ich bin ja auch nicht der Mörder", sagte der Mann ungerührt.

„Ich auch nicht!" Allmers war fassungslos über diese Antwort.

„Man hat Sie als Mörder bezeichnet", erwiderte der Beamte.

„Daraufhin wurden Sie im Haus des einen Opfers gefunden. Täter kehren oft an den Ort der Tat zurück."

„Man hat mich niedergeschlagen", entgegnete Allmers trotzig.

„Aber Sie können leider gar nicht sagen, wer es war", der Beamte versuchte alle Tricks, Allmers zu einem Fehler zu verleiten.

Hans-Georg Allmers sah keinen Sinn darin, Friedel Köhler zu beschuldigen. Er war überzeugt, dass er nicht der Mörder war.

„Ich habe Ihnen schon mehrmals gesagt, dass ich den Mann nicht erkannt habe. Außerdem war ich beim ersten Schlag gleich bewusstlos."

„Das habe ich schon vernommen, Herr Allmers. Aber es gibt erhebliche Zweifel, ob die Geschichte überhaupt stimmt. Wir vermuten nämlich, dass es diesen mysteriösen Mann gar nicht gegeben hat." Er richtete den Finger auf Allmers. „Sie haben sich die kleine Wunde selbst zugefügt, als Sie die Polizeisirenen hörten, geben Sie es doch zu. Und sich bewusstlos zu stellen ist nicht besonders schwer."

„Bringen Sie mich in die Zelle zurück", sagte Allmers resigniert.

42

Allmers hatte Glück. Als Zeugin beschwor seine Mutter, er hätte in der Nacht des Mordes an Else Weber das Haus nicht verlassen. Sie habe bis in den frühen Morgen wachgelegen und nicht schlafen können. Sie hätte es merken müssen, wenn er das Haus verlassen hätte.

Kurze Zeit später klärte sich der Mord an Ilse Wessel auf. Ihr Sohn wurde in Hamburg festgenommen, weil er in eine Schießerei verwickelt wurde. Der Vergleich der Geschosse mit der verwendeten Waffe dort und der Mordwaffe bei Ilse Wessel zeigte keinen Unterschied. Das Verhör war nur kurz, der Sohn brach zusammen und gestand, seine Mutter umgebracht zu haben, um an ihr Geld heranzukommen. Er habe die Spur auf den Mörder von Else Weber lenken wollen, deshalb habe er die Leiche seiner Mutter in den Graben geworfen. Auch sein Alibi schien perfekt vorbereitet. Er hatte sich in einem Hotel in Mallorca eingemietet, war zur Tat nach Deutschland geflogen und umgehend zurück nach Mallorca gereist. Im Hotel hatte er angegeben, eine mehrtägige Radtour durch die mallorquinischen Berge machen zu wollen. Die vielen Postkarten hatte er über den ganzen Urlaub verteilt, dass die Lücke zur Tatzeit nicht auffiel. Er zeigte keine Reue, nur der Tod des Hundes schien ihm nahezugehen.

Die Indizienkette gegen Allmers, der in den Zeitungen schon als das „Monster vom Dorf" und der „Schlächter aus dem Moor" bezeichnet worden war, brach zusammen. Nur der Verdacht, einen Mordversuch an Susanne Hansen unternommen zu haben, lastete noch auf ihm.

Nach zwei Wochen Untersuchungshaft wurde er überraschend

freigelassen, zu einem Zeitpunkt, zu dem er es kaum mehr erwartet hatte. Er war mürbe geworden in den langen Tagen der U-Haft, hatte einmal sogar kurz mit dem Gedanken gespielt, einfach alles zu gestehen, damit die Sache endlich vorüber war.

An der Bremsanlage des Wagens war nicht manipuliert worden. Die Bremsflüssigkeit war in den letzten Jahren wohl nie kontrolliert worden. Außerdem waren seine Fingerabdrücke nirgendwo zu finden gewesen. Und es fehlte ein überzeugendes Motiv. Es gab keinen Grund mehr, ihn weiter festzuhalten, nachdem die Theorie der Polizei, Susanne Hansen sollte von ihm ermordet werden, nicht mehr aufrechterhalten werden konnte. Sie hatte einen normalen Verkehrsunfall gehabt.

Vielleicht, glaubte Allmers, war die Rachsucht der Kollegen an seinem Bruder erschöpft, oder er hat irgendwie seine Beziehungen spielen lassen können. Er beschloss, ihm dankbar zu sein, obwohl er nicht wusste, ob es einen Grund gab.

Zuerst fuhr Allmers mit klopfendem Herzen ins Krankenhaus. Er wusste nichts über den Zustand von Susanne Hansen, niemand wollte ihm im Gefängnis Auskunft geben. Das gehörte wohl mit zur zermürbenden Taktik der Polizei, meinte er, als er auf seine Fragen nie eine Antwort bekam. Selbst Meierhoff wusste nicht genau, wie es Susanne Hansen ging. Allmers hoffte, dass sie nicht mehr im Koma lag, sondern schon gut gelaunt frühstückte. Auf dem langen Krankenhausflur war niemand zu sehen, sodass er, ohne eine Schwester zu fragen, in ihr Zimmer trat.

Susanne Hansen war seit dem vorigen Abend aus dem Koma, in das die Ärzte sie versetzt hatten, erwacht. Es ging ihr nicht sehr gut, sie hatte zusätzlich zu ihrem Milzriss noch einen schweren Trümmerbruch am linken Bein und einen gebrochenen Arm. Ihre Schädelfraktur war schon fast wieder verheilt.

Sie freute sich ehrlich, als sie Allmers vor ihrem Bett stehen sah.

„Komm zu mir“, sagte sie leise, als er unsicher seine Hand hob, um sie zu grüßen. Er beugte sich über sie, und als sie ihn küsste, flutete es so durch seinen Körper, dass er die ganzen Ereignisse der letzten Woche auf einen Schlag vergessen konnte. Er legte vorsichtig seine Hand auf ihren Bauch.

„Warum hast du es mir nicht erzählt?", fragte er, als Susanne ihn endlich losließ.

„Es hat ihm nichts geschadet!", strahlte sie. „Ich wusste nicht, ob du dich freust." Plötzlich begann sie zu weinen „Ich war mir einfach noch nicht sicher. Freust du dich, dass wir ein Kind bekommen?"

Allmers nickte. „Und wie! Nach all dem Unheil ist das die schönste Nachricht seit Langem." Er beugte sich über sie und küsste ihre Tränen weg.

„Was ist eigentlich passiert in der Zwischenzeit?", fragte sie neugierig, nachdem sie sich beruhigt hatte. „Alle reden so komisch herum, als ob man mir etwas verheimlichen wollte."

„Keine Ahnung", log Allmers. „Ich weiß nicht, was du meinst. Es lief alles seinen Gang. Nur dass du eben nicht da warst, das war das Bittere."

Susanne Hansen kniff die Augen zusammen: „Du lügst wie alle anderen." Sie zog ihn mit schmerzverzerrtem Gesicht zu sich herunter und küsste ihn: „Aber das ist mir egal. Ich will hier so schnell wie möglich raus!"

„Dauert es noch lange?"

Sie nickte: „Die Milz ist schon weg, sie war zerrissen, und ich habe wohl zu viel Blut verloren. Erst wenn sich der Kreislauf wieder stabilisiert hat, kann das Bein operiert werden."

„Das dauert ja ein paar Wochen", sagte Allmers entsetzt.

„Monate." Ihr traten Tränen in die Augen. „Ich muss hier Monate liegen. Wenn ich Pech habe, muss ich bis zur Geburt hier bleiben."

43

Als Allmers nach Hause kam, ging er in sein Zimmer, legte sich auf sein Bett und schlief sofort ein, voller Verlangen nach der weichen Haut von Susanne Hansen. Er schlief bis zum nächsten Morgen. Als er aufwachte, beschloss er, am Abend zu arbeiten. Er wollte nach dem Gefängnisgeruch den vertrauten Stalldunst von Kühen in der Nase haben, dachte er und rief bei Hella Köhler an.

„Ich habe mir gedacht, dass du heute Abend kommst", sagte sie ganz selbstverständlich. „Wir sind ja dran."

Hella Köhler umarmte ihn, als er in ihre Küche kam, ohne Theatralik. Es tat ihm gut, und er blieb lange in ihren Armen.

„Ich habe dir einen Kuchen gebacken", sagte sie, wischte sich die Tränen aus den Augen, öffnete den Küchenschrank und holte einen Schokoladenkuchen heraus.

Die abendliche Milchkontrolle verlief ohne Aufregung. Friedel sagte vor Furcht, die falschen Worte zu gebrauchen, nichts, rannte durch den Stall, riss den Kühen wie gewohnt die Melkzeuge vom Euter.

Am nächsten Morgen jedoch schien Hella etwas geahnt zu haben. Sie war schon gegen fünf Uhr aufgewacht – es war wie ein Kribbeln auf der Haut gewesen, meinte sie später – und spähte durch ihr Schlafzimmerfenster durch die Nacht. Gegenüber lag der Hof von Poppe ganz ruhig, ab und zu hörte sie eine Kuhkette klirren und ein Kalb leise blöken. Sie versuchte wieder einzuschlafen, konnte aber bis zum Beginn des Melkens keine Ruhe mehr finden. Schließlich stand sie auf und kochte Kaffee, den sie mit ihrem Mann und Hans-Georg Allmers gemeinsam trank, als er zur Milchkontrolle auf den Hof kam.

Bei Poppes war zur gleichen Zeit das Licht angegangen, man hörte den Trecker, mit dem der Stall ausgemistet wurde, und schließlich das durchdringende Gebrumm der Melkanlage. Es lag eine gespannte Ruhe über dem Hof, als Allmers und Friedel Köhler in den Stall gingen und zu arbeiten begannen. Hella hatte von ihrer Unruhe nichts erzählt, trotzdem schien jeder auf dem Hof zu spüren, dass dieser Tag einen anderen Verlauf als üblich nehmen würde.

„Ulla", sagte Friedel in die Stille und reichte Allmers ein Proberöhrchen, als Hella in den Stall gerannt kam.

„Sie kommen. Jetzt ist Ernst dran. Ich hab's geahnt, nachdem sie dich freigelassen haben. Jetzt holen sie den Richtigen ab", zischte sie, als ob Ernst Poppe durch eine laute Bemerkung noch gewarnt werden könnte.

Allmers und Köhler unterbrachen das Melken. Sie rannten hinter Hella aus dem Stall in den Wohnteil des Bauernhauses und sahen durch das Schlafzimmerfenster auf den gegenüberliegenden Hof. Sechs Streifenwagen standen in der Hofeinfahrt und auf der Straße, bereit, jeden Fluchtversuch Ernst Poppes zu vereiteln. Die blauen Lichter blitzten abwechselnd, sodass die Nacht in ein durchdringendes Blau getaucht war. Die Blaulichter wurden in genau dem Moment eingeschaltet, als Allmers sich aus dem Fenster beugte.

Es hätte ihn fast das Leben gekostet. Er hörte den Schuss aus Poppes Gewehr erst, als die Kugel Zentimeter neben ihm in die Hauswand einschlug.

„Verschwinde!", schrie ein Polizist zu Allmers herüber und ging hinter dem Auto in Deckung.

Allmers war vor Schreck wie gelähmt, bewegte sich erst, als Hella ihn an den Kleidern vom Fenster weg zog.

„Nicht schießen, Ernst!", brüllte der Polizist. „Polizei!" Aber Ernst Poppe wollte sich nicht so schnell geschlagen geben. Das Licht auf dem Hof erlosch, und die Melkanlage verstummte. Es war plötzlich so still, als sei dies eine Vorstellung im Kino und der Film wäre gerissen. Die Nerven aller waren zum Zerreißen gespannt. Da begann Poppe wieder zu schießen. Er traf ein Blaulicht, schoss noch einmal und traf schließlich eines nach dem anderen. Danach zielte er auf die Scheinwerfer der Autos. Mit dem gleichen Erfolg. Der letzte Schuss galt der einsamen Straßenlaterne, die über seiner Hofeinfahrt im Wind baumelte. Als das Glas getroffen in vielen Scherben zur Erde fiel, war allen klar, was er bezweckte: Er wollte Dunkelheit haben, um unbemerkt fliehen zu können. Er schoss noch zweimal, ohne zu treffen, dann war Ruhe.

Niemand bewegte sich, keiner der Polizisten wagte sich aus der Deckung hinter den Autos, jeder vermutete eine Falle und hatte Angst, von einer Kugel getroffen zu werden. Keiner wollte sein Leben riskieren, indem er sich dem Hof näherte.

Plötzlich, nach endlos langen Minuten, ging das Licht auf dem Hof wieder an. Es waren nur die Geräusche der Tiere, die die Ruhe durchbrachen. Wieder war die Spannung kaum zu ertragen, jeder wartete gespannt, was als Nächstes geschehen würde.

Allmers ahnte es, rannte durch das Schlafzimmer und das Haus und warf sich auf der Straße hinter einen Streifenwagen.

„Jetzt nicht schießen!“, schrie er den Polizisten zu, und seine Stimme überschlug sich vor Angst. „Nicht schießen!“

Seine Ahnung erwies sich als richtig. Als die Stalltür langsam aufging, trat Renate Poppe heraus. Sie war kalkweiß im Gesicht und zitterte am ganzen Körper.

„Er war es nicht!“, schrie sie und weinte. „Er war es nicht!“ Dann brach sie zusammen und fiel auf den harten Betonboden der Mistplatte, mitten in die Jauchepfützen.

Allmers sprang auf, suchte Deckung hinter dem Misthaufen und ließ sich durch die Rufe seines Bruders nicht abhalten, zu Renate Poppe zu laufen.

„Hans-Georg!“, brüllte der Staatsanwalt. „Bist du lebensmüde?“

Renate war bewusstlos, er drehte ihren Kopf zur Seite, damit sie nicht mit dem Gesicht in der Jauche liegen musste. Auf dem Hof war nichts zu hören. Allmers wusste sofort, dass Poppe die Flucht gelungen war. Er stand auf und ging in den Stall.

Am anderen Ende öffnete sich langsam eine Tür.

Allmers stockte der Atem. Panik überkam ihn, und er versteckte sich zwischen zwei Kühen. Erst als er das Weinen der Kinder hörte und ihr Rufen nach ihrer Mutter, wusste er, dass er keine Angst mehr zu haben brauchte.

Allmers kam zwischen den Kühen hervor und ging zum Stalltor. „Ihr könnt reinkommen", rief er den Polizisten zu, „er ist abgehauen."

Sein Bruder kam als Dritter oder Vierter in den Stall gestürmt und zischte ihn wütend an: „Willst wohl den Helden spielen?" Aber Allmers war nicht nach einer Auseinandersetzung. Deprimiert überließ er das Feld der Polizei. Er sah noch, wie die Kinder in die vorher durchkämmte Wohnung gebracht wurden, und ging über den Hof. Ein Arzt kümmerte sich um Renate, die im fahlen Licht der Hoflampe noch immer auf der Mistplatte lag.

Allmers ging durch die Glassplitter der Blaulichter zurück in den Stall von Köhlers.

Er packte seine Utensilien zusammen, sagte Friedel Köhler kurz Bescheid, dass er nicht weiterarbeiten könne, und setzte sich in sein Auto.

44

Hans-Georg Allmers fuhr geradewegs zur Molkerei. Erst spät fiel ihm ein, dass ihn die Macht der Gewohnheit auf diesen Weg geschickt hatte. Er hatte zwar alle seine Unterlagen dabei, aber diese Milchkontrolle musste er wiederholen. Allmers fuhr dann ziellos durch den aufkommenden Morgen. Der Schuss, der ihn fast das Leben gekostet hatte, die verängstigten Kinder und Renate, die bewusstlos in der Jauche lag, ließen ihn so wütend werden wie schon lange nicht mehr. Der Verdacht gegen Ernst Poppe war seiner Meinung nach viel schwerwiegender als gegen ihn selbst, obwohl auch er manchmal daran gezweifelt hatte. Er war erleichtert, dass alles diese Wendung genommen hatte. Der Verdacht gegen Susanne Hansen hatte selbst ihn manchmal ins Grübeln gebracht. Und vor ein paar Wochen hatte er sich sogar überlegt, ob Renate Poppe zu solch einer Tat hätte fähig sein können.

Warum, fragte er sich, haben sie Poppe nicht schon vor Wochen verhaftet und ihm, Allmers, die Untersuchungshaft erspart? Poppes fehlendes Alibi und die widerliche Videogeschichte sprachen doch schon seit Längerem dafür, dass er der Mörder gewesen war. Auch wenn sein Bruder, der anscheinend die Leitung der Ermittlung wieder an sich gezogen hatte, diesmal auf Nummer sicher gehen wollte. Er konnte es sich nicht leisten, sich ein zweites Mal so zu blamieren wie bei der vorschnellen Verhaftung des Schlachters Zannmann. Diese Aktion war allerdings dilettantisch vorbereitet. Es schien, als ob Poppe die Polizei erwartet hätte.

Ernst Poppe war Jäger wie fast alle Bauern hier. Außerdem war er im Schützenverein, wo er sogar einmal Schützenkönig geworden war. Schießen konnte er, das hatte er bewiesen, als er die Blaulichter der Polizeiautos eines nach dem anderen ohne Probleme ausgeschaltet hatte.

Allmers fuhr über die Landstraße und hing seinen Gedanken nach. Er fuhr, ohne genau zu merken, in welche Richtung er steuerte. Im Hintergrund hörte er die Sirenen der Polizeiautos, die in ihrer Lautstärke auf- und abschwollen. Er dachte an Susanne Hansen und freute sich. Der Gedanke an ihren trostreichen Körper, an ihr weiches Fell, in dem er hoffnungslos versinken konnte, machte ihm Mut. Er merkte, wie sehr sie ihm im Gefängnis gefehlt hatte.

Warum hat er nur auf mich geschossen?, fragte er sich, als er wieder an etwas anderes denken konnte. Über der Grübelei fiel ihm ein, dass im Schlafzimmer von Köhlers kein Licht brannte, als sie ans Fenster gestürzt waren. Hella hatte es im Vorbeigehen ausgemacht.

Also konnte er mich nicht gesehen haben, dachte Allmers. Entweder war es ein Fehlschuss, oder die Kugel sollte das Schlafzimmerfenster treffen, ohne jemanden zu verletzen. Poppe war wohl in den letzten Wochen klar geworden, wer vor ein paar Monaten die anonyme Anzeige an das Bauamt geschickt hatte, beruhigte sich Allmers. Vielleicht wollte er deshalb Friedel Köhler, seinem Erzfeind, am Ende noch einen richtigen Denkzettel verpassen.

Allmers dachte an Poppes Stimme, als er ihm aus seinem unfreiwilligen Bad in der Süderelbe geholfen hatte. Verachtung hatte darin gelegen und ätzender Spott.

Die Polizeisirenen kamen näher. Allmers wachte aus seinen Tagträumen auf und bemerkte, dass er wieder auf dem Weg zur Molkerei war. Ärgerlich fuhr Allmers ein zweites Mal an diesem Vormittag an der Molkerei vorbei und beschloss, nach Hause zu fahren. Selbst ein Frühstück neben seiner mürrischen und wortkargen Mutter erschien ihm plötzlich besser als dieses ziellose Fahren durch die Gegend.

Je mehr er sich dem Hof näherte, umso verwirrter wurde er. Die Polizeisirenen schienen immer lauter zu werden, die Streifenwagen immer mehr. Die Einfahrt zu seinem Hof war gesperrt, ein Polizist, den er nicht kannte, hob eine rote Kelle, als er in die Einfahrt einbiegen wollte.

„Halt!", sagte der Polizist bestimmt. „Hier ist gesperrt. Bitte fahren Sie unverzüglich weiter."

„Lassen Sie mich durch!", fauchte Allmers. „Ich wohne hier."

„Ich kann Sie nicht durchlassen", erwiderte der Polizist bestimmt, „hier ist alles abgesperrt."

Wütend stieg Allmers aus dem Auto, dabei beschlich ihn eine böse Ahnung. Viel später wurde ihm klar, dass er eigentlich schon jetzt hätte wissen müssen, dass dies der schlimmste Tag in seinem Leben werden würde.

„Was soll das?", herrschte er den Beamten an.

„Er hat sich im Haus verschanzt", sagte eine Stimme hinter Allmers tonlos.

Allmers fuhr herum und sah seinem Bruder ins Gesicht. Werner Allmers schien um Jahre gealtert zu sein und hatte Tränen in den Augen.

Allmers benötigte eine Weile, um zu begreifen, was sein Bruder da gesagt hatte.

„Und Mutter?", fragte er schließlich hilflos, in der Hoffnung, aus einem Traum zu erwachen. Er wünschte sich weit weg, hoffte, sein Bruder spräche aus einer anderen Welt zu ihm. Aber seine Hoffnung zerstob in der Wirklichkeit, als jemand, der sich später als Kriminalpolizist vorstellte, zu Werner Allmers trat und ihm etwas ins Ohr flüsterte.

„Komm mit", sagte der Staatsanwalt zu seinem Bruder.

„Er ist direkt nach den Schüssen auf die Polizeiwagen durch ein Fenster geklettert und durchs Moor hierher gelaufen." Werner Allmers schob Hans-Georg in das kleine Stallgebäude, das neben dem Haus stand. Darin hatte sich die Polizei einen Raum, der sonst meist leer stand, eingerichtet. „Er scheint nicht in Panik zu sein, sondern alles genau zu planen. Vielleicht ist das unsere Chance."

Hans-Georg Allmers hörte seinem Bruder fassungslos zu. Er

brachte kein Wort heraus. Der Kloß, der ihm im Hals zu stecken schien, verhinderte, dass er eine der vielen Fragen stellen konnte, die ihm durch den Kopf schossen.

„Er stellt keine neuen Bedingungen." Der Kriminalpolizist, der dem Staatsanwalt etwas ins Ohr geflüstert hatte, war zu ihnen in den kleinen Raum gekommen. Allmers hörte die Stimmen wie durch einen Filter, er sah alles wie durch einen Vorhang und konnte nicht glauben, dass er sich in der Wirklichkeit befand.

„Habt ihr schon mit ihm gesprochen?", brachte er schließlich heraus. Er hatte die leise gesprochene Bemerkung des Polizisten nicht registriert.

Der Staatsanwalt nickte: „Er hat uns selbst hierher gerufen."

„Was will er denn?", fragte Allmers.

„Er sagt, er sei nicht der Mörder von Else Weber." Werner Allmers fiel das Sprechen schwer. Er schluckte immer wieder und sagte ganz leise: „Er sagt, er wisse, wer sie umgebracht hat."

„Und was will er jetzt tun?", fragte Hans-Georg Allmers aufgeregt.

„Wir wissen es noch nicht." Sein Bruder schien genauso ratlos zu sein wie er. „Er will freies Geleit. Das Einzige, was er sich habe zuschulden kommen lassen, seien die Schüsse auf die Blaulichter."

Und auf mich, dachte Allmers. Und die Schläge auf Else Weber und die Drohbriefe. Aber er behielt die Gedanken für sich.

„Er behauptet, Mutter hätte den Drohbrief geschrieben. Du weißt, welchen?" Der Staatsanwalt schien Gedanken lesen zu können.

„Meint er, Mutter hätte etwas mit dem Mord zu tun? Das ist doch absurd!" Hans-Georg war entgeistert.

Else Webers Verhalten schien ihm immer rätselhafter. Sie schien Ernst Poppe den Brief gezeigt zu haben, obwohl er wahrscheinlich von ihm war. Sie schien auch nach den Schlägen und diesen widerlichen Filmaufnahmen nicht von ihm losgekommen zu sein. Oder war es vielleicht doch anders gewesen? Hatte sie den Brief vor den Videoaufnahmen bekommen? Aber wer kam als Autor des

Briefes in Frage? Hatte der Brief überhaupt etwas mit dem Mord zu tun? War es vielleicht einer der abgewiesenen Liebhaber, der sich rächen und ihr ein bisschen Angst einjagen wollte, ohne zum Schlimmsten zu greifen?

Der Staatsanwalt sah durch das kleine Fenster nach draußen. Es hatte wieder zu regnen begonnen, dunkle Wolken zogen schnell über den tiefen Himmel und machten die Stimmung noch trostloser.

„Lasst ihn doch einfach laufen", schlug Allmers vor, der sich etwas gefasst hatte.

„Er verlangt außerdem eine Million Lösegeld. Er habe nichts mehr zu verlieren, da ihm ja doch keiner glaube, hat er verkündet. Außerdem will er Mutter als Geisel mitnehmen." Werner Allmers holte tief Luft. „Das ist unmöglich. Das können wir nicht machen."

Er verließ den Raum und ging zum nächsten Polizeiauto. Kaum hatte er den Stall verlassen, als ein Schuss peitschte und nur ein paar Meter vor ihm der Sand aufspritzte.

„Ich mache euch Beine", brüllte Poppe über den Hof, „ich warte hier nicht ewig."

Der Kommissar sah sich suchend um: „Gibt es einen zweiten Ausgang?"

Allmers nickte: „Kommen Sie." Sie kletterten über einen alten Ladewagen, der hier seit vielen Jahren ungenutzt stand, schoben ein paar alte Ölfässer beiseite und öffneten eine seit Langem unberührte Tür. Jetzt konnten sie zu den Polizeiautos gelangen, ohne im Schussfeld ein bequemes Ziel zu bieten.

45

Der Nervenkrieg zog sich über den ganzen Vormittag hin. Mittlerweile waren aus ganz Norddeutschland Zeitungsreporter und Rundfunk- und Fernsehjournalisten gekommen. Sie versuchten mit allen Tricks, sich immer näher an das Haus heran zu arbeiten. Die Polizisten hatten alle Hände voll zu tun, die Journalisten und Kameraleute davon abzuhalten, in die Nähe des Hauses zu gelangen.

Das Sondereinsatzkommando der Polizei hatte schließlich den ganzen Hof umstellt, die Beamten standen hinter Bäumen, versteckten sich in den alten Ställen, und selbst im Hühnerhaus waren sie in Stellung gegangen.

Der Staatsanwalt hatte die Verhandlungen mit Poppe an einen erfahrenen Polizeipsychologen abgegeben.

„Es ist meine zehnte Geiselnahme“, erzählte der Mann stolz in einer Verhandlungspause, als ob das ein Jubiläum wäre, das es zu feiern gelte. Allmers hörte nur mit halbem Ohr zu, im Hintergrund wurde erzählt, dass es 6 zu 3 stehe, und er fragte sich, wer jetzt die Unverfrorenheit besaß, Sportergebnisse zu kommentieren. Irgendwann dämmerte es ihm, dass der Psychologe bisher sechsmal erfolgreich war. Dreimal waren bei den Geiselnahmen Tote zu beklagen.

Um zehn Minuten nach eins stellte Ernst Poppe ein Ultimatum. Er gab der Polizei noch eine halbe Stunde, um auf seine Forderungen einzugehen.

Das war das Signal für die Erstürmung des Hauses. Der Psychologe begann vom Hof aus über ein Megaphon mit Poppe zu verhandeln. Er wollte ihn vom Telefon weg in den vorderen Teil des Hauses locken, damit sich die Polizisten des Sondereinsatzkommandos unbemerkt in den hinteren Teil des Hauses schleichen konnten. Es war geplant, ihn möglichst lange mit Verhandlungen hinzuhalten und ihm die Erfüllung aller Bedingungen in Aussicht zu stellen. Als Köder hatte der Psychologe einen Koffer neben sich stehen, in dem sich angeblich die verlangte Summe befinden sollte. Das SEK wollte sich durch den alten Kuhstall ins Haus schleichen und Poppe mit Tränengas und Blendgranaten überwältigen.

Hans-Georg Allmers zeichnete einen möglichst maßstabgetreuen Grundriss des Hauses, in dem er auch die Richtung der Türanschläge einzeichnete. Die Beamten des SEK wollten versuchen, das Zimmer, in dem Poppe sich wahrscheinlich befand, durch seine beiden Türen gleichzeitig zu stürmen.

Als Allmers sah, wie die Polizisten mit ihren schusssicheren Westen, den gezogenen Waffen und den einsatzbereiten Blendgranaten mit dem Versuch begannen, das Haus zu erstürmen, glaubte er vor Angst und Anspannung zu zerspringen.

Niemand hatte an den Hund gedacht. Nur Ernst Poppe schien genau gewusst zu haben, was er tat. Er hatte den Hofhund in dem Zimmer angebunden, das zwischen Kuhstall und Wohnzimmer lag, dem Raum, in dem er sich die meiste Zeit aufgehalten hatte.

Als sich die Männer des SEK in das Zimmer schleichen wollten, begann der Hund wütend zu bellen.

Ernst Poppe reagierte sofort. Er schoss Grete Allmers, die auf einem Stuhl gefesselt saß, aus nächster Nähe in den Kopf, feuerte in das kleine Zimmer, traf den Hund tödlich, verletzte zwei Polizisten schwer und steckte sich den Gewehrlauf mit der letzten Kugel in den Mund. Er drückte ab, als die Tür aufgebrochen wurde.

„6 zu 4“, sagte der Psychologe auf dem Hof kühl, als die Schüsse und Schreie zu hören waren.

Drei Wochen nach der Beerdigung des Mörders wurde die Akte „Mordfall Else Weber“ offiziell geschlossen. Für die Polizei und die Öffentlichkeit stand zweifelsfrei fest, dass nur Ernst Poppe als Täter infrage kommen konnte.

Epilog

Allmers brauchte Tage, bis er sich wieder in sein Haus wagte. Er hatte sich in Susannes Wohnung zurückgezogen und besuchte sie täglich im Krankenhaus. Wenn er alleine in ihrer Wohnung war, starrte er die meiste Zeit auf dem Bett liegend an die Decke. Er hatte sich vorgestellt, bei langen Spaziergängen etwas Ruhe zu finden, aber nichts schien ihn aus seiner tiefen Depression befreien zu können. Selbst an seine Liebe zu Susanne glaubte er manchmal nicht mehr. Wer war sie überhaupt, ging ihm an diesen trüben Tagen oft durch den Kopf. Zuweilen schien sie ihm so fremd wie eine Zufallsbekanntschaft in einem Bus. Ihr eigenartiges Verhalten, ihre Lügenmärchen über die Ehe ihrer Eltern, das Verschweigen der Verwandtschaft zu Else Weber, die verheimlichte Schwangerschaft – all dies ließ ihn trübsinnig werden, was die Zukunft ihrer Beziehung anging. Aber er hatte auch keinen Mut, seine Probleme bei ihr anzusprechen.

Schließlich beschloss er, zurückzukehren und das Haus vollständig auszuräumen. Nichts sollte ihn künftig an die Zeit vor den Morden erinnern, er wollte jedes Möbelstück und jede Gardine erneuern.

Er benötigte mehrere Wochen dazu. Schließlich, am Ende dieser Zeit, war das alte Bauernhaus kaum wiederzuerkennen. Stolz hatte er täglich bei seinen Besuchen Susanne von seinen Fortschritten berichtet und sie schließlich seinem Bruder präsentiert.

Irgendwann bemerkte er, dass er sich zwar um das Haus gekümmert hatte wie nie zuvor, darüber aber die Wohnung von Susanne in einen Zustand versetzt hatte, der ihm die Schamröte ins Gesicht trieb. Überall lagen Wäschestücke von ihm herum, die nach Lösungsmittel und Farbe stanken, Geschirr quoll aus der Spüle, und der Boden war seit Wochen nicht gesaugt worden. Ein paar Tage, bevor Susanne aus dem Krankenhaus entlassen werden sollte, begann er aufzuräumen. Er war mittlerweile bester Laune, hatte seine Depressionen überwunden, bewunderte und streichelte jeden Tag den immer dicker werdenden Bauch von Susanne, schmiedete Pläne für die Zukunft, entschloss sich, weniger faul durchs Leben zu gehen, mehr zu arbeiten und die Beziehung zu Susanne zu pflegen.

Nach zwei Tagen war die Wohnung fast im ursprünglichen Zustand. Als er den Schrank in ihrem Schlafzimmer abstaubte, bemerkte er, wie ein paar Motten das Weite suchten. Seufzend öffnete er den Schrank, entschlossen, ihn auch von innen zu säubern und die Motten zu vertreiben. Er hatte ihn noch nie geöffnet, er lebte aus einem Koffer oder hatte seine Sachen an der Garderobe hängen. Wäschestück für Wäschestück nahm er aus dem Schrank, legte sie auf das frisch bezogene Bett, deponierte private Dinge von Susanne daneben, bis er an eine Schachtel kam, die im hintersten Winkel des Schrankes lag. Als er sie auf das Bett legen wollte, fiel sie hinunter und ging auf.

Allmers betrachtete das blau eingewickelte Büchlein, das vor ihm auf dem Boden lag. Susannes Tagebuch, schoss es ihm durch den Kopf. Er war unschlüssig, ob er es lesen sollte. Schließlich siegte – mit schlechtem Gewissen – seine Neugierde. Vielleicht, dachte er, finde ich in diesem Buch den Schlüssel zu ihr. Er zögerte wieder. Durch einen Vertrauensbruch Vertrauen zu erlangen schien ihm plötzlich so absurd, dass er beginnen wollte, die Schachtel wieder einzuräumen. Trotzdem löste er das Band, mit dem das Buch gesichert war. Zwei Blätter fielen heraus, und als er den Text las, glaubte er seinen Augen nicht zu trauen. Erst weigerte er sich zu glauben, was er las, aber dann kam die Gewissheit. Es waren offensichtlich die Entwürfe der beiden Drohbriefe. Der eine war an Else Weber gerichtet, der andere an Susanne

Hansen. Und in dem Buch stand „Else Weber“ auf der ersten Seite. Es war nicht Susannes Tagebuch. Es war das Buch, nach dem alle gesucht hatten. Alles schien mit einem Mal auf Allmers einzustürzen, er bekam keine Luft mehr, und seine Augen füllten sich mit Tränen.

Nun wusste er, wer Else Weber getötet hatte.

Volker Klüpfel, Michael Kobr

Erntedank

Kluftingers zweiter Fall. 384 Seiten. Serie Piper

Der Allgäuer Kriminalkommissar Kluftinger traut seinen Augen nicht: Auf der Brust eines toten Mannes in einem Wald bei Kempten liegt, sorgfältig drapiert, eine tote Krähe. Im Lauf der Ermittlungen taucht der Kommissar immer tiefer in die mystische Vergangenheit des Allgäus ein, und es beginnt ein Katz-und-Maus-Spiel mit dem Mörder, bei dem die Zeit gegen ihn arbeitet. Denn alle Zeichen sprechen dafür, dass das Morden weitergeht …
Mit eigenwilligen Ermittlungsmethoden riskiert der liebenswert-kantige Kommissar einen Blick hinter die Fassade der Allgäuer Postkartenidylle und deckt Abgründe auf.

»Kommissar Kluftinger hat in seinen Kniebundhosen durchaus das Zeug zum Columbo von Altusried. Und schon deshalb wird dieser Krimi auch über die Grenzen des Allgäus hinaus bekannt werden.«
Die Welt

05/2061/01/L

Heinrich Steinfest

Tortengräber

Ein rabenschwarzer Roman. 288 Seiten. Serie Piper

Klaus Vavras tägliche Freuden sind es, Croissants zu essen und Frauen am Telefon anzuschweigen. Seine beiden Gewohnheiten bringen ihn in ernste Gefahr: Vavra kann es nämlich nicht unterlassen, die auf einem Geldschein – den er natürlich beim Croissant-Kauf bekommen hat – gekritzelte Nummer zu wählen und wie gewohnt zu schweigen. Wenige Minuten später stürmt die Polizei seine Wohnung. Und damit beginnt eine ebenso mord- wie wendungsreiche und hoch komische Rallye quer durch Wien.

»Heinrich Steinfest verfügt über ein schamlos bloßlegendes Sprachbesteck.«
Der Standard

05/2136/01/R

SERIE PIPER